Margaret Moore
El señor del castillo

Editado por Harlequin Ibérica.
Una división de HarperCollins Ibérica, S.A.
Núñez de Balboa, 56
28001 Madrid

© 2014 Margaret Wilkins
© 2014 Harlequin Ibérica, S.A.
El señor del castillo, n.º 67 - 1.10.14
Título original: Castle of the Wolf
Publicada originalmente por Harlequin Enterprises, Ltd.

Todos los derechos están reservados incluidos los de reproducción, total o parcial. Esta edición ha sido publicada con autorización de Harlequin Books S.A.
Esta es una obra de ficción. Nombres, caracteres, lugares, y situaciones son producto de la imaginación del autor o son utilizados ficticiamente, y cualquier parecido con personas, vivas o muertas, establecimientos de negocios (comerciales), hechos o situaciones son pura coincidencia.
® Harlequin, HQN y logotipo Harlequin son marcas registradas por Harlequin Enterprises Limited.
® y ™ son marcas registradas por Harlequin Enterprises Limited y sus filiales, utilizadas con licencia. Las marcas que lleven ® están registradas en la Oficina Española de Patentes y Marcas y en otros países.
Imagen de cubierta utilizada con permiso de Harlequin Enterprises Limited. Todos los derechos están reservados.

I.S.B.N.: 978-84-687-4727-9
Depósito legal: M-20040-2014

Quiero dar las gracias a Nalini Akolekar, a todas las personas de Spencerhill, a mis compañeros escritores por su apoyo y su consejo y a mi familia, por todo su amor y sus risas.

Capítulo 1

Inglaterra, 1214

La luz temblorosa de las antorchas y las velas de cera de abeja del gran salón del castillo DeLac proyectaban sus enormes sombras sobre los tapices que colgaban de las paredes, reproduciendo escenas de caza y batallas. El fuego resplandecía en el hogar central, mitigando el frío de aquella noche de septiembre. A ambos lados del hogar, caballeros y damas permanecían sentados en las mesas más cercanas a la tarima en la que lord DeLac, su hija y los invitados más importantes daban cuenta de un suntuoso ágape. Los sabuesos caminaban entre las mesas, haciéndose con los pedazos de comida que caían en las esterillas que cubrían las baldosas del suelo y un juglar de mentón retraído y vestido de azul cantaba una balada sobre un caballero que emprendía la misión de salvar a su amor perdido.

A sir Rheged de Cwm Bron le importaban muy poco el festín, la balada y el resto de los invitados. Que perdieran la noche los nobles divirtiéndose con la bebida, los bailes y la música. Él prefería estar bien descansado para el torneo del día siguiente.

Mientras se levantaba de su asiento, se alisaba la túnica negra y se dirigía hacia la puerta que conducía al patio del castillo, volvió a medir con la mirada a los caballeros que competirían al día siguiente en la melé, un torneo que parecía más una verdadera batalla. A algunos de ellos, como al exaltado joven vestido de terciopelo verde y brillante, o al anciano caballero que dormitaba tras haber sucumbido a los efectos del vino, podría despacharlos rápidamente, siendo el uno demasiado joven como para contar con la ayuda de la experiencia y el otro demasiado viejo como para moverse con agilidad. Otros, era evidente que habían ido hasta allí para disfrutar del festín y de la diversión, más que para ganar el premio.

Rheged volvió a mirar el trofeo que descansaba en la mesa, un cofre de oro con incrustaciones de piedras preciosas. Aquella era la razón que le había llevado hasta allí, además del rescate que recibiría a cambio de las armas y los caballos de aquellos a los que derrotara en el torneo. Dado que él era veterano en muchas batallas auténticas, la melé era algo familiar para él, además de una oportunidad de poner a prueba su destreza.

Mientras avanzaba por uno de los laterales del salón caminando a grandes zancadas, los susurros de otros caballeros y nobles le siguieron como la estela que seguía al barco en el mar.

–¿No es ese el Lobo de Gales? –preguntó arrastrando las palabras un normando borracho.

–¡Vive Dios que lo es! –musitó otro.

Una voz de mujer se elevó por encima de la música del trovador.

–¿Por qué no se corta el pelo? Parece un salvaje.

—Querida, es galés —contestó otro noble, arrastrando las palabras en su desdeñosa réplica—. Son todos unos salvajes.

En otra época de su vida, aquellos susurros e insultos habrían enfurecido a Rheged. Pero había dejado de importarle lo que pensaran de él. Lo importante era triunfar en el combate. Y si el pelo largo les hacía pensar que lucharía con la fiera determinación de un salvaje, mucho mejor.

Respirando hondo para tomar una bocanada de aire fresco, Rheged salió al patio y alzó la mirada hacia un cielo sin nubes. La luna llena iluminaba el patio como si fuera de día, pero el viento anunciaba la proximidad de la lluvia. Sería una lluvia ligera en cualquier caso. No bastaría para suspender el torneo.

Se abrió la puerta del edificio largo y bajo que tenía a la izquierda, un edificio anexo al salón, arrojando un haz de luz dorada sobre los adoquines del patio. El ruido de los cuencos de madera y los quejumbrosos gritos y demandas de un atribulado cocinero le indicaron que se trataba de la cocina.

Una mujer delgada y bien proporcionada, ataviada con un vestido negro cubierto por una túnica de tela más ligera, salió de la cocina al patio con una cesta enorme. Cuando cerró la puerta empujándola con la cadera, Rheged reconoció a lady Thomasina, la sobrina de su anfitrión. Su atuendo era casi monjil y su larga trenza se balanceaba sobre su espalda como si fuera un ser vivo. Cuando se la habían presentado a su llegada, a Rheged le había sorprendido el brillo inteligente de sus ojos castaños. Más tarde, había sido evidente que era ella la que dirigía la casa familiar, y no la bella hija de lord DeLac, Mavis, aunque también ella debería haber asumido aquella responsabilidad.

Rheged observó en silencio mientras Lady Thomasina cruzaba el jardín para dirigirse al portón de travesaños de madera que había tras la doble puerta de madera. A pesar de la sencillez de su atuendo, lady Thomasina poseía una dignidad y una elegancia en el porte que ninguna prenda, por cara y bien hecha que estuviera, podía superar.

Cruzó unas cuantas palabras con los guardias en voz queda y ellos le abrieron la puerta. Se oyeron después voces que trasladaron a Rheged a su infancia, palabras agradecidas de pobres y hambrientos que recibían los restos del festín.

–Gracias, mi señora.

–Dios la bendiga, mi señora.

–Dios sea con vos, mi señora.

–Hay de sobra para todos –contestó ella–. Acércate, Bob, y llévale también algo a tu madre.

Aquella noche no habría ojos morados por culpa de peleas por los restos de comida. Y tampoco habría estómagos vacíos.

En otra época de su vida, Rheged había sido uno de aquellos mendigos que esperaban que se abrieran las puertas del castillo desesperados, con el estómago vacío, y ansiosos por conseguir un pedazo minúsculo de carne y de pan. La persona que les llevaba aquellas sobras, siempre algún sirviente, nunca una dama, normalmente lanzaba la comida al suelo, despreciando a aquellos necesitados impacientes y mirándolos como si no valieran nada.

Rheged se apoyó contra la pared, cerró los ojos e intentó relegar el recuerdo de aquellos días de hambre y necesidad, de soledad y desesperación al último rincón de su mente. Aquellos días estaban muy lejos. Él era un caballero, tenía una propiedad. Todavía no era rico, pero con el tiempo y con esfuerzo...

−¿Sir Rheged?

Rheged abrió los ojos y descubrió a lady Thomasina frente a él, con la cesta en un brazo y mirándole con seria preocupación.

−¿Estáis enfermo?

Rheged se enderezó.

−Yo jamás enfermo. Solo he salido a tomar un poco de aire fresco.

Lady Thomasina frunció el ceño y torció ligeramente las comisuras de los labios hacia abajo.

−¿Le parece que hay demasiado humo o está demasiado cargado el salón?

−No más que la mayoría.

−Aun así, me ocuparé de que abran los postigos.

Se volvió como si pretendiera hacerlo inmediatamente y por sí misma.

−No querría molestar. Y parece que pronto va a llover −le dijo Rheged cuando vio que se alejaba a toda velocidad.

Lady Thomasina se volvió hacia él.

−¿Que va a llover? Pero si el cielo está claro.

−Lo huelo en la brisa... Pero no será una lluvia fuerte −se precipitó a asegurarle−. Es muy probable que llueva durante la noche, pero no lo suficiente como para retrasar el torneo.

−Eso espero.

−Estoy completamente seguro −sonrió−. Me crié en un lugar en el que nunca paraba de llover, lady Thomasina.

—Lady Tamsin —le corrigió ella rápidamente, y añadió al instante—. Es más fácil de decir que Thomasina.
—Tamsin —repitió él lentamente.
Tamsin movió la cesta ante ella.
—He oído decir que os llaman el Lobo de Gales —le dijo, repitiendo el alias con el que le habían apodado tras sus primeros triunfos en los torneos—. ¿De verdad sois tan feroz?
—No tanto como lo era en mi juventud.
—¡No puede decirse que seáis un viejo!
—Soy mayor que algunos de mis contrincantes.
—Seguramente eso os da el beneficio de la experiencia, además de una gran reputación.
—La experiencia, desde luego, y una buena reputación, pueden ser útiles, pero no lucho para conseguir fama. A diferencia de vuestro tío, yo no soy un hombre rico.
En el instante en el que mencionó su pobreza, se arrepintió de haberlo hecho. Tamsin no necesitaba saber que no era un hombre rico, y tampoco quería que le tuviera en menos consideración por ello.
—¿Pelea por dinero? —para alivio de Rheged, no pareció asombrada ni disgustada.
Sonaba, más bien, pragmática, realista, comprensiva incluso.
—Peleo para ganar más y para conservar lo que tengo.
Tamsin asintió lentamente con expresión pensativa.
—La vida nos presenta batallas e intentamos librarlas lo mejor que podemos. Me gustaría poder luchar en alguna ocasión con una espada o una maza.
—Sin duda alguna, seríais un potente enemigo. Los

contrincantes inteligentes son siempre los más difíciles de batir.

–Me halagáis, mi señor –respondió, pero no con la coquetería habitual en las jóvenes damas.

Lo decía con recelo, con cierta cautela, como si dudara de su sinceridad o quizá no estuviera acostumbrada a los halagos.

Pensando que podría tratarse más bien de lo último, Rheged hizo un gesto, señalando hacia el patio.

–Hace falta ser muy inteligente para llevar un castillo del tamaño del de lord DeLac y no tengo la menor duda de que esa responsabilidad recae en vos. Hacéis las cosas bien, mi señora. Nunca había encontrado tan cómodos aposentos y una comida tan exquisita.

–Mi tío es conocido por la excelencia de sus banquetes.

–Gracias a vos, estoy seguro.

Vio aparecer una tímida sonrisa en el rostro de la joven. Cautivado y alentado por su reacción, continuó:

–También tenéis una gran elegancia y belleza, una rara combinación –se aventuró a acercarse un poco más–. Creo que sois una mujer muy especial.

Para desconcierto de Rheged, Tamsin retrocedió y volvió a mirarle con recelo.

–¿Estáis intentando seducirme con palabras vacías, señor?

–Pienso realmente todo lo que digo.

–Y supongo que ahora me diréis que Mavis no puede compararse conmigo.

–Mavis tiene un aspecto adorable, eso lo admito –respondió–, pero sí, la encuentro ciertas carencias. Parece casi una sombra comparada con vos. Dudo que le preocupe algo más que el próximo vestido que piensa ponerse o con quién bailará en el banquete.

Tamsin se revolvió.

—Mavis no es una mujer tan simple, y os convertiréis en mi enemigo si la criticáis.

Evidentemente, Tamsin adoraba a su prima y Rheged corrió a enmendar su error.

—Admito que apenas la conozco y, sin duda, es una hermosa joven, pero la vitalidad y la pasión brillan en vuestros ojos, mi señora, y no podéis negar que sois vos la que asumís la responsabilidad de llevar las riendas del castillo.

Pero sus palabras no tuvieron el efecto deseado, que no era otro que el de intentar que Tamsin continuara a su lado.

—Gracias por vuestros cumplidos, señor. Ahora, si me disculpáis, tengo muchas responsabilidades, así que os doy las buenas noches.

—Que durmáis bien, mi señora —musitó Rheged con voz baja y profunda mientras ella se alejaba andando rápidamente.

Tamsin tuvo que hacer un notable esfuerzo para no echar a correr cuando se alejó de los inesperados y halagadores cumplidos del Lobo de Gales.

¡Pensar que un hombre le había dicho tales cosas a ella, la hacendosa, sencilla y responsable Tamsin! Con mucho, aquel era el hombre más interesante que había conocido nunca, y no solo porque fuera muy guapo, pues era la clase de hombre capaz de llamar la atención de una mujer a pesar de su duro semblante. Las cejas eran como dos líneas negras encima de aquellos ojos oscuros y observadores y el corte de los pómulos y la mandíbula tan afilados como el filo de una espada. Vestía completamente de negro, sin joya alguna ni ningún tipo de adorno.

Pero no necesitaba adornos para atraer la atención hacia su poderoso cuerpo de guerrero. Y era evidente que con aquellos ojos oscuros e intensos veía cosas que otros no podían ver, como lo mucho que ella trabajaba, algo que ningún otro invitado había mencionado jamás.

Aun así, Tamsin no era ninguna estúpida, y tampoco se consideraba bella, por mucho que él lo dijera, y seguramente sería una equivocación permitir que aquel caballero supiera lo mucho que la habían afectado sus palabras.

Cuando entró en la cocina para devolver la cesta vacía, Armond, el fornido cocinero, con el delantal puesto y el semblante enrojecido por los esfuerzos de supervisar el banquete, parecía a punto de sufrir un ataque de apoplejía. Las sirvientas estaban exhaustas por el esfuerzo de frotar las numerosas cazuelas, bandejas de asados y tenedores. Vila, una mujer de mediana edad que había vivido en el castillo DeLac desde que era muy joven, estaba fregando la enorme mesa todavía cubierta de harina que había en medio de la habitación. Baldur, el embotellador, urgía nervioso a Meg y a Becky, dos de las más jóvenes sirvientas, para que corrieran mientras se dirigían hacia el salón llevando más vino. Tamsin supervisó rápidamente el salón y después la mesa principal, donde su tío estaba cómodamente instalado con una copa de vino en la mano. Mavis, ataviada como correspondía a la hija de un rico señor, con un vestido rojo ribeteado con un delicado bordado de flores azules y amarillas, permanecía sentada a su lado con la mirada gacha, como una recatada doncella. Más tarde, cuando estuvieran a solas, tendría mucho que decir sobre sus invitados. Mavis podía ser sorprendentemente perspicaz y era muy inteligente, algo que, sir Rheged, al igual que la mayoría de los hombres, no había sido capaz de apreciar. Los otros nobles sentados a la mesa, señores importantes del sur y de Londres, parecían saciados con la comida y la bebida. El anciano lord Russford, sentado en un extremo de la mesa, dormitaba en su silla.

Bajo la tarima, algunos jóvenes caballeros comenzaban a moverse por el salón, hablaban con sus amigos y eran presentados a otros invitados. Algunas madres con hijas en edad casadera parecían vendedores ambulantes intentando endilgar su mercancía en una feria.

Hasta el momento, sir Jocelyn era el favorito de Mavis. Se trataba de un joven atractivo de buena familia, que aquella noche iba vestido con el atuendo más caro de la reunión, de color verde esmeralda y azul brillante. A Tamsin le recordaba a un pavo real, más que a un guerrero, y también era uno de los jóvenes más aburridos que había conocido jamás. Estaba segura de que Mavis se cansaría pronto de él.

Sir Robert de Tammerly era más joven que él y no era tan atractivo, pero Tamsin no tenía la menor duda de que algún día sería un caballero digno de consideración. Parecía cauteloso y observador y comía y bebía con mesura, como sir Rheged. Aunque por lo demás, se parecía muy poco al caballero galés. Al igual que los demás, sir Robert llevaba el pelo cortado alrededor de la cabeza, como si llevara un cazo sobre ella, un corte que enfatizaba la redondez de su rostro.

Aunque iba perfectamente afeitado, sir Rheged llevaba el pelo, negro y suficientemente espeso y ondulado como para despertar la envidia de cualquier mujer, por los hombros.

Pero no debería estar pensando en el único hombre que había abandonado ya el banquete, por muy halagada que se hubiera sentido por sus cumplidos.

Vio entonces a Denly, uno de los sirvientes más fuertes, y le dijo que ya era hora de comenzar a retirar las mesas y despejar el salón para el baile. Después fue a hablar con Gordon, el trovador, sobre la música y el baile. Ella nunca bailaba, pero a Mavis le encantaba.

Pero antes tendría que hablar con Sally, una sirvienta particularmente voluptuosa y cariñosa que no se apartaba de la mesa en la que estaban sentados los jóvenes escuderos.

Hasta esa noche, Tamsin nunca había comprendido cómo una mujer podía renunciar a la preciada posesión de su virginidad fuera del matrimonio. Tenía demasiado que perder, incluso una joven pobre.

Sin embargo, cuando recordaba los ojos oscuros y la voz de sir Rheged, comenzaba a entender que una mujer pudiera sucumbir al deseo olvidándose de las consecuencias. Sus cumplidos sonaban tan sinceros que podría llegar a creer que sus palabras no eran palabras vacías con las que halagarla, sino que le había hablado desde el corazón.

Aun así, cualquier placer que pudiera obtener entregándose a la lujuria sería superado por los riesgos que corría, especialmente una joven de alta cuna. Tener un hijo fuera del matrimonio era decirle al mundo que una era demasiado débil como para resistir los impulsos más básicos. Que era mujer de la que avergonzarse.

En cuanto a Sally, probablemente cualquier día de aquellos se presentaría llorando ante ella diciéndole que estaba embarazada y no sabía qué hacer. Tamsin se ocuparía de que se le proporcionara una dote y quizá incluso un marido, en el caso de que hubiera algún sirviente dispuesto a casarse con ella.

Pero ya se encargaría de ello cuando fuera necesario, mientras tanto...

–¡Sally!

La criada de melena castaña rojiza y abundante y nariz ligeramente respingona comprendió que había llegado el momento de abandonar aquella mesa y se dirigió inmediatamente hacia Tamsin.

–¿Sí, mi señora?

–Abre las ventanas más cercanas a las puertas. El ambiente está muy cargado.

–Sí, mi señora –respondió Sally.

Se dispuso a hacer inmediatamente lo que le habían ordenado, ignorando las miradas desilusionadas de los escuderos.

Tamsin no podía imaginar que sir Rheged fuera como aquellos chicos atolondrados y excitados, intentando parecer viriles y persuadir a cualquier mujer para que se metiera en su cama.

Podía ser un hombre decidido, despiadado incluso, pero jamás atolondrado. En cuanto a lo de parecer viril, estaba convencida de que sir Rheged siempre exudaba aquella sensación de fuerza y poder. Y respecto a lo de seducir a una mujer para que se metiera en su cama, no le sorprendería enterarse de que muchas mujeres habían luchado por aquel privilegio.

—¡Cuidado, mi señora! —gritó Denly, cuando vio que Tamsin estaba a punto de interponerse en el camino de los sirvientes que estaban retirando los caballetes de las mesas.

—Sí, lo tendré —musitó.

Y no se refería únicamente al movimiento de mesas. Intentaría evitar a sir Rheged de Cwm Bron durante el resto de su visita al castillo. Eso sería lo mejor, y lo más seguro.

A la mañana siguiente, después de que hubiera cesado la lluvia ligera que sir Rheged había anunciado y la melé hubiera comenzado en el campo en el que se celebraba el torneo, Tamsin se dirigió hacia la cocina para supervisar los preparativos del banquete que marcaría el final del torneo. Al acercarse a la entrada, distinguió el sonido inconfundible de una bofetada seguido por la voz enérgica y enfadada de Armond.

—¡Levántate, perezoso! ¡Eres un bribón que no sirve para nada!

Tamsin corrió a la cocina y allí vio a Ben, el chico que trabajaba como pinche de cocina, con la mano en la mejilla, mientras Armond se cernía sobre él con los brazos en jarras.

—¡Armond! —le espetó Tamsin—. Sabes que no tolero que un sirviente le pegue a otro.

Armond la miró furioso.

—Estaba dormido cuando tiene trabajo que hacer.

—Ya conoces mis normas —replicó Tamsin—. Si no estás dispuesto a obedecerlas, puedes dejar el castillo.

–Vuestro tío...

–No tiene el menor deseo de verse involucrado en ninguna clase de disputa doméstica, como cualquiera que le conozca podría asegurarte. Los sirvientes están a mi cargo y soy yo la que mantiene la paz entre ellos, no él. Si no quieres obedecer mis normas, hay otras muchas cocinas que estarían encantadas de poder contar con tus servicios. Si vuelves a pegar a Ben o a cualquier otro...

Mavis irrumpió en aquel momento en la cocina como un vendaval.

–¡Ya vienen! ¡El torneo ha terminado! –se interrumpió de golpe–. ¡Ay! ¿Interrumpo algo?

Tamsin se volvió hacia ella.

–¿Estás segura?

–Charlie dice que uno de los guardias ha visto el resplandor de las armas en el camino, así que los caballeros ya están de vuelta. Vamos a salir a ver quién ha ganado –sugirió Mavis con entusiasmo.

A pesar de la ávida curiosidad de Tamsin, aquella noticia podía esperar. Los caballeros querrían disfrutar de agua caliente y toallas de lino limpias antes del banquete. Y también las damas, por supuesto.

–No puedo –respondió Tamsin antes de dirigirse hacia las sirvientas más jóvenes–. Sally, Meg y Becky, empezad a calentar agua para las estancias de nuestros invitados.

Las tres jóvenes suspiraron al unísono. No era una tarea fácil la de transportar cubos de agua caliente.

–¡Por favor, ven conmigo, Tamsin! –le suplicó Mavis–. Tenemos tiempo de sobra y ni siquiera tendrás que acercarte al borde del camino. Todavía no han llegado a las puertas de la muralla.

–En ese caso, es posible que Charlie se haya equivocado. Meg, Sally, Becky, no os molestéis en calentar el agua hasta que estemos seguras, o podría estar demasiado fría para cuando vuelvan.

–Es cierto, deberíamos asegurarnos –se mostró de acuerdo Mavis–. Vayamos a comprobarlo por nosotras mismas.

–De acuerdo, pero solo podré estar un rato –cedió Tamsin.

Al fin y al cabo, tenía que saber si la melé había terminado o no y podría apoyarse contra la torre, aunque no fuera capaz de mirar siquiera el césped que tenía debajo. Siempre había tenido miedo a las alturas, incluso cuando era niña y antes de que sus padres murieran por culpa de las fiebres, y por ningún motivo en particular, salvo una vívida noción del efecto que podría tener una caída desde lo alto.

Las dos jóvenes cruzaron juntas el pasillo que conectaba la cocina con el gran salón.

Mavis llevaba un vestido de lana de color verde con una túnica de un verde más claro. Su rubia melena resplandecía como el oro fundido: Tamsin, por su parte, llevaba un vestido más sencillo, de lana del color de la piel de la gacela, con las mangas arremangadas, exponiendo sus brazos delgados y sus capaces manos. La larga trenza de color castaño colgaba, como siempre, a su espalda.

Rodeadas de los nerviosos y siempre presentes sabuesos, cruzaron el salón, rebosante de criados que extendían los manteles de lino sobre las mesas y arrojaban margaritas y romero sobre los suelos cubiertos de esterillas. Denly estaba colocando antorchas nuevas en los candelabros. A pesar de sus prisas, Tamsin se aseguró de que todo estuviera en orden mientras pasaban entre los sirvientes, saludando a cada uno de ellos con un asentimiento de cabeza y una sonrisa.

–Estoy segura de que sir Jocelyn ha ganado –comentó Mavis mientras subían los escalones que conducían a la zona de muralla más cercana a la puerta principal–. Era el escudero de sir William de Kent.

–Y también es muy atractivo.

–Pero esa no es la razón por la que creo que va a ganar –replicó Mavis, alzando la cabeza con orgullo–. Además está muy bien preparado.

Quizá, pero no era sir Rheged, pensó Tamsin. Se regañó inmediatamente por estar pensando en aquel caballero galés.

Cuando llegaron al adarve de la muralla, Mavis se inclinó hacia el borde, mientras Tamsin permanecía con la espalda pegada contra la sólida torre. Su prima señaló al grupo de hombres que estaba recorriendo la zona que separaba la muralla interior de la muralla exterior del castillo. Algunos hombres iban montados a caballo, otros a pie. Tras ellos caminaban los escuderos, cargando con los escudos y las espadas.

–Ahí están todos, pero no sé quién ha ganado. ¿Sabrías decirlo tú? –preguntó Mavis.

Tamsin escrutó al grupo con la mirada. No había ningún hombre con expresión particularmente triunfante. No había nadie cabalgando delante del grupo, ni con un porte especialmente orgulloso.

Vio a sir Jocelyn con los hombros gachos. Evidentemente, él no era el ganador. Fue recorriendo a los demás con la mirada, uno a uno, hasta que reconoció a sir Rheged. Estaba entre los últimos e iba caminando, tirando de un enorme caballo negro mientras otro hombre se apoyaba en él.

No debería haberse sentido tan desilusionada... Pero el caso era que así era como se sentía.

—¡Ahí está el Lobo de Gales! —dijo Mavis, como si le estuviera leyendo el pensamiento—. Y el que cojea a su lado es sir Robert de Tammerly.

—No creo que esté seriamente herido, en caso contrario, estaría todavía en la tienda o le habrían traído en carro —señaló Tamsin.

Había hecho los arreglos necesarios para que estuviera presente un médico en el torneo y hubiera suficientes sirvientes para hacerse cargo de cualquier herido.

—Sir Rheged no parece tan fiero en este momento, ¿verdad?

—No —se mostró de acuerdo Tamsin.

—Ahora que ha perdido, a lo mejor se corta el pelo. Es evidente que no es otro Samson.

—Yo no me atrevería a sugerírselo.

—Yo ni siquiera me atrevería a hablar con él —respondió Mavis, tomó aire por la nariz con gesto altivo y echó la cabeza hacia atrás—. Jamás en mi vida había visto a un hombre tan sombrío. Creo que apenas ha dicho más de tres palabras desde que ha llegado.

A Tamsin le había dicho más de tres palabras, pero no se molestó en corregir a su prima. No quería hablarle a Mavis de aquel encuentro en el patio, ni de lo que le había dicho sir Rheged, ni de cómo la había mirado, ni de cómo se había sentido cuando la había mirado. Y, por supuesto, no pensaba contarle lo que había soñado aquella noche.

—Y es tan pobre que no tiene la menor influencia

en la corte. De hecho, la única propiedad que tiene, que es bastante pequeña, se la dio sir Algar.

–¿Quién es sir Algar? No recuerdo ese nombre.

–Un lord de poca importancia que antes tenía amistad con mi padre. Pero hace años que no viene por aquí. El pobre hombre debe de ser ya muy anciano, por lo que dice mi padre. Tengo entendido que la propiedad que le dio a sir Rheged apenas es suficiente como para mantener la casa, y la fortaleza es una ruina. Solo tiene unos cuantos soldados y unos pocos sirvientes. Y se llama Cwm Bron, que no sé lo que puede significar en galés.

–¡Lady Thomasina!

Ambas se volvieron hacia Charlie, que subía corriendo los escalones. El muchacho, no muy alto para su edad, era curioso y vivaz, y se encargaba a menudo de transmitir los mensajes en el castillo. Siempre tenía un mechón del negro flequillo cayéndole sobre la frente y unas cuantas pecas salpicaban su nariz.

–Lord DeLac quiere veros, mi señora –dijo jadeando mirando a Tamsin–. Dice que inmediatamente.

Capítulo 2

Tamsin y Mavis intercambiaron una mirada. Una llamada tan imperiosa en un día como aquel no podía presagiar nada bueno.

–¿Te has enterado de quién ha ganado, Charlie? –le preguntó Mavis mientras Tamsin bajaba los desgastados escalones preguntándose qué se habría olvidado o no habría sido capaz de prever.

–Sí, mi señora. Ese galés de pelo largo.

Tamsin se detuvo en seco y se volvió hacia el sonriente muchacho.

–¿Sir Rheged?

–¿Estás seguro? –le preguntó Mavis.

–Sí, mi señora. Me lo ha dicho Wilf, que está en la puerta, y él obtuvo la noticia del mensajero que estaba en el campo. El galés ha vencido a siete caballeros y tendrá que recibir un sustancioso rescate a cambio de sus caballos y sus armas, además del premio, por supuesto.

Tamsin comenzó a caminar otra vez sonriendo para sí mientras se dirigía hacia la sala de recepción de su tío. Dejó de sonreír cuando llegó a la pesada puerta de roble y llamó. Su tío la invitó a entrar en tono malhumorado.

Una rápida mirada a su alrededor le aseguró a Tamsin que no faltaba nada en la habitación. El brasero estaba lleno de brasas resplandecientes de carbón. Los tapices estaban limpios y sin polvo y las esterillas del suelo recién puestas. Las velas, que no estaban encendidas por ser de día, habían sido convenientemente cortadas y las telas que cubrían los arcos de las ventanas estaban abiertas solo lo suficiente como para permitir que entrara un poco de aire fresco sin que hubiera corriente.

Su tío, un hombre barbado, de pelo gris y mediana edad, permanecía sentado tras la mesa lustrada con cera de abeja. Como siempre, iba elegantemente vestido con una túnica larga de lana de color marrón, un cinturón de cuero repujado alrededor de su abultada barriga y una cadena de eslabones de plata. Los gruesos dedos de sus manos estaban adornados por anillos. El cofre de oro con piedras preciosas incrustadas que iba a convertirse en el premió para el campeón del torneo descansaba bajo su brazo.

Simon le dio unos golpecitos con el dedo al pergamino que tenía ante él con el dedo índice. A Tamsin debería haberle aliviado que no comenzara a lanzarle inmediatamente toda una letanía de quejas, pero había algo en la mirada de aquellos ojos grises que no ayudaba a aliviar su nerviosismo.

—Por fin vas a poder devolverme todo lo que me he gastado en ti —anunció lord DeLac.

Tamsin sintió que el corazón le subía a la garganta. Ella era una dama, la hija de un noble, y no podía devolverle ni una sola moneda. Pero había otra forma de hacerlo, y las siguientes palabras de su tío confirmaron sus temores.

—Necesito un aliado en el norte, así que vas a casarte con sir Blane de Dunborough. Ahora mismo está viniendo de camino para la boda y debería estar aquí en quince días.

No podía decir que no lo esperara, pero aun así... ¡solo quince días! Menos de un mes. ¿Y quién era sir Blane Dunborough?

La respuesta cayó en su mente como una losa. Era aquel hombre de huesos delgados y expresión lasciva que había visitado el castillo en primavera. Tamsin se había fijado en que miraba a Mavis como si fuera un viejo sátiro e inmediatamente había dicho que su prima no se encontraba bien.

A Mavis le había bastado mirar una sola vez a sir Blane para mostrarse rápidamente de acuerdo y había guardado cama durante todo el tiempo que había durado aquella visita. Tamsin también había mantenido a las sirvientas más jóvenes lejos de su alcance, pero incluso las más mayores, que tenían años de experiencia a la hora de esquivar avances no deseados, se habían quejado de que era el peor hombre con el que se habían encontrado en su vida.

Todas las mujeres del castillo habían suspirado aliviadas cuando se había ido y Tamsin se había considerado afortunada por haber podido evitar acercarse al invitado de su tío a menos de veinte metros.

¡Y de pronto se suponía que tenía que casarse con él!

Su tío frunció el ceño.

—¿Y bien? ¿Dónde queda tu gratitud?

Tamsin prefería pasar el resto de su vida en el convento más frío, desolado e inhóspito de Escocia a casarse con Blane de Dunborough, pero seguramente no era muy sensato decírselo a su tío.

–Me sorprende, tío. La verdad es que no pensaba casarme nunca.

–¿Esperabas vivir a cuenta de mi generosidad durante toda tu vida?

Lo decía como si no hubiera medido hasta la última moneda que se había gastado en ella, como si no le hubiera reprochado el hecho de que tuviera que depender de él prácticamente desde el día que había llegado al castillo, cuando a la corta edad de diez años había perdido a sus padres.

–Esperaba poder quedarme en el castillo DeLac.

–¿Y vivir de mi generosidad durante toda tu vida?

Sabía que no habría sido posible.

–O, a lo mejor, en un convento.

–¡Dios mío, muchacha! Cuesta dinero conseguir que las hermanas te acojan en un convento. ¿De verdad esperas que pague por ello? –su tío la fulminó con la mirada y se levantó–. ¿Cómo te atreves a cuestionar mi decisión, descarada insolente? ¿Dónde está tu gratitud por todo lo que he hecho por ti? ¿Cómo es posible que no me agradezcas que haya encontrado a un hombre que está dispuesto a quedarse contigo?

¿Un hombre? Sir Rheged era un hombre. Sir Blane era un demonio degenerado con forma humana.

–Tío, aunque te estoy muy agradecida por todo lo que has hecho...

–¡Pues no lo parece! Hablas igual que tu maldita madre.

Aquellas palabras le escocieron como una bofetada. Sin embargo, sabía que tenía que oponerse a aquella boda. Si no hablaba en aquel momento, se arrepentiría durante el resto de su vida.

–Está dispuesto a llevarte con él y ya no hay nada más que hablar –respondió su tío, volviendo a la silla–. No le digas nada de esto a nadie hasta que no anuncie mañana la boda. No quiero que le robes atención al banquete, ni al campeón del torneo, aunque sea un galés ignorante y zafio. Y ahora, vete.

Pero Tamsin se quedó donde estaba.

–Tío, soy consciente de que vine a tu castillo sin nada y que te viste obligado a acogerme. ¡Pero casarme con un hombre como sir Blane! ¿Cómo puedes ser tan cruel con alguien de tu propia sangre?

El semblante de su tío era duro y frío como el hielo.

–Si te niegas a casarte con él, otra deberá ocupar tu lugar, así que, o tú o Mavis os convertiréis en su esposa, porque ya se ha firmado el acuerdo y se ha establecido una alianza. Pero no tiene ningún sentido que sea Mavis ahora que voy a poder casarte con el primer hombre que he encontrado dispuesto a aceptarte en matrimonio a cambio de una dote razonable y la posibilidad de establecer una alianza conmigo.

Tamsin sabía que no tenía opción. Obligar a una mujer tan alegre y delicada como Mavis a casarse con sir Blane sería como asesinarla en vida.

–Aceptaré tu acuerdo, tío, me casaré con sir Blane.

–¿Me das tu palabra de honor?

Tamsin quería gritar. Quería negarse. Quería decirle exactamente lo que pensaba de él.

–Te doy mi palabra de honor –repitió, pero se sentía como si cada palabra que pronunciaba fuera un clavo que estuviera hundiendo en su propio ataúd.

–¿No vas a darme las gracias?

Tamsin miró a aquel hombre que jamás la había querido, a pesar de todos los esfuerzos que había hecho ella por ganarse su afecto, hasta que su tío desvió la mirada. Después, dio media vuelta y se marchó.

Los pies bien plantados en el suelo, las manos a la espalda y la mirada recorriendo a todos los reunidos en el salón. Aquella era la pose de Rheged mientras permanecía sobre la tarima del gran salón del castillo DeLac, esperando a recibir su premio. Las antorchas y las velas que adornaban las mesas resplandecían, iluminando no solo el premio y las finas vestiduras de los invitados, sino también su poco complacidas expresiones.

El brazo le dolía y sabía que al día siguiente tendría unos cuantos moratones, ¿pero qué era eso, o las miradas envidiosas de aquellos que habían perdido, a cambio de aquel valioso cofre?

Aun así, no era el cofre el que atraía su atención, sino Tamsin, situada al final del salón, medio escondida tras uno de los pilares de piedra. Era evidente que algo la entristecía o la inquietaba. Había desaparecido el brillo vivaz de su mirada y el porte orgulloso de su cabeza. La vitalidad que parecía emanar desde aquel cuerpo delicado, que le había hecho creerla capaz de controlarlo todo y a todos en un castillo, e incluso de dar órdenes a una guarnición en el caso de que fuera necesario, parecía haberse apagado.

Lord DeLac comenzó a avanzar hacia él sosteniendo el premio.

A lo mejor estaba enferma, pero en el caso de que así fuera, seguramente no estaría en el salón.

–Habéis hecho un gran esfuerzo, sir Rheged –dijo lord DeLac, aunque su sonrisa era poco más que una mueca.

A lo mejor solamente estaba cansada. Debía de ser agotador llevar una casa tan enorme y habían sido muchos los que habían participado en el torneo. Y también debía de requerir un gran esfuerzo organizar un banquete como aquel, con platos de pescado, pato, oca, ternera asada, cerdo, cordero, ollas rebosantes de alubias y puerros, fuentes de verdura y pan recién hecho.

–Os felicito por vuestra victoria –continuó diciendo lord DeLac–. No la esperaba, dada vuestra reputación, pero, en cualquier caso, ha sido merecida.

–Gracias, mi señor –contestó Rheged, sin molestarse en esbozar una sonrisa en respuesta cuando lord DeLac puso el cofre en sus manos.

Era un cofre muy pesado. Las piedras preciosas que lo adornaban resplandecían a la luz de las velas, recordándole que la única razón por la que había ido al castillo DeLac era ganar aquel premio y el dinero que conllevaba. Necesitaba dinero para empezar a reparar su propia fortaleza, para subir un peldaño más en la escalera del poder y la prosperidad.

No había ido hasta allí para preocuparse de los problemas que pudiera tener la sobrina de lord DeLac.

Apareció entonces un anciano sacerdote por una esquina cercana a la tarima para bendecir la mesa. Cuando terminó, fue como si hubiera dado la señal para que todo el mundo comenzara a hablar al mismo tiempo mientras iban tomando sus asientos. Rheged ocupaba el lugar de honor, a la derecha de lord DeLac. Lady

Mavis estaba sentada a la izquierda de su padre, con lord Rossford a su lado, mientras que la anciana y sorda lady Rossford, que había sufrido un resfriado del que al parecer se había recuperado, estaba sentada a la derecha de Rheged. No hubiera podido haber hablado con ella aunque hubiera querido, pero, en cualquier caso, sus labios apretados dejaban bien claro que tampoco ella tenía intención de hablar con él.

El resto de los nobles estaban sentados bajo la tarima, disfrutando de un vino excelente mientras hablaban, reían, susurraban y compartían chismorreos y todo un rebaño de sirvientes les atendía bajo la siempre vigilante mirada de Tamsin, que apenas había probado bocado en la comida. Con el aspecto de un general derrotado, permanecía sentada en una mesa que estaba tan lejos de la tarima que podría resultar hasta ofensivo.

Tenía que haberle ocurrido algo realmente serio para que estuviera tan afectada.

–Decidme, sir Rheged, ¿no estáis de acuerdo? –preguntó lord DeLac en un tono ligeramente impaciente en el momento en el que estaban agotándose ya los dulces y la fruta.

–¿Perdón, señor? La magnificencia de vuestro banquete tiene copada toda mi atención –respondió Rheged, pensando que, seguramente, no sería prudente expresar su preocupación por su sobrina.

Lord DeLac sonrió mientras se limpiaba los dedos grasientos en una prístina servilleta de lino.

–Estaba diciendo que entre el premio que he ofrecido y el dinero que conseguiréis a cambio de los caballos y las armas que habéis ganado en el torneo, os habéis convertido en un hombre mucho más rico.

—El premio es el más generoso que podría haber esperado. Vuestra generosidad no tiene parangón.

Lord DeLac se reclinó en la silla y alargó la mano hacia la copa plateada que tenía ante él. Las piedras de sus anillos resplandecían, al igual que la gruesa cadena que llevaba al cuello.

—Tengo entendido que no tenéis esposa. Seguro que estáis pensando en tomar una.

—Sí, he estado pensando en ello —confirmó Rheged, seguro de que aquel hombre no estaba a punto de proponerle que se casara con su hija o con su sobrina.

Los hombres como DeLac buscaban maridos ricos e influyentes para las mujeres de su familia, no un galés hijo de campesinos que había tenido que luchar para conseguir un título de caballero y una propiedad.

Sin embargo, con intención de halagar a la dama y a su anfitrión, le dirigió a lady Mavis una sonrisa. Sí, muchos hombres la considerarían bella con aquel pelo rubio, el cutis tan pálido, las facciones finas y el cuello de cisne, pero no era ella la mujer en la que Rheged había pensado antes de quedarse dormido la noche anterior, ni cuando estaba esperando a que comenzara el torneo. Y tampoco sería ella la que le acompañaría en sus pensamientos.

Tampoco ella pensaría en él, puesto que, aunque lady Mavis se sonrojó, no le devolvió la sonrisa.

Por otra parte, tampoco le sorprendió. Las mujeres siempre respondían a él de dos maneras: o con miedo y nerviosismo, evitando su mirada como acababa de hacer lady Mavis, o con ávido interés y no pocas insinuaciones de que les encantaría compartir su cama. A veces, Rheged tomaba lo que le ofrecían. Pero en la mayor parte de las ocasiones, no lo hacía.

Solo Tamsin parecía haber mostrado alguna preocupación por su bienestar y su confort.

Bajó de nuevo la mirada hacia el salón, a tiempo de ver a Tamsin levantándose. Continuó observándola mientras cruzaba el comedor para dirigirse a la cocina, sin lugar a dudas, para repartir también aquella noche los restos del banquete entre los pobres.

Él era un caballero que había jurado proteger a las damas. Y, definitivamente, Tamsin estaba triste y preocupada. Seguramente, tenía la obligación de ayudarla en todo cuanto pudiera.

–Si me disculpáis, mi señor –dijo, empujando su silla–, debo retirarme. Mañana me espera un largo viaje y los oponentes a los que me he enfrentado hoy han puesto a prueba mi fortaleza. Estoy demasiado cansado como para quedarme a disfrutar las que sin duda alguna serán excelentes diversiones.

–¡Pero no podéis estar cansado tan temprano! –protestó lord DeLac–. ¡Un hombre tan joven y fuerte como vos! En mi juventud, era capaz de pasarme el día y la noche bebiendo y llegar en perfectas condiciones al amanecer.

–En ese caso, mi señor, me temo que no soy tan fuerte como vos, porque yo necesito descansar. Os deseo buenas noches, y también a vos, mi señora –añadió, inclinando educadamente la cabeza en dirección a lady Mavis.

La joven asintió, pero no dijo nada.

–En ese caso, haced lo que consideréis oportuno, sir Rheged –gruñó lord DeLac con muy poca elegancia.

Rheged se levantó y recogió su premio. Ignorando una vez más los comentarios quedos y los susurros de los nobles normandos, se llevó el cofre a la habitación que le habían asignado. Estaba en el segundo piso de un edificio situado cerca del salón y tenía una ventana pequeña con postigos de madera a unos tres metros del suelo. La habitación en sí disponía de una cama, un taburete, un lavamanos y una mesa sobre la que Rheged había dejado la armadura y los dos zurrones de cuero que utilizaba para transportar sus pertenencias. No había ningún lugar en el que esconder su valioso premio, o eso le pareció, pero como esperaba ganar, había pensado ya en la manera de ocultarlo. Con movimientos rápidos, metió el cofre en el zurrón más pequeño y sacó el cordón ajustable del más grande, que ató al primero. Después, se subió al taburete, ató el extremo suelto de la cuerda a los apliques metálicos del postigo y sacó el zurrón por la ventana hasta que quedó colgando aproximadamente unos treinta centímetros. Después, apartó el taburete de la ventana y retrocedió.

Desde donde estaba, no podía ver ni el nudo ni la cuerda e incluso en el caso de que alguien se fijara en el zurrón en medio de aquella oscuridad, estaba demasiado alto como para que pudiera agarrarlo.

Satisfecho, abandonó la habitación y regresó al patio. Encontró una entrada suficientemente ancha en una de las muchas zonas de almacenamiento, un lugar desde el que podía controlar la entrada a la cocina sin ser visto ni desde la muralla ni por ninguno de los guardias. También estaba fuera del alcance de las miradas de los sirvientes que corrían del salón a la cocina o a los establos. Agachado en su escondite, se dispuso a esperar.

La noche era fría, comenzaba a anunciarse el otoño en el aire y se abrazó a sí mismo para darse calor. Por supuesto, no tenía tanto frío como lo habría tenido cualquiera de aquellos nobles en una situación similar. Él había pasado más noches de las que podía recordar durmiendo bajo el cielo raso, acurrucado en el marco de una puerta o escondido en un callejón, muy a menudo sin una manta o una capa con las que abrigarse.

Aun así, se alegró de no tener que esperar durante mucho tiempo a que Tamsin saliera de la bulliciosa cocina con la cesta. Una vez más, la vio cruzar el patio con aquella elegancia que nadie podía enseñar y entregar los restos de comida sobrante del banquete a los pobres allí reunidos. Les oyó darle las gracias, reconoció su sincera gratitud y admiró la delicadeza con la que Tamsin les aseguraba que debían llevarse todo lo que pudieran.

Pero también vio sus hombros caídos, y su desesperación era evidente en la lentitud de los pasos con los que se dirigía de nuevo hacia la cocina.

Cuando se acercó al lugar en el que Rheged esperaba, este la llamó suavemente.

Tamsin retrocedió sobresaltada y se agarró a la cesta como si de un escudo se tratara.

—¿Qué estáis haciendo aquí, sir Rheged? ¿Qué queréis?

Rheged extendió la mano y contestó con el mismo tono amable y tranquilizador con el que se habría dirigido a un caballo asustado.

—Solo quería saber si estáis bien.

—Estoy perfectamente, mi señor.

—Estáis mintiendo.

—¡Cómo os atrevéis a decir algo así! —le regañó

Tamsin entre susurros–. ¿Cómo os atrevéis a lanzar semejante acusación?

Por lo menos había conseguido que volviera la luz a sus ojos.

–Porque sé que os ha pasado algo que os inquieta. Durante el banquete, habéis estado sentada como si fuerais de piedra.

La firmeza de Tamsin pareció quebrarse, pero solo durante un instante.

–No era consciente de que me estabais sometiendo a tal escrutinio.

–¿Qué os ha pasado?

–Nada que os concierna. Os felicito por vuestra victoria de hoy, sir Rheged, y os deseo buena suerte durante el trayecto de vuelta a vuestra casa –dijo antes de volverse.

Rheged la agarró del brazo para detenerla.

–Mi señora, por favor. El deber de un caballero es ayudar y proteger a las damas. Si hay algo...

–¡Soltadme o llamaré a los guardias! –le ordenó Tamsin–. Y no penséis que no me atreveré a hacerlo.

Temiendo que realmente llamara a los guardias y sabiendo que estos probablemente mirarían con recelo cualquier cosa que hiciera un galés, aunque fuera el campeón del torneo, Rheged decidió silenciarla con lo primero que se le ocurrió.

Y fue un beso.

Besó los labios llenos de Tamsin. La besó primero con dureza, después con desesperación y al final, como ella no se apartó, con creciente necesidad y deseo. La besó como nunca había besado a una mujer, porque hasta ese día, para lo único que había deseado a una mujer había sido para desahogarse físicamente.

Hasta aquella noche.

Hasta el momento en el que había sostenido a Tamsin DeLac entre sus brazos y se había rendido al poderoso y apasionado anhelo que despertaba en él como ninguna otra mujer lo había hecho nunca.

Capítulo 3

Tamsin sabía que debería protestar, que debería pedirle que se detuviera. Debería empujarle y llamar a los guardias si era necesario. Sir Rheged no debería estar besándola ni poniéndola en una situación comprometida en medio de la oscuridad. Ella era una dama. Y estaba prometida.

Pero no se resistió. No fue capaz de hacerlo. Le resultó imposible cuando el beso perdió la dureza y Rheged la rodeó con sus fuertes brazos como si le estuviera ofreciendo un refugio.

Ni siquiera cuando la cesta cayó al suelo y Rheged abrió la puerta que tenía tras él. Ni cuando la llevó a la profunda oscuridad del almacén en el que guardaban la lana, donde los atados de lana parecían respirar, expandiéndose y contrayéndose con suaves suspiros mientras sus labios volvían a encontrarse.

Pero aquel emocionante abrazo no podía durar. Tamsin debía cumplir con su deber si no quería que alguien más que ella terminara sufriendo.

De modo que posó las manos en el ancho pecho de sir Rheged y le empujó.

—Ya basta —ordenó con voz baja y firme, a pesar de que no pudo evitar un escalofrío—. Por favor, deteneos.

—Como si fuera eso lo que realmente deseáis —replicó Rheged.

Su voz profunda era como una caricia en medio de aquella oscuridad.

No, Tamsin no quería que se detuviera, pero sabía lo que debía hacer y estaba dispuesta a hacerlo.

—Es eso lo que deseo.

—Muy bien, pero sé que antes de que os besara, ha pasado algo que os afecta profundamente, algo que ha ocurrido durante la melé o quizá poco después. Por favor, hacedlo por mí si no queréis hacerlo por vos, contádmelo, y si hay algo en lo que pueda ayudaros, permitidme tal honor.

Que un hombre como aquel le hiciera aquel ofrecimiento en aquel momento y con esa voz, bastó casi para hacerla llorar. Pero no debía mostrar ningún signo de debilidad. Aun así, fue incapaz de resistirse a la necesidad de contarle lo que le había hecho su tío.

—Me han prometido.

—¡Ah!

Rheged suspiró, pero Tamsin no fue capaz de interpretar aquella larga exhalación.

—¿A quién?

—A sir Blane de Dunborough.

Rheged la miró como si acabara de abofetearle.

—¿A ese perro?

Aquella respuesta, que fue casi como una maldición, estuvo a punto de desarmarla. Pero tenía que ser fuerte y cumplir con su obligación por el bien de Mavis. Y aquel hombre no podía conocer sus verdaderos sentimientos. Al fin y al cabo, a pesar de lo que había dicho sobre sus obligaciones como caballero, no podía hacer nada para remediar su destino.

–Debo recordaros que estáis hablando de un noble, que, además, es mi prometido.

–Sé quién es y sé cómo es –replicó Rheged–. ¿Pero lo sabe vuestro tío? ¿Lo sabéis vos?

–Yo le he conocido.

–¿Y aun así os casareis con él?

–He dado mi consentimiento –contestó, aunque, y en aquel momento más que nunca, desearía no haberlo hecho.

–Decís que le habéis conocido, ¿dónde?

–Aquí, pero no creo que eso sea asunto vuestro –respondió con acritud.

–En ese caso, no le habéis conocido en su castillo. No le habéis conocido en su propia casa. No habéis visto lo aterrorizados que están sus hombres y sus sirvientes, y con razón. Es el hombre más perverso y tirano que han visto mis ojos. Sus hijos, salvo uno de ellos, no son mucho mejores, e incluso Roland se pelea constantemente con sus hermanos. Casarse con Blane será como meteros directamente en un nido de víboras en el que todas las víboras están en guerra unas contra otras.

Que el cielo la ayudara si aquello era cierto, pero, aun así, sabía que tenía que casarse con Blane. Había aceptado hacerlo por el bien de Mavis y por el bien de su prima, debía honrar su promesa.

Y tenía que alejarse de Rheged. Sabía que no le haría ningún bien escucharle. Estar con él. Dejar que la abrazara y la besara apasionadamente.

Pero cuando intentó marcharse, tuvo la sensación de que hasta el último músculo de su cuerpo se había transformado en agua. Se tambaleó de tal manera que estuvo a punto de caerse, pero Rheged la agarró por los hombros para sostenerla.

–No he dicho todas esas cosas para asustaros, mi señora –le aseguró con voz queda y estudiando su rostro con la mirada–. Solo pretendía advertiros para protegeros. Si no creéis lo que os he dicho, preguntad sobre él a cualquiera de los invitados. Incluso en el caso de que le alaben, vacilarán antes de hacerlo, y esa vacilación os dirá que no miento –tensó las manos sobre sus hombros–. Sea lo que sea lo que vuestro tío ha prometido, tenéis derecho a rechazarlo. La ley dice que nadie puede obligaros a casaros.

Era como si le estuvieran lazando una cuerda a un hombre que se estaba ahogando y tuviera que elegir entre agarrarla o salvar a la única persona de su familia que le quería y a la que él quería a su vez.

–Soltadme, sir Rheged.

Así lo hizo Rheged, pero, casi inmediatamente, se movió para bloquear la puerta.

–A lo largo de mis viajes, he hablado con sacerdotes sobre muchas cosas, y estoy tan seguro como de que estoy aquí de pie de que nadie puede obligaros a casaros en contra de vuestra voluntad.

Tamsin le creía, pero si estaba diciendo la verdad sobre Blane, era más importante que nunca que fuera ella y no Mavis la que se casara con él.

De modo que cuadró los hombros y miró a Rheged directamente a los ojos.

–¿Acaso he dicho yo que esté siendo forzada? ¿Me he quejado por haber sido prometida sin mi consentimiento? Voy a casarme con un hombre rico que me dará un título y una casa confortable. Además, mi matrimonio permitirá crear una alianza entre mi tío y un hombre poderoso en el norte.

–Y que convertirá vuestra vida en un infierno.

–¿Qué mujer no desea tener su propia casa y tener hijos?–preguntó Tamsin, aunque la idea de compartir el lecho con sir Blane le repugnara–. En cuanto a la maldad que alegáis, seguramente no pensaréis que mi tío...

–Creo que vuestro tío sería capaz de hacer cualquier cosa que pudiera servir a sus propios fines –la interrumpió Rheged–. Y creo que vos, mi señora, lo sabéis mejor que yo.

–Si vos lo decís... Pero es posible que me resulte más fácil complacer a un marido que complacer a mi tío.

–¿Cómo? ¿En la cama? Dudo de que ninguna mujer haya encontrado nunca la felicidad en el lecho de Blane.

–Sin lugar a dudas, preferiríais que compartiera el vuestro.

Se obligó a apartar de su mente la repentina y vívida imagen en la que se vio en la cama de Rheged, en sus brazos, amándole y siendo amada como en el sueño de la noche anterior.

–Tenéis un novedoso método de seducción, eso os lo reconozco, pero conmigo no tendréis éxito –añadió.

–No quiero seduciros, mi señora. Os aseguro que solo pretendo ayudaros.

La sinceridad de sus palabras hacía más difícil todavía para Tamsin el fingir que no la conmovía aquel ofrecimiento, que no la conmovía su compasión.

–Os agradezco vuestra preocupación, caballero –contestó, manteniendo la voz fría–, pero mi destino solo es asunto mío de modo que, a no ser que pretendáis retenerme aquí en contra de mi voluntad, deberíais dejarme marchar.

–Marchad, pues –respondió él en un tono igualmente frío.

Era evidente que estaba enfadado, y con motivo, o, por lo menos, eso pensaba Tamsin hasta el momento en el que posó la mano en el pestillo.

–Si cambiáis de opinión –añadió Rheged con firme resolución–, enviad un mensaje a Cwm Bron y vendré a buscaros para llevaros adonde decidáis ir, ya sea a casa de una amiga, de cualquier pariente o a un convento. Estoy dispuesto a llevaros a cualquier refugio en el que vuestro tío no pueda obligaros a casaros en contra de vuestra voluntad.

Tamsin tenía que alejarse de él antes de que su resolución se hiciera añicos, pero no podía irse sin mostrar al menos alguna señal de que le estaba agradecida. De que apreciaba y atesoraba su ofrecimiento. De que le respetaba y admiraba por algo más que su aspecto y su destreza en la batalla.

Quería que supiera que deseaba que se hubieran conocido en unas circunstancias diferentes. Que habría preferido ser una mujer libre, e incluso una criada, para poder acostarse con él sin que nadie pudiera decir nada.

Así que le besó. Apasionadamente. Liberando, solo por una vez, toda la necesidad, el anhelo y el deseo que crecían dentro de ella.

Solo una vez, se decía, una vez para recordarla durante las largas noches de soledad que tenía por delante.

Solo una vez, puesto que, seguramente, solo encontraría un deseo exigente y egoísta en la cama de sir Blane.

Solo una vez, para demostrarle a Rheged cómo se sentía cuando la estrechaba entre sus brazos y movía los labios sobre los suyos con aquella lenta deliberación y aquel deseo.

Pero debía poner fin a aquel beso antes de que olvidara quién era y lo que tenía que hacer para mantener a salvo a su prima. No podía sucumbir al deseo y al anhelo que la invadían, por mucho que deseara tumbarse sobre la lana y dejar que Rheged la complaciera, aunque estaba segura de que Rheged podría proporcionarle un inmenso placer.

Se obligó a separarse de él.

–Olvidaremos que he estado aquí, sir Rheged, y no volveremos a hablar de mi matrimonio nunca más. Ahora, quiero daros las buenas noches, mi señor, y desearos que regreséis sanos y salvos a vuestra casa.

–Mi señora.

–¡Ya basta, sir Rheged! –gritó. Sus palabras fueron más una súplica que una orden–. Me casaré con sir Blane y vos regresaréis a Cwm Bron –suavizó la voz–. Así debe ser, mi señor, de modo que, por favor, respetad mis deseos.

–Muy bien, mi señora. Es posible que encontréis más alegría en vuestro matrimonio de la que anticipo –contestó mientras ella abría la puerta y le dejaba.

Rheged se dejó caer contra uno de los enormes atados de lana. A lo mejor aquella dama realmente deseaba casarse con un hombre rico y de buena posición con independencia de quién fuera este o del peaje que tuviera que pagar por ello. Si así era, aquella era su decisión y él tenía que mantenerse al margen.

Fue a abrir la puerta, pero vaciló. Estaba seguro de que nadie les había visto cuando había llamado a Tamsin y de que habían estado protegidos en todo momento de miradas indiscretas. Sin embargo, sería más sensato esperar un poco antes de marcharse. Si alguien se enteraba de que habían estado juntos en el almacén de lana, aunque fuera durante tan corto período de tiempo, los dos podrían tener problemas.

Con un suspiro, se subió a uno de los montones de lana y se tumbó. Podía quedarse allí un rato más. Al fin y al cabo, lo único que él pretendía era ahorrarle problemas a Tamsin, no causarle más.

Todavía con la cesta vacía, Tamsin corrió a la habitación que compartía con Mavis. No quiso regresar a la cocina, donde habría multitud de sirvientes, ni al salón, donde todavía estaban reunidos caballeros y damas. Corrió como una gacela asustada, o como un ratón que acabara de ver al gato dirigiéndose por las escaleras de los sirvientes hacia los aposentos de la familia. Afortunadamente, no se cruzó con nadie ni en las escaleras ni en el pasillo. Jadeando, abrió la puerta y descubrió que su prima ya estaba allí, uniendo las manos con ansiedad y con la preocupación ensombreciendo su adorable rostro.

La preocupación de Mavis creció cuando desvió la mirada del semblante sobresaltado de Tamsin a la cesta vacía que llevaba en la mano.

–Estaba tan concentrada pensando en todos los invitados que se van mañana que me he olvidado de devolver esto –dijo Tamsin, pero incluso a ella misma le sonaba débil aquella excusa.

–Tenía razón, ¡estás enferma! –gritó Mavis, quitándole la cesta y dejándola sobre el tocador que estaba más cerca–. Estás sonrojada y sin respiración y apenas has hablado nada durante el banquete.

–Nunca he sido una persona muy animada –señaló Tamsin, obligándose a forzar una sonrisa mientras encendía una cerilla y la metía en el brasero que caldeaba aquella pequeña estancia–. Estaba pensando en los problemas de la cocina. Armond debería marcharse. Ha pegado al pinche, y si vuelve a hacerlo otra vez...

–Te he visto preocupada por problemas domésticos en numerosas ocasiones, pero esto es diferente –la interrumpió Mavis.

Le bloqueó el paso a Tamsin cuando esta intentó acercarse a encender la vela que había junto a la cama con dosel en la que dormía Mavis. El jergón de Tamsin estaba en el otro extremo de la habitación, al lado del baúl en el que guardaba sus pocos vestidos. Los vestidos de Mavis estaban en un baúl mucho mayor colocado a los pies de su cama.

Mavis posó la mano en la frente de Tamsin antes de apartarse.

–No tienes fiebre, gracias a Dios, pero deberías meterte en la cama y descansar antes de que termines teniendo algo serio. ¡Y no pienso aceptar una negativa! –añadió, intentando adoptar una expresión firme, algo casi imposible para el alegre y bonito rostro de Mavis.

Por supuesto, no era en absoluto tan firme como la expresión de sir Rheged. Pero Tamsin no debía pensar en él. Y haría bien en mantenerse ocupada al día siguiente, lejos de los invitados.

–Estoy perfectamente –replicó, avanzando por la habitación.

–No, no estás bien –insistió su prima–. Sé que te pasa algo.

Se acercó a Tamsin, posó las manos en sus hombros y le hizo volver el rostro hacia ella mientras buscaba con ansiedad su mirada.

–Por favor, Tamsin, ¿es que no piensas decírmelo? Yo siempre te he contado todos mis problemas como si fueras mi hermana. ¿Por qué no me tratas como si fuera tu hermana y compartes tus problemas conmigo?

Si le hubiera exigido que le dijera la verdad, Tamsin se habría resistido. Pero aquella súplica tierna y sincera por parte de una prima que había sido la única persona que le había dado la bienvenida cuando había llegado al castillo DeLac y de la que no tardaría en separarse, demostró ser irresistible.

–Tu padre pensaba esperar hasta mañana para hacer el anuncio.

Mavis frunció sus rubias cejas con expresión interrogante mientras Tamsin se obligaba a sonreír. Mavis no debería enterarse nunca de que su padre la había amenazado si se negaba a prometerse. Era una joven amable y leal y Tamsin estaba segura de que insistiría en ocupar su lugar si se enteraba de la verdad.

–Voy a casarme.

–¿Vas a casarte? –repitió Mavis tan sorprendida como lo había estado la propia Tamsin. O sir Rheged. Y como, sin lugar a dudas, lo estarían todos los habitantes del castillo en cuanto conocieran la noticia–. ¿Cuándo? ¿Con quién? ¿Es uno de los caballeros que han venido al torneo? ¿Sir Jocelyn?

–No, es...

–No puede ser sir Robert, apenas tiene veinte años.

–No, no es uno de nuestros invitados. Es sir Blane de Dunborough.

–Sir Blane de... –repitió Mavis. Abrió los ojos como platos con expresión de horror–. ¡No puede ser ese viejo sátiro! ¡Me basta pensar en él para que se me ponga la piel de gallina! ¡Mi padre no puede ser tan cruel!

Tamsin se recompuso para poder hablar con su prima como lo había hecho con sir Rheged, con orgullo y resolución, de manera que Mavis pudiera creerla.

–Es un hombre rico y poderoso. Es mucho mejor partido del que podría haber esperado.

–Pero tú misma viste cómo iba detrás de todas las doncellas. Si no las hubieras mantenido fuera de su alcance...

–Seguramente, cuando tenga una esposa joven no querrá coquetear con las sirvientas.

–No creo que el matrimonio pueda detener a un hombre como él a la hora de aprovecharse de una mujer. Y no tendrá una esposa –añadió Mavis–. Te tendrá a ti. Tendrás que compartir la cama con ese hombre tan repugnante.

Era preferible a que tuviera que compartirla Mavis, pensó Tamsin. La preocupación y la compasión demostrada por su prima hacían más necesaria incluso su boda con sir Blane.

–Soy consciente de los deberes de una esposa, de todos ellos –respondió, mirando a su prima a los ojos con toda la fría compostura que fue capaz de reunir–. No será agradable, pero si tengo que tener hijos, haré lo que haya que hacer para conseguirlo, y yo quiero tener hijos.

Mientras lo decía, intentaba no imaginarse a sus pequeños con los ojos castaños y el pelo negro, ni niñas de espesas pestañas y ondulada melena.

Tomó las manos de Mavis entre las suyas.

–Es posible que esta sea la única manera de que yo pueda tener un hogar, de que yo pueda tener mis propios hijos. Dejaré de ser una mendiga en la mesa de mi tío, una criada que tiene que agradecer hasta el último pedazo de comida que se mete en la boca.

Mavis la miró con expresión interrogante y, al final, bajó la cabeza y le soltó las manos.

–Si es eso lo que sientes, Tamsin, entonces, debo alegrarme por ti y desear que se celebre ese matrimonio.

–Gracias, Mavis. Para mí eres mucho más que una hermana –contestó Tamsin, abrazándola.

Mavis la rodeó con los brazos y la abrazó con fuerza.

Rheged se despertó en medio de una oscuridad completa y envuelto en el olor de la lana. ¡Maldita fuera! Se había quedado dormido en el almacén de lana.

Dio media vuelta para levantarse rápidamente. Movió los brazos entumecidos, dobló las rodillas, se enderezó y sacudió los restos de lana de la túnica antes de pasarse la mano por el pelo.

Abrió la puerta y miró hacia el patio. Apenas estaba amaneciendo, el patio estaba tranquilo y silencioso. Solo los pasos de los guardias quebraban el silencio de la noche. Rheged salió de su escondite y, pegado a la pared, se dirigió sigiloso hacia su habitación, alegrándose más que nunca de disponer de una habitación para él solo.

Por otra parte, pensó mientras se deslizaba por la puerta de acceso a las estancias de los invitados, quizá no fuera el único hombre que volvía en secreto a su habitación en la madrugada. Si alguien le viera, probablemente pensaría que había estado disfrutando con alguna de las criadas, como aquella joven de nariz respingona que había pasado gran parte del banquete cerca de los escuderos. Aun así, fue un alivio llegar hasta su dormitorio sin haberse cruzado con nadie.

Una vez allí, se aseguró de que el premio continuaba a salvo, se lavó, se cambió de ropa y guardó sus pertenencias, incluyendo el casco, la malla, la sobrevesta desprovista de cualquier blasón, y el gambesón, la prenda acolchada que se ponía bajo la malla. En cuanto terminó, se dirigió al salón para salir cuanto antes.

Las únicas personas que quedaban eran algunos sirvientes que estaban limpiando los restos del festín, unos cuantos soldados terminando la cerveza y el pan de su temprano desayuno y los sabuesos. Tamsin no estaba allí, y tampoco Mavis o lord DeLac. Ni ninguno de los invitados. A esas horas, las damas y los caballeros todavía dormían.

Cuando una de las doncellas, no la más guapa, sino una mayor, le llevó el pan y la cerveza disimulando un bostezo, Rheged se dijo que se alegraba de que Tamsin no estuviera allí. Había dejado muy claro lo que sentía y no había nada más que decir.

Intentando sacar a Tamsin de sus pensamientos, comió lentamente, saboreando el excelente pan y la fina cerveza, mucho mejores que cualquiera de los alimentos de los que disponía en su propio castillo. Observó con disimulada diversión cómo entraban tambaleándose en el salón algunos caballeros y escuderos, pagando los excesos del banquete y de una larga noche. Ninguna de las damas apareció.

Suponía que era de esperar, pero había imaginado que para cuando estuviera preparándose para partir, vería a Tamsin revoloteando por el salón, dando órdenes y asegurándose de que todo iba bien. Aun así, no la vio ni en el salón ni en las habitaciones de invitados ni en el patio.

Era como si Tamsin hubiera desaparecido de la faz de la tierra. O como si la hubieran encerrado.

Capítulo 4

Rheged regresó inmediatamente al vestíbulo. Si Tamsin estaba siendo castigada porque habían estado juntos la noche anterior, debería asegurarse de que lord DeLac supiera que la joven era inocente de cualquier indiscreción.

Bueno, quizá no fuera del todo inocente, pero no había hecho nada que mereciera castigo.

Cuando entró de nuevo en el salón, vio que Tamsin continuaba sin aparecer, aunque habían bajado ya la mayor parte de los invitados, entre ellos, también algunas damas.

Decidido a esperar su llegada, o la de lord DeLac, Rheged se sentó en uno de los bancos situados en la zona más apartada del salón, lejos de todo el mundo. No le sorprendió que nadie se acercara a él. Solo los sirvientes se le acercaban para ofrecerle pan, miel, vino o cerveza. Él les apartaba sin prestar más atención a sus miradas de curiosidad que a las miradas de reojo que le dirigían los normandos.

—No es en absoluto propio de ella —oyó decir a una mujer tras él—. Normalmente, es una mujer muy tranquila, incluso después de un banquete, pero te lo juro, Denly, hoy ha amonestado muy seriamente a Baldur por no haberle dicho que se estaban quedando sin vino.

Rheged volvió a refugiarse tras una columna y miró por encima del hombro. Dos sirvientes, un hombre y una mujer, estaban reemplazando las antorchas de los candelabros.

—No me extraña que esté tan irritable —señaló el hombre mientras quitaba una de las antorchas gastadas—. La pobre debe de estar agotada. Y no puede decirse que esté descansando. Lleva toda la mañana en las despensas, revisándolas como si fuera a venir el mismísimo rey.

Supo así Rheged que Tamsin no estaba castigada. Estaba cumpliendo con sus obligaciones diarias como si no hubiera pasado nada. Y eso mismo debería hacer él.

Continuaba repitiéndose aquella misma frase al día siguiente de madrugada, mientras cabalgaba los últimos kilómetros que le separaban de su fortaleza. Había pasado la noche acampado en un bosque situado entre el castillo DeLac y el suyo, en las ruinas de una antigua cabaña de un carbonero que había encontrado cuando había abandonado el camino en busca de agua para los caballos. Tras tantos años de soledad, siempre llevaba consigo pedernal y acero y tenía una hogaza de pan que se había metido bajo la túnica antes de abandonar el castillo DeLac aquella mañana. Eso le había permitido ahorrarse el coste de una noche en una posada, además de la preocupación de que algún ladrón pudiera imaginar que llevaba algo de valor e intentara robarle. Por supuesto, ningún ladrón o asaltante de caminos habría tenido éxito en esa misión. Nadie lo había conseguido hasta entonces, ni siquiera cuando era niño. Siempre había luchado con fiereza para conservar lo que era suyo. Él no había aprendido a pelear de la mano de un honorable caballero, sino en las calles y en los callejones de más lugares de los que podía recordar. Podía utilizar cualquier cosa que tuviera a mano para defenderse o, simplemente, sus puños en el caso de que fuera necesario.

Gracias a Dios, habían terminado los días en los que apenas tenía nada que llevarse a la boca, cuando no sabía si podría comer algo o terminaría la jornada hambriento, luchando por migajas de comida o manteniendo a distancia a cualquiera que quisiera quedarse con lo que era suyo.

El corazón se le hinchió de orgullo y satisfacción cuando llegó a un montículo y vio la fortaleza elevándose entre la niebla otoñal que cubría el valle, el Valle Blanco, Cwm Bron. Obviamente, comparado con el castillo DeLac, el suyo parecía pequeño y casi en ruinas, pero aquel era solo el principio. Algún día, sería capaz de erigir una fortaleza mejor, con un foso, dos líneas de murallas al menos y una entrada con rastrillo. En el interior habría un torreón, establos, un salón y una capilla. Las estancias de la familia serían cómodas y espaciosas, estarían cómodamente amuebladas, con lechos, y en su habitación, quizá incluso pusiera una alfombra. Granjeros, comerciantes y artesanos estarían a salvo bajo su protección y el pueblo que había tras el castillo crecería y se haría más próspero.

En aquel momento, sin embargo, solo había una población diminuta de cabañas de adobe y edificios de madera que habían crecido en la única muralla de su fortaleza. En el interior de la muralla solo había un viejo torreón de planta redonda y una edificación de piedra, las demás eran de adobe o madera y algunas estaban en un triste estado. Hasta ese momento, había conseguido terminar de arreglar la torre del homenaje y poner en funcionamiento el molino que había en el río y últimamente sus hombres habían comenzado a trabajar en el exterior de la muralla. Cuando terminaran, comenzarían los trabajos en los edificios del interior.

Conseguiría más rápido su objetivo si se casara con una mujer rica. No una mujer noble, que probablemente le miraría con desprecio por culpa de sus orígenes, sino con la hermana o la hija de algún rico comerciante.

Con los ojos vivos y castaños y una melena que le llegara hasta la cintura.

¡No! Tenía que dejar de pensar en Tamsin DeLac. Aquella mujer no debía representar nada para él.

Supervisó la zona de la muralla más cercana a la puerta y creyó ver a su amigo Gareth, un hombre bajo y fornido que estaba a cargo de la guarnición. Sin lugar a dudas, Gareth estaría esperando su llegada, listo para hacerle miles de preguntas sobre el torneo, las peleas y, tratándose de Gareth, las mujeres.

Gareth había perdido tres dientes en una refriega, tenía la mayor parte de una ceja desaparecida por culpa de una cicatriz y, de entrada, tampoco podía decirse que tuviera un rostro atractivo. Pero a pesar de su falta de atractivo físico, rara vez tenía problemas para encontrar compañía femenina, pues era tan alegre y divertido como serio era él. A pesar de sus diferencias, eran amigos y compañeros de armas desde hacía más de quince años, desde la vez que un Gareth medio borracho había intentado derribar a Rheged, había fallado y había terminado cayendo entre risas en un abrevadero.

Cuando Rheged alzó la mano a modo de saludo, sir Algar, un hombre de pelo blanco, pero todavía ágil a pesar de sus muchos años, llegó corriendo a la puerta de Cwm Bron. Rheged no esperaba encontrar a su soberano esperándole y se sintió complacido y halagado. También ligeramente aliviado porque gracias a su presencia, las preguntas of Gareth tendrían que esperar.

–¡Os presento mis saludos, mi señor! –gritó Rheged mientras se acercaba.

A diferencia de lord DeLac, sir Algar era un hombre esbelto y, aunque la túnica, el cinturón de cuero repujado y las botas lustradas seguramente eran caros, llevaba pocas joyas encima.

–Estaba deseando saber quién ha ganado el torneo –le explicó sir Algar alegremente cuando Rheged desmontó el caballo para caminar a su lado.

–Yo.

–¡Lo sabía! –gritó Algar, golpeándose el muslo encantado–. Sabía que no habría nadie capaz de derrotaros.

Apenas habían entrado en el patio cuando Dan, el mozo de cuadras, salió corriendo del establo a toda la velocidad que le permitían sus cortas piernas. Con su escasa estatura, su abultada barriga y su rostro sonrojado, el mozo parecía una manzana con piernas. Era un hombre honesto y bueno en su trabajo y, para Rheged, eso era lo único importante.

–Frota a Jevan a conciencia y lleva la malla y la sobrevesta a la armería para limpiarlas –le ordenó Rheged mientras acariciaba el hocico del caballo.

Dan asintió y agarró las riendas del caballo mientras Rheged recuperaba el zurrón más pequeño que iba atado a la silla.

–Bueno, veo que no has perdido ni las piernas ni los brazos –señaló Gareth con ironía tras unirse a ellos.

Recorrió con la mirada a Rheged, que era tan alto y delgado como él bajo y fornido.

–No –respondió Rheged con igual seriedad–. Solo unos cuantos moratones.

–¡Y ha ganado! –exclamó sir Algar.

–En ese caso, supongo que no ha habido mucha competencia –observó Gareth con ironía.

–No mucha –contestó Rheged encogiéndose de hombros–. Veo que la fortaleza sigue en pie, así que deduzco que no ha habido problemas, ¿verdad?

–Ninguno.

Rheged advirtió que sir Algar se movía inquieto.

–Muy bien. Hay que decirles a los guardias que la contraseña para esta noche es «almacén de lana».

Gareth pareció un poco sorprendido, pero asintió y comenzó a caminar lentamente hacia los hombres que estaban junto a la puerta mientras Rheged, con sir Algar a su lado, se dirigía hacia la torre.

–¿Qué os ha parecido lord DeLac? –preguntó sir Algar mientras subían la escalera para llegar al segundo piso de la torre, en el que Rheged tenía el gran salón.

La habitación en la que dormía estaba en el tercer piso, justo debajo del nuevo tejado de pizarra.

–Es un hombre rico, próspero y muy pagado de sí mismo –respondió Rheged mientras entraban.

Aquella habitación debía de medir la mitad que el gran salón de lord DeLac y no tenía tapices ni ningún otro elemento decorativo. Las mesas estaban rayadas y no demasiado limpias, al igual que los bancos. Había una sola silla que no estaba en muy buen estado. Comparado con el salón de DeLac... en fin, no había comparación posible, pero tampoco tenía una esposa que se ocupara de llevar el castillo.

Sir Algar se echó a reír.

–Supongo que así es exactamente como yo le describiría. Siempre ha sido un hombre arrogante y vanidoso. ¿Quién más andaba por allí? ¿Ha habido alguien que os haya causado problemas?

–No ha sido una victoria fácil –admitió Rheged mientras caminaban hacia la humeante chimenea central–. Algunos de los caballeros más jóvenes me pusieron realmente a prueba y hay un par de ellos que en cuanto tengan más experiencia serán unos contrincantes formidables.

Esperaba que para cuando aquellos jóvenes muchachos fueran suficientemente diestros como para convertirse en serios competidores, su propiedad fuera tan próspera que no tuviera que asistir a los torneos para aumentar sus ingresos como si fuera una especie de artista ambulante.

Sir Algar le dirigió una sonrisa.

–¿Y las damas? ¿Había alguna belleza entre ellas? ¿Se han peleado muchas por ti?

–Estuve pensando en la melé antes de la batalla, y

después estaba demasiado cansado como para prestarles atención –contestó.

Decidió que no tenía sentido hablarle a sir Algar de lord DeLac y de su encuentro con su sobrina.

–¿Entonces no visteis a nadie que os hiciera pensar en el matrimonio? ¿Qué me decís de la hija de DeLac? He oído decir que es muy bella.

Rheged se preguntó si sería aquella la razón por la que sir Algar había mostrado tanto interés en que asistiera a aquel torneo en particular. Si así era, temía que iba a decepcionarlo.

–No creo que lord DeLac me considere un buen candidato como yerno y lady Mavis no parecía en absoluto interesada en mí.

Sir Algar se echó a reír y se sentó en la única silla del salón.

–Me cuesta comprenderlo.

Rheged se sentó en un banco cercano y llamó a Hildie, una sirvienta de mediana edad con un lunar en la mejilla que en aquel momento estaba junto a la puerta de la cocina, para que les sirviera vino.

–Disto mucho de ser un hombre rico –le explicó después a lord Algar–, y soy galés, no son atributos que atraigan a una noble normanda.

–Son muchas las mujeres a las que no les importa ni vuestras riquezas ni vuestra nacionalidad cuando os ven. ¡Buen Dios, pero si sois el sueño de cualquier doncella!

–Al parecer, no es ese el caso de lady Mavis.

Sir Algar suspiró. De pronto, se le iluminó la mirada.

–¿Y qué me decís de la sobrina de DeLac? ¿No está en edad de matrimonio?

–Sí.
–¿Y qué clase de mujer es?
–Una mujer comprometida.
–¿Comprometida? ¿Con quién?
–Con sir Blane de Dunborough.
–¿Con ese viejo depravado? –preguntó Algar con un tono de disgusto parejo al de Rheged.
–Tengo entendido que DeLac necesita un aliado en el norte.
–DeLac debe de estar realmente desesperado para entregar a su sobrina a un villano de tan cruel corazón.
–O a lo mejor es ella la que quiere un marido rico y poderoso –respondió Rheged.

¿Acaso no era eso lo que Tamsin había dicho?

–¡Ah! –Sir Algar se reclinó en la silla y se acarició la barba–. Podría ser, y sería comprensible en su caso. Esa joven llegó al castillo DeLac sin nada siendo una niña, sus padres habían muerto de fiebres y desde entonces ha dependido de la caridad de su tío. Presumo que no ha tenido una vida cómoda, ¡pero casarse con Blane! Seguramente tiene que haber mejores candidatos en el norte.

–La dama ya ha mostrado su acuerdo.

–En ese caso, no hay nada que hacer –se lamentó sir Algar suspirando de nuevo–. Por lo menos Blane es viejo, de modo que pronto heredará. Quizá esté considerando ya esa posibilidad.

–Quizá –se mostró de acuerdo Rheged, aunque no encontraba consuelo en aquel pensamiento.

No quería creer que la mujer apasionada a la que había besado pudiera tener el corazón tan frío como para estar anticipando con entusiasmo la muerte de su esposo, de la misma forma que lo último que quería era verla como señora de la casa de Blane. En cuanto a la posibilidad de que pasara una sola noche en los brazos de aquel hombre...

–¿Cuál fue vuestro premio? –le preguntó sir Argal, rompiendo así el silencio que se había instalado entre ellos–. ¿Y cuánto conseguisteis a cambio de las armas y los caballos?

Rheged sacó entonces del cinturón una cartera llena de monedas que en cualquier otro momento habría sido motivo de enorme alegría y la volcó en el banco.

–Cincuenta marcos en monedas y esto –abrió el zurrón, sacó el cofre de oro de la bolsa de cuero y se lo mostró–. Este ha sido el premio.

–¡Dios sea alabado! –exclamó sir Algar. Sus ojos se iluminaron mientras arqueaba sus blancas cejas–. ¡No me lo puedo creer! O bien ese hombre es más rico de lo que siempre he pensado o se ha vuelto mucho más generoso con los años.

Sir Algar alargó la mano hacia la caja con un gesto casi reverencial. Después, entrecerró los ojos y la giró lentamente, examinándola con atención.

–¿Qué ocurre? –le preguntó Rheged.

–¿Creéis que es de oro macizo? –preguntó sir Algar lentamente.

–¿No lo es?

Sir Algar negó con la cabeza.

–Las gemas no son auténticas. ¿No sabéis si...?

–¿Si es de oro macizo? –replicó Rheged, tomando la caja y mirándola intensamente–. Jamás he tenido joyas ni objeto alguno de oro macizo. ¿Estáis seguro de que no es oro macizo?

Sir Algar sacó el cuchillo que llevaba en el cinturón y rascó el fondo de la caja. El oro saltó, revelando el metal grisáceo que ocultaba.

–Supongo que no debería sorprenderme. DeLac siempre ha sido un miserable, salvo cuando de impresionar a sus invitados se trata.

Rheged agarró la caja, la guardó bruscamente en la bolsa de cuero y comenzó a caminar hacia la puerta.

Sir Algar se levantó de un salto.

–¿Qué hacéis?

–¡No voy a permitir que ese canalla miserable se burle de mí! ¡Voy a conseguir mi propio premio!

–Quizá sería más sensato aceptarlo... –comenzó a decir sir Algar mientras seguía a Rheged hacia la puerta.

–¿Y dejar que me engañe? ¡Jamás! –Rheged se detuvo y se volvió hacia el anciano noble–. ¿Qué haríais vos si un comerciante os vendiera mercancía falsa?

–Pediría que me devolviera el dinero o exigiría que me entregara la mercancía por la cual he pagado.

–Yo voy a ir a buscar aquello por lo que he pagado –dijo Rheged.

–Lord DeLac es un hombre poderoso, Rheged –le advirtió sir Argal.

–Y yo no. Soy consciente de ello, mi señor –consiguió esbozar una sonrisa sombría–. Y también soy consciente de que no tengo poder suficiente como para arriesgarme a convertirme en su enemigo, pero al menos debo intentar conseguir el premio que me merezco. Si no lo hiciera, merecería el haber sido engañado.

Sir Algar asintió.

–Me despido entonces de vos, y os deseo buena suerte. Pero tened cuidado.

–Lo tendré, mi señor.

Con la boca apretada en una dura línea y agarrando con fuerza el zurrón, Rheged abandonó el salón y cruzó con paso firme el patio para dirigirse a los establos. Gareth, que estaba junto al pozo hablando con una de las criadas, la más callada de todas, llamada Elvine o algo parecido, le vio e inmediatamente corrió a encontrarse con él en la entrada.

–¿Qué ocurre? –preguntó muy serio, claramente consciente de que aquel no era momento para bromas.

–Vuelvo al castillo DeLac –respondió Rheged.

Entró en el establo y llamó a Dan, que asomó inmediatamente la cabeza por el cubículo de Jevan con la sorpresa dibujada en todas y cada una de sus facciones.

–Ensilla a Myr –le ordenó.

Jevan era el caballo para las batallas. Myr, un caballo castrado, el que utilizaba cuando necesitaba velocidad.

–¿Has olvidado algo? –preguntó Gareth.

–Yo no –respondió Rheged muy serio–, lord DeLac –le dirigió una mirada fugaz a su estupefacto amigo–. Él sí que ha olvidado el honor y su deber como caballero.

–¿Quieres que te acompañe?

Rheged negó con la cabeza.

–Os necesito aquí –posó la mano en el hombro de Gareth–. Existe la posibilidad de que DeLac no esté dispuesto a cumplir con su obligación. En el caso de que así sea, volveré a buscarte.

Gareth sonrió y asintió.

–Estoy a tu disposición.

Tamsin se estremeció, se cerró la capa con fuerza y contó las cestas de nabos que había en la despensa, comparándolas con las que tenía en la mano. En otras estanterías estaban las manzanas secas, los guisantes, los puerros y los cántaros de miel. El suelo estaba cubierto de serrín y el aire perfumado por el olor de la verdura y la fruta. Las motas de polvo bailaban ante ella y alguna se le debió meter en los ojos porque se le llenaron de lágrimas.

Afortunadamente, las mercancías almacenadas coincidían con las que tenía en la lista, de modo que podía estar segura de que le dejaba a Mavis el inventario bien hecho. Quería estar segura de que todo estaba en orden antes de que llegara sir Blane y se la llevara al norte, donde haría más frío incluso que allí.

Desgraciadamente, la que debería haber sido una tarea sencilla le estaba llevando demasiado tiempo. Sus pensamientos se desviaban continuamente hacia lo que encontraría en el futuro y hacia la vida que dejaría tras ella. No lamentaría ver por última vez a su tío, pero echaría dolorosamente de menos a Mavis y a los sirvientes. Incluso a Armond. Ella sabía cómo llevar aquel castillo, ¿pero sería capaz de llevar una casa como la de sir Blane?, se preguntó mientras se secaba las lágrimas que empañaban sus ojos. Lágrimas provocadas por el polvo, por supuesto.

Un revuelo en el exterior la obligó a volver al presente. Al parecer, procedía del patio, cerca de las puertas. No esperaban visita aquel día, a no ser que... No, ¡no podía ser sir Blane! Su tío había dicho que llegaría en dos semanas, no aquel día. A menos que su prometido hubiera viajado más rápido de lo que esperaba, ansioso por forjar aquella alianza. O aquel matrimonio.

Aunque le bastó pensar en ello para sentirse indispuesta, Tamsin dejó las listas, se recogió ligeramente las faldas del vestido y salió corriendo al patio.

Y se encontró con sir Rheged de Cwm Bron junto a las puertas, con los pies bien plantados en el suelo, los brazos en jarras y obviamente enfadado.

Su actitud explicaba que los guardias le estuvieran vigilando de cerca, aunque no fuera vestido para la batalla. Bajo una túnica de cuero llevaba una camisa blanca abierta a la altura de cuello, el atuendo habitual de los hombres de armas. A pesar del frío aire otoñal, llevaba las mangas de la camisa arremangadas, revelando una piel bronceada por el sol. Las calzas eran de lana y las botas estaban salpicadas de barro mientras permanecía junto a un caballo castrado gris moteado, no el caballo de batalla que había montado en el torneo. Sin embargo, sí llevaba la espada, con la funda firmemente apretada contra el muslo.

A pesar de la determinación de mantener ciertos recuerdos encerrados para siempre, Tamsin revivió la emoción de estar entre sus brazos y la sensación de sus labios sobre los suyos, especialmente cuando Rheged desvió la mirada y la posó sobre ella.

Empezó entonces a avanzar hacia Tamsin, como si pretendiera quedarse a solas con ella.

Pero no debía hacerlo. ¡No podía! Ella tenía que casarse con Blane, dijera aquel hombre lo que dijera. Hiciera aquel hombre lo que hiciera.

De modo que Tamsin cuadró los hombros y caminó decidida hacia él, dispuesta a enviarlo de nuevo hacia su casa.

—Recibid mis saludos, sir Rheged —le saludó, intentando parecer tranquila.

—Desearía ver a vuestro tío.

De modo que no había regresado para ofrecerle su ayuda o su refugio. O al menos eso fue lo que Tamsin creyó hasta que reconoció algo en lo más profundo de sus ojos que le hizo revivir la esperanza de un rescate.

Una esperanza inútil que debería cortar de raíz.

–Ha salido a montar esta mañana, sir Rheged –contestó con frío distanciamiento.

El galés arqueó una ceja con aire escéptico.

–¿Ha salido a montar?

También a ella la había sorprendido enterarse del plan de su tío, hasta que se le había ocurrido que quizá deseaba evitar a su sobrina tanto como ella deseaba evitarle a él.

–Podéis esperarle en su salón, o bien, si lo preferís, decidme qué os trae por aquí y yo veré si…

Sir Rheged giró sobre sus talones, se dirigió hacia el caballo y desató un zurrón de cuero de la silla. Lo abrió y como si fuera un mago en una feria, sacó lo que guardaba en su interior.

–Este cofre no es de oro, sino de metal pintado, y las piedras también son falsas. Vuestro tío mintió a todos y cada uno de los caballeros que nos reunimos aquí, y exijo un verdadero premio.

¡Y ella alimentando ideas románticas sobre un posible rescate por parte de un caballero al que apenas conocía!

Fuera lo que fuera lo que su tío había hecho, aquel no era el lugar para hablar sobre ello, pues eran muchas las personas que podían oírles. No solo estaban los guardias, que podían oírles perfectamente desde donde estaban, sino que le bastó mirar rápidamente a su alrededor para confirmar que algunos sirvientes y no pocos invitados les observaban con curiosidad desde puertas y ventanas, entre ellos, también Mavis.

–Por favor, acompañadme a la sala de recepción de mi tío, sir Rheged. Enviaré a alguien a buscarle. Estoy segura de que él podrá...

–¿Explicarlo? –la interrumpió Rheged con expresión burlona–. ¿Qué explicación puede tener esto? Se ha reído de mí y de todos los caballeros que participaron en el torneo. Nos ha tomado por estúpidos –se inclinó hacia ella lo suficiente como para besarla, pero en aquella ocasión, no era deseo lo que ardía en sus ojos–. Y os aseguro, mi señora, que no me gusta que nadie se ría de mí.

–Tampoco a mí –le espetó Tamsin, sintiendo cómo crecía su propia furia.

Si sir Rheged se creía con derecho a hablarle en ese tono en público, ella también tenía derecho a sospechar que el motivo de sus cumplidos y sus besos no había sido otro que seducirla.

–Yo no tengo nada que ver con ese premio, pero, aun así, ahí estáis, reprendiéndome como si fuera una niña malcriada. Ahora, o me seguís al salón de mi tío, o podéis montar de nuevo vuestro caballo y marchaos.

Por un instante, pensó que iba a marcharse, pero, justo en aquel momento, su tío apareció caminando lentamente por detrás de la capilla.

Iba envuelto en una gruesa capa con el cuello de armiño y ribeteada en piel de zorro. El broche de plata resplandecía bajo el sol de septiembre. Y tenía el pelo tan suave y acicalado como su voz.

–Recibid mis saludos, sir Rheged –saludó con afabilidad, aunque su mirada estaba lejos de ser amistosa–. No esperaba veros tan pronto por aquí. ¿Habéis olvidado algo?

–Yo no, pero, al parecer, vos habéis olvidado que se supone que sois un hombre honrable. Me habéis engañado a mí y a todos cuantos luchamos en el torneo. Este cofre es tan de oro como yo y las piedras preciosas son falsas. Si os queda un ápice de honor, me entregaréis un premio más valioso.

DeLac encogió sus gruesos hombros y contestó como si fuera la inocencia personalizada.

–Recibisteis el premio que ofrecí, sir Rheged. En ningún momento dije que el cofre fuera de oro, ni que las piedras fueran piedras preciosas. El premio estuvo expuesto durante toda la noche anterior al torneo y bien podíais haberlo examinado entonces. Si no lo hicisteis... –extendió las manos como si estuviera preguntando «¿qué culpa tengo yo?».

Inmediatamente, continuó diciendo:

–¿Y a qué viene tanto enfado? ¿Acaso no habéis conseguido otra victoria que aumentará vuestra fama y vuestra fiera reputación? Seguro que solo por eso, ya merece la pena el esfuerzo.

Rheged le miró con inconfundible desdén y contestó algo en galés. Dijera lo que dijera, era más que evidente que no se trataba de ningún cumplido.

–Abandonad inmediatamente mi castillo, sir Rheged –le ordenó DeLac. Hasta el último vestigio de amabilidad había sido sustituido por un indignado enfado–, o les ordenaré a mis guardias que...

–¿Qué? –preguntó Rheged con voz dura–. ¿Que intenten echarme? Si era eso lo que pensabais decir, mi señor, consideradlo de nuevo. Llevo mi espada.

–Y yo tengo a veinte arqueros con las flechas preparadas apuntando a vuestra cabeza –respondió DeLac.

Una rápida mirada a la muralla le confirmó a Rheged que era cierto.

De modo que tiró el cofre al suelo con tanta fuerza que la tapa salió disparada y el cofre aterrizó a escasos centímetros de los pies de DeLac.

–Veinte hombres contra uno solo. ¿Por qué será que no me sorprende?

Señaló las ventanas que rodeaban el patio, demostrándole que también era consciente de que no solo estaban siendo observados por los guardias y los sirvientes del patio.

–No tardará en saberse el noble caballero que sois. Veremos después de esto cuántos amigos os quedan en la corte.

–Por lo menos más que a vos –respondió DeLac–. Más de los que nunca tendrá un campesino galés, por bien que luche o por muchas murallas que suba. Hasta un mono podría haber hecho lo que hicisteis vos para conseguir un título de caballero, de modo que basta de amenazas. Ahora, sir Rheged, marchaos antes de que me vea obligado a pedir a mis arqueros que disparen.

Lo haría, Tamsin lo sabía. Suplicó a Rheged en silencio que se marchara e, instintivamente, dio un paso adelante.

El galés la miró con expresión insondable antes de volverse de nuevo hacia su tío.

–Quizá no debería haber esperado nada mejor de un noble capaz de entregar a su sobrina a un hombre codicioso y depravado como Blane.

–¡El matrimonio de mi sobrina no es asunto vuestro! –gritó DeLac mientras Tamsin se quedaba completamente paralizada, temiendo empeorar todavía más la situación si movía un solo músculo–. Y habéis recibido el único premio que os merecéis. Ahora, marchaos antes de que les ordene a mis hombres que os maten aquí mismo.

–Muy bien, mi señor. Habéis entregado un premio digno de vos, falso, barato, aparente, pero carente de verdadero valor –respondió Rheged mientras montaba al caballo–. Podéis quedaros con vuestro premio y largaos al infierno.

–¡Salid de aquí y no regreséis jamás, galés estúpido y apestoso! –gritó DeLac.

Rheged agarró las riendas del caballo, pero en vez de dirigirse hacia la puerta, se dirigió hacia Tamsin, haciendo girar a su montura en el último momento.

Y, casi inmediatamente, alargó el brazo y la levantó.

Sorprendida y desconcertada, Tamsin se retorció y pateó mientras él la sentaba en su regazo.

–¡Bajadme inmediatamente! ¡Dejadme marchar! –gritó con un pánico desesperado.

Ignorándola, Rheged azuzó a su montura apretando los talones, y con Tamsin colocada a lomos del caballo como si fuera un saco de grano, cruzó a galope las puertas del castillo.

Capítulo 5

—¡Ya basta! ¡Soltadme inmediatamente! —gritó Tamsin.

El ruido y la confusión la rodeaban mientras trataba de bajar de un caballo a galope, a pesar del miedo a caer y terminar muriendo.

Pero Rheged la sujetaba con fuerza y, cuando pasaron bajo la verja levadiza, ya no podía siquiera entender nada de lo que le gritaban. Solo distinguía a Mavis gritando su nombre.

Y después oyó a su tío ordenando a los arqueros que dispararan.

Algo le golpeó en los gemelos. Fue como la picadura de una abeja, pero peor. Sintió algo húmedo en la pierna. ¿Sería sangre?

—¡Parad! —volvió a gritar, intentando hacerse oír por encima de los cascos del caballo y de los gritos del castillo.

—¡Por favor, deteneos!

A pesar de sus gritos de desesperación, Rheged no se detuvo.

No se detendría hasta que no estuvieran bien lejos

del castillo DeLac, hasta que no estuvieran a salvo, pensó Rheged mientras sujetaba a Tamsin con todas sus fuerzas para evitar que pudiera caerse. Gracias a Dios, todavía disponían de algún tiempo hasta que los hombres de DeLac pudieran montar y salir tras ellos.

Por lo menos Tamsin había dejado de resistirse. Al parecer, porque se había desmayado. Y no era sorprendente, teniendo en cuenta lo asustada y sorprendida que debía estar tras aquel acto impulsivo. Rheged no se había dejado llevar por los impulsos jamás en su vida. Hasta aquel día, hasta que había...

La magnitud de lo que acababa de hacer le golpeó con la fuerza de una roca lanzada desde gran altura. Había raptado a una mujer, a una noble, se la había arrebatado a un hombre rico y poderoso y con influencia en la corte. Había actuado sin pensar.

De una forma completamente irreflexiva.

Aunque odiaba pensar que Tamsin, o cualquier otra mujer, pudiera casarse con un hombre como Blane, no tenía ningún derecho a entrometerse. Fueran cuales fueran las consecuencias, debería devolver a Tamsin inmediatamente, se dijo a sí mismo mientras comenzaba a girar su montura. Quizá, si dejaba a Tamsin cerca del castillo, aquello no tendría repercusiones serias.

Pero Myr se sobresaltó de pronto como si tuviera una serpiente a los pies. O como si Rheged estuviera herido.

Rheged bajó de la silla y Tamsin gimió ante aquel movimiento. Debía de estar saliendo de su desmayo, pensó Rheged. Pero justo en ese momento vio la sangre que goteaba de su pie hasta el suelo.

¡Que Dios le ayudara! ¡La había herido una flecha! Vio la vaina de la flecha saliendo de la capa, allí donde la había penetrado. Sabía por experiencia propia que ese tipo de heridas debían ser atendidas de forma inmediata. Tenían que regresar en ese mismo instante al castillo DeLac, aunque al cabalgar hacia allí podía aumentar la hemorragia y todos sus sentidos le decían que estaba a punto de llover.

Agarró las riendas y comenzó a retroceder justo antes de que comenzara a caer la lluvia. No era una llovizna ni unas gotitas, fue todo un aguacero. Ambos terminarían empapados a no ser que...

¡La cabaña del carbonero! Estaba prácticamente en ruinas, pero le serviría de refugio.

Sacó al caballo del camino para adentrarse en el bosque y corrió hacia la cabaña. Ató a Myr a un arbusto y bajó a Tamsin. La joven gimió suavemente mientras la llevaba a la cabaña. Una vez allí, Rheged le dio una patada a la desvencijada puerta y la abrió. El suelo, de madera, estaba desnudo y el único recuerdo que quedaba del fuego que había encendido la vez anterior eran un círculo de piedra y unos troncos quemados. El montón de ramas sobre el que había dormido continuaba allí, y acostó a Tamsin sobre él. Se desató la espada y la dejó en el suelo antes de quitarse la túnica de cuero. La colocó al lado de Tamsin y después, con mucha delicadeza, colocó a Tamsin sobre ella.

El aire frío se filtraba por las paredes y la lluvia comenzaba a caer por el agujero que permitía salir el humo de la cabaña. Aquella noche iban a necesitar encender un fuego, tanto para calentarse como para cauterizar la herida.

Gracias a Dios, llevaba como siempre el pedernal y el acero. No había estado suficiente tiempo en Cwm Bron como para quitarse la bolsa que siempre llevaba a la cintura cuando viajaba. Agarró unas cuantas hojas de las ramas y las prendió. Con unos cuantos palos, comenzó a encender el fuego y salió después a buscar troncos más gruesos de leña bajo los árboles. El agua podría conseguirla en un arroyo cercano.

Reunió unos cuantos troncos y se abrió camino entre helechos y arbustos para llegar al río. Una vez allí, tuvo la gran suerte de encontrar un cuenco roto en la orilla. Afortunadamente, todavía podía contener algo de agua, así que lo llenó y corrió de nuevo hacia la cabaña. Se agachó, alimentó el fuego y dejó el recipiente roto cerca de las ramas para que fuera calentándose el agua.

Y fue entonces cuando miró de nuevo a Tamsin y descubrió que le estaba observando con aquellos ojos enormes sobre su pálido rostro, agarrando con la mano la flecha que tenía clavada en la pierna.

Rheged se levantó y se acercó a ella con recelo.

—Lo siento, pero voy a tener que ocuparme de eso —dijo, señalando la flecha.

—Lo que yo siento es que hayáis ido nunca al castillo DeLac —replicó ella entre dientes—. ¡Llevadme a mi casa!

—No puedo. Está lloviendo y pronto oscurecerá.

—¡No me importa que esté lloviendo! ¡Llevadme a mi casa!

—En cuanto se caliente el agua, me temo que tendré que limpiaros la herida.

—Vos no sois médicos.

—No, pero he curado heridas en otras ocasiones, mías y de otros. Cuanto antes la cure...

—¡Llevadme a mi casa! —le ordenó Tamsin con voz temblorosa—. Tenéis que llevarme de vuelta al castillo. Tengo que casarme con Blane —se movió, como si pretendiera levantarse, pero inmediatamente soltó un grito ahogado de dolor y palideció.

—Sentaos —le ordenó Rheged—, o sangraréis más.

Tamsin no contestó. No decía nada. Selló los labios en una dura línea de enfado y dolor, pero por lo menos no volvió a moverse.

Rheged alargó la mano hacia el agua caliente.

—Me alegro de que lleváis un vestido tan grueso —dijo mientras se arrodillaba a su lado y miraba el lugar en el que se había clavado la flecha—. Voy a tener que romper el astil de la flecha para poder apartar la tela de la herida. No os mováis. No será fácil, los saeteros utilizan maderas especialmente duras para que las flechas tengan más fuerza.

—Ya lo sé —le espetó.

—Supongo que hay pocas cosas que no sabéis —respondió Rheged. Sujetó uno de los extremos del astil de la flecha con una mano y agarró el otro extremo con la otra—. ¿Cuántos días faltan para Navidad?

—¿Qué?

—¿Cuántos días faltan para Navidad? Supongo que en esas fechas estaréis muy ocupada.

—Yo no...

A pesar de los esfuerzos que estaba haciendo para distraerla, Tamsin se tensó y gritó de dolor cuando Rheged rompió la flecha. Jadeando, se tumbó de nuevo sobre la túnica.

—Lo siento, mi señora.

—¡Y tenéis motivos para sentirlo!

—No he sido yo el que ha disparado la flecha —respondió Rheged mientras apartaba con mucho cuidado la tela del vestido y comenzaba a mover el astil.

—Nada de esto habría pasado si no me hubierais raptado —se movió bruscamente cuando la flecha se enredó en la tela—. ¡Por el amor de Dios, tened cuidado!

Apartar la tela de las medias fue lo más difícil de todo, pero, al final, Rheged consiguió dejar el gemelo al descubierto. La parte más gruesa de la punta de flecha era visible, advirtió con inmenso alivio, de modo que la flecha apenas habría penetrado el músculo, probablemente gracias a la distancia desde la que había sido lanzada y a la protección de las telas. Sería fácil sacarla y limpiar la herida. Aunque sería doloroso, no iba a necesitar hacer nada más.

—No está tan mal —dijo, sentándose sobre los talones.

Él tenía tres cicatrices por heridas y tratamientos semejantes al que le iba a aplicar y sabía que el daño no sería ni serio ni letal. Gracias a Dios.

Pero Tamsin no le oyó. El dolor, las náuseas y el mareo la habían superado y había vuelto a desmayarse una vez más.

Tenía frío, temblaba y le dolía la pierna.

Tamsin abrió los ojos bruscamente al recordar que estaba en una decrépita cabaña, fuera del camino que llevaba al castillo. La había llevado hasta allí sir Rheged de Cwm Bron y había sido herida por una flecha. Sir Rheged estaba enfadado con su tío porque el premio del torneo apenas tenía valor alguno y se la había llevado por la fuerza, probablemente para pedir un rescate, o quizá, simplemente, para satisfacer su deseo de venganza.

–Estáis despierta.

Tamsin volvió la cabeza y vio a Rheged levantándose al lado de la hoguera, donde había estado agachado como si fuera alguna especie de diablo. Llevaba solamente las calzas de lana, las botas de cuero y la espada a la cintura.

–¡No me toquéis! –gritó, y jadeó de dolor cuando se estrechó contra la pared de la cabaña–. ¡No os acerquéis a mí!

Rheged cruzó los brazos sobre el pecho desnudo.

–No tengo ninguna intención de tocaros, excepto para comprobar el estado de vuestra herida. Si teméis por vuestra virtud a causa de mi desnudez, sabed que he utilizado la camisa para vendaros la pierna, allí donde os hirió uno de los hombres de vuestro tío, y que estáis tumbada sobre mi túnica, que cubre unas ramas que no resultarían muy cómodas como lecho de otra manera.

Tamsin bajó la mirada y distinguió el borde de la túnica de cuero bajo ella. Se levantó la falda con mucho cuidado y vio la tela blanca envolviendo su pierna. La tela estaba cubierta de sangre.

Tragó saliva y alzó la mirada.

–¿Me habéis tocado la pierna?

–No tenía otra opción si no quería que se infectara la herida.

–Llevadme a casa.

–¿Queréis volver con el hombre que ha estado a punto de mataros?

—Habéis sido vos el que habéis estado a punto de matarme al sacarme por la fuerza del castillo. Si tuvierais un mínimo de caballerosidad como hombre y como caballero...

—Precisamente porque tengo un mínimo de caballerosidad, pienso llevaros a Cwm Bron mañana por la mañana —la interrumpió Rheged.

Tamsin le miró horrorizada y desolada al mismo tiempo.

—¿Mañana por la mañana? ¡Para entonces será demasiado tarde! —intentó levantarse, ignorando el dolor—. ¡Tengo que volver inmediatamente a mi casa!

Rheged negó con la cabeza.

—No podemos arriesgarnos a montar en la oscuridad, sobre todo cuando está lloviendo.

Tamsin parpadeó para apartar las lágrimas, lágrimas que no eran solo de dolor, sino también de frustración, mientras pasaba cojeando por delante de él para dirigirse a lo que suponía era la puerta.

—¡Ya basta! —gruñó Rheged agarrándola del brazo.

Tamsin no pudo contener un gemido de dolor mientras intentaba liberarse.

—Es de noche y está todo mojado —añadió Rheged con más delicadeza en aquella ocasión—. Podríais desmayaros o perderos antes de llegar al camino.

Tamsin intentó liberarse y estuvo a punto de caerse, pero consiguió permanecer erguida.

—Si no vuelvo antes de mañana, será demasiado tarde. ¡Todo el mundo sabrá que hemos pasado la noche solos!

—¿Y qué? Soy un caballero que ha jurado proteger a mujeres y niños. Jamás tomaría a una mujer en contra de su voluntad.

–¡Eso es lo que decís vos! ¿Pero qué creerá la gente? Además, estáis medio desnudo.

–Tenía que vendaros con algo para evitar que os desangrarais hasta morir. Un peligro que seguís corriendo si no os sentáis y permanecéis quieta. ¿Preferíais que hubiera roto vuestra combinación?

Tamsin apenas podía mantenerse en pie, pero no le importaba.

–Pronto correrán los rumores, la gente sabrá que me habéis secuestrado y que hemos pasado la noche juntos. No necesitarán nada más para estar convencidos de que he perdido la virginidad. Vuestro acto de venganza va a convertirme en una mujer no casadera, ¿y todo por qué? Por el premio de un torneo.

–Apenas os he tocado, excepto para curaros la herida.

–Y me habéis agarrado y me habéis montado en vuestro caballo con el mismo cuidado con el que habríais cargado un saco de arena.

–Sentaos antes de que os desmayéis.

Tamsin se sentó, pero no porque él se lo hubiera ordenado. Comenzaba a marearse otra vez, así que se acercó hasta el fuego y se sentó lo mejor que pudo. Debía volver al castillo DeLac antes de que fuera demasiado tarde y no podía intentar huir mientras él estuviera despierto. Pero Rheged tendría que dormirse en algún momento.

Rheged se acercó al fuego y se sentó de cuclillas junto a ella.

–Intentad no moveros mientras os miro la pierna –le dijo mientras intentaba levantarle el dobladillo del vestido.

Tamsin le golpeó la mano.

—¡Dejadme en paz!

Rheged la miró frunciendo el ceño con un gesto de frustración.

—Es posible que no sea médico, pero he curado muchas heridas, incluidas las mías, de modo que, tanto si queréis como si no, voy a examinaros la pierna.

Su tono no admitía negativas, así que Tamsin se mordió el labio y desvió la mirada hacia las rendijas de la puerta mientras oía la lluvia golpeando el tejado.

—El vendaje no está muy mojado. Eso es una buena señal —le explicó Rheged mientras colocaba la falda en su lugar—. Ahora voy a salir a buscar más madera, aunque no sé si podré encontrar madera seca. Quedaos aquí y no os mováis.

Tamsin le fulminó con la mirada con la majestuosidad y la indignación de una reina antes de que Rheged abriera la puerta y saliera. ¿Qué más le daba a ella que estuviera medio desnudo y que la lluvia y el aire fueran helados? Si se resfriaba, por lo menos tendría una pequeña recompensa a cambio del dolor y los problemas que le había causado.

Más tarde, cuando se quedara dormido, ella escaparía. Aunque fuera de noche y estuviera lloviendo, podría llevarse su montura. Y estaba segura de que encontraría alguna señal que le indicara el camino hacia el castillo.

Y en el caso de que Rheged no se durmiera o se despertara antes de que ella hubiera podido montar, debía estar preparada para luchar.

Miró a su alrededor y vio un leño de madera junto

a la pared. Tuvo que inclinarse para agarrarlo, pero con un poco de esfuerzo, lo consiguió. Guardó aquella arma improvisada bajo las ramas justo antes de que Rheged regresara.

Rheged había encontrado algunos leños que colocó junto a las menguantes llamas antes de sentarse de nuevo en cuclillas. En aquella postura, con el agua goteando por sus hombros, el pecho desnudo y el pelo acariciando sus hombros, parecía no tanto un demonio como un rey guerrero de la época de los celtas y los pictos.

Un rey guerrero atractivo y salvaje con los músculos fibrosos y cicatrices ganadas en mil batallas. Pero un salvaje en cualquier caso.

Tamsin alargó la mano hacia la túnica ignorando una punzada de dolor.

—Poneos esto —le ordenó a Rheged mientras se la arrojaba.

La túnica estuvo a punto de caer sobre la hoguera y Rheged tuvo que lanzarse hacia delante para agarrarla.

—Vos la necesitáis más que yo —respondió él, devolviéndosela.

—Os mostráis en un estado de desnudez que encuentro ofensivo —replicó Tamsin—. ¿No os basta con haberme raptado a la fuerza? ¿Necesitáis también que contemple vuestra desnudez?

—Si mi estado de desnudez os ofende, mi señora, no miréis.

—Muy bien, quedaos así si así lo preferís y agarrad un resfriado mortal.

—He pasado mucho frío en mi vida y jamás he caído enfermo.

–¿Ni siquiera estando empapado?
–Ni siquiera así.
–¡Qué milagro! –exclamó Tamsin rezumando sarcasmo.

–Sí, supongo que sí –respondió Rheged, se encogió de hombros y se apartó el pelo de la frente sacudiendo la cabeza–. Pero jamás enfermo. No he tenido fiebre en toda mi vida –removió el fuego para reavivar las llamas–. Y no creo que vaya a hacerlo pronto. Dejando de lado vuestro desmayo, también vos parecéis una persona robusta.

¿Robusta? Desde luego, no era el cumplido más adecuado para una dama. Pero aquel no era momento para cumplidos.

–Siento no poder ofreceros nada de comer. He salido de Cwm Bron a toda prisa.

–No tengo hambre.

–Descansad, entonces.

Tamsin se tumbó y fingió dormir lo mejor que pudo, pero de vez en cuando, abría un ojo para ver qué estaba haciendo Rheged.

Durante largo rato, Rheged se limitó a permanecer sentado contemplando las llamas. Al cabo de un tiempo, dobló las rodillas, se abrazó las piernas y apoyó la cabeza en los brazos.

Si no estaba dormido, pronto lo estaría, porque era evidente que estaba agotado. Y también ella. Si no se movía pronto, también ella se dormiría, de modo que muy lentamente y con mucho cuidado y sigilo, sacó el palo del improvisado lecho. Y muy lentamente también y, con mucho cuidado y sigilo, se sentó y avanzó centímetro a centímetro, ignorando el dolor de la pierna. Cuando estuvo cerca de Rheged, alzó el palo, dispuesta a pegarle con él. Pero Rheged se irguió, la agarró el brazo y la derribó, apresándola con su cuerpo en el suelo.

–¿Os habéis vuelto loca? –preguntó.

Su rostro estaba a solo unos centímetros del de Tamsin, sus ojos oscuros desbordaban enfado y tenía los labios apretados en una fina y enfadada línea.

Capítulo 6

—No, yo no. Pero es muy posible que vos sí —replicó Tamsin mientras intentaba apartarse.

Desgraciadamente, no fue capaz de desplazar ni un milímetro a sir Rheged de Cwm Bron.

—Sacarme del castillo DeLac ha sido un acto propio de un hombre loco. A lo mejor recibisteis un golpe demasiado fuerte en el torneo.

—Cualquiera tendría que estar loco para pensar que puede volver al castillo DeLac sola en medio de la noche, lloviendo y con una pierna herida —la regañó—. ¿Tantas ganas tenéis de casaros con sir Blane que estáis dispuesta a arriesgar vuestra vida por ello? ¿O quizá preferís la muerte a ese matrimonio?

—No tengo ningún deseo de morir —contestó con vehemencia—, pero no tenéis ningún derecho a retenerme aquí, ¿o es que queréis demostrar que no poseéis ni un mínimo de caballerosidad?

—Jamás tomaría a una mujer en contra de su voluntad —respondió Rheged cuando por fin se separó de ella.

Tamsin comenzó a recuperar el ritmo normal de la

respiración y se incorporó apoyándose sobre los codos. Mientras tanto, él agarró el arma improvisada y la tiró al fuego. Las llamas se alzaron, iluminando su severo semblante y tiñendo de bronce su torso desnudo.

–Es posible que haya tenido una humilde cuna, pero os aseguro que tengo más honor que el hombre con el que vais a casaros –gruñó fulminándola con la mirada–. Permitid que os ilustre un poco más, mi señora. No hay una sola criada o vasalla que esté a salvo de su lujuria. Se esconden cuando le ven llegar, y también de su hijo mayor. Blane y Broderick no se preocupan de seducir a una mujer, las toman por la fuerza. Si él no fuera un señor y Broderick su heredero, habrían terminado en la hoguera, o algo peor, hace tiempo, en manos de padres, maridos y hermanos ofendidos.

–Hay muchos nobles como él –respondió Tamsin.

Odiaba que así fuera, pero sabía que era cierto.

–Así es, y algunos dicen que también el rey John es un hombre de ese pelaje, pero, por si eso no fuera suficientemente malo, Blane también tiene otros muchos defectos. Castiga cualquier infracción, por pequeña que sea, con el más severo de los castigos y no le importa modificar la ley a su antojo para que satisfaga sus propios fines. El rey John es tan codicioso como Blane y siempre y cuando este le pague, le deja hacer y deshacer a su antojo.

–Tampoco en eso es el único.

–¿Así que estáis dispuesta a seguir excusándole?

Tamsin no podía permitir que Rheged pensara que podía perdonar semejante conducta o inmoralidad.

–No, pero a lo mejor cuando me convierta en esposa de Blane, puedo convencerle de que sea más justo y piadoso.

Si lo conseguía, quizá hasta mereciera la pena el sacrificio, algo que podría proporcionarle a ella cierta paz.

–Eso sería tan difícil como convencer a John de que renunciara al trono.

–Siempre puedo intentarlo –respondió.

Aun así, sospechaba que Rheged tenía razón sobre sus posibilidades de persuadir a su futuro marido de que fuera un hombre más piadoso. Sin embargo, se aferró a la esperanza de poder ayudar a la gente de Dunborough, al tiempo que salvaba a Mavis.

–He pasado años intentando complacer y apaciguar a un tío que se vio obligado a acogerme en su castillo. Seguramente, también podré tener alguna influencia en mi marido, sobre todo si le doy algún hijo.

Aunque se le revolvía el estómago al pensar en lo que tendría que soportar para que eso ocurriera.

–Probablemente, tener un hijo de Blane solo supondrá más dolor para vos, por no hablar de lo mucho que sufrirá un hijo con un padre así. Blane disfruta enfrentando a sus hijos entre sí, esa es su manera de evitar que conspiren contra él. Está tan decidido a mantenerlos enfrentados que ni siquiera les ha dicho a sus hijos gemelos quién es el mayor de los dos.

Aquello tenía que ser mentira, o bien, un falso rumor.

–Pero eso alguien tiene que saberlo.

–La madre de los gemelos murió al dar a luz. Poco después, la comadrona que había asistido el parto resbaló y se cayó por las escaleras. Se le rompió el cuello y murió antes de que pudiera contar a nadie lo que sabía de aquel parto. De modo que ahora Blane es el único que sabe cuál es el mayor de sus hijos y los gemelos están constantemente en guerra. Y, por supuesto, tampoco una hija estaría más a salvo. Blane la utilizará como vuestro tío os está utilizando a vos, la venderá al mejor postor o al hombre con más influencia en la corte, con independencia de su reputación.

Cuanto más terrible era la imagen que Rheged dibujaba de Blane y sus hijos, más convencida estaba Tamsin de que debía evitar a toda costa que Mavis ocupara su lugar en aquella boda.

—He dado mi palabra de que me casaría con Blane y la mantendré, si es que él todavía está dispuesto a aceptarme como esposa. Debéis llevarme a mi casa mañana por la mañana. Si no, haré que os arresten y os castiguen por culpable de rapto en cuanto pueda.

Rheged frunció el ceño.

—¿Es que no habéis oído nada de lo que os he dicho?

—Nada de lo que digáis podrá hacerme faltar a mi palabra.

—En ese caso, espero que vuestro obstinado orgullo y vuestro sentido del honor os sirvan de consuelo durante los largos años que tenéis por delante, porque os aseguro que vuestro marido no os servirá de consuelo.

—Yo tampoco pretendo que lo sea. De modo que, ¿me llevaréis de vuelta al castillo DeLac mañana por la mañana o preferís convertiros en un proscrito?

—Os devolveré al castillo en cuanto amanezca.

Mientras comenzaba a clarear en el norte, Mavis miraba fijamente a su padre, que permanecía desplomado en su sillón sobre la tarima con una copa en la mano y una bota de cuero cerca de su alcance. El fuego de la chimenea estaba prácticamente apagado. Las velas y las antorchas también. Los invitados que todavía quedaban en el castillo y la mayoría de los sirvientes estaban acostados. Incluso los sabuesos dormitaban.

Mavis no había dormido en toda la noche, y, al parecer, tampoco su padre. Pero mientras ella había pasado la noche paseando inquieta, temiendo que le hubiera pasado lo peor a Tamsin, al parecer, lo único que había hecho su padre era beber.

—Padre, ¡tienes que enviar a alguien a rescatarla! —insistió Mavis, con la voz ronca por el cansancio.

Aunque ella no había sido testigo de la discusión, los sirvientes, desolados, no habían tardado en explicarle los motivos del regreso de Rheged y lo furioso que estaba.

—¡Es posible que ya sea demasiado tarde para salvarla! ¡Es posible que esté muerta!

—Ese galés puede ser un campesino y un salvaje, pero jamás cometería la estupidez de matar a la sobrina de lord Simon DeLac —replicó su padre mientras levantaba la copa para beber otro sorbo de vino.

Aquellas palabras aliviaron ligeramente a Mavis, pero el alivio no duró mucho. Le resultaba demasiado fácil imaginar todas las cosas terribles que podían estar pasándole a su adorada prima.

—Seguramente pedirá un rescate —musitó su padre, más para sí que para que le oyera Mavis—. No querrá quedarse con esa zorra. No sé qué suma creerá merecer el muy estúpido.

Mavis se arrodilló ante su padre, intentando que la mirara.

—Pero tú pagarás lo que te pida, ¿verdad? —le suplicó.

Lord DeLac aspiró con fuerza.

—No pienso pagar ni un penique por ella. Esa mujer está arruinada. No vale nada. Ya no me sirve para nada.

—Padre, ¡tienes que pagar el rescate o intentar salvarla! —gritó Mavis—. Eres su tío, su tutor. Aunque ella haya sido... —Mavis parpadeó para apartar las lágrimas mientras pensaba en lo que su prima habría tenido que soportar—. Sobre todo en el caso de que ya no sea virgen, tienes el deber...

—¡El deber! —gruñó su padre mientras la apartaba—. ¡Yo ya he cumplido con mi deber! La acogí cuando era una mocosa. Le conseguí un marido, ¿y para qué? ¡Para nada! No valía nada entonces y ahora vale menos todavía.

Con los ojos inyectados en sangre, fulminó a su hija con la mirada mientras esta se levantaba.

—¿Por qué estás tan preocupada? ¿No te das cuenta de lo que ha pasado? Tamsin no quería casarse con Blane, por eso se las ha arreglado para que ese galés se la llevara. Probablemente la sedujo antes, o le pagó para que la sacara de aquí. Por lo que yo sé, esa pequeña furcia se ha acostado con la mitad de los sirvientes y con la mayoría de los hombres de la guarnición.

—¡Padre! —exclamó Mavis—. Tamsin es la mujer más honrada, virtuosa y...

DeLac se incorporó bruscamente y la taladró con la mirada.

—¿Más virtuosa que tú? ¿Acaso tú también eres una prostituta?

—No, claro que no, papá, y tampoco Tamsin lo es.

Lord DeLac se recostó de nuevo contra el respaldo de la silla y agarró la bota de vino. Se la llevó a los labios y bebió, ignorando el vino que se desparramaba por la ya manchada túnica.

—Bueno, sea como sea, se ha ido y ahora tendrás que casarte con Blane —curvó los labios en una sonrisa terrible cuando vio la expresión de Mavis—. Sí, hija mía, había llegado a un acuerdo y hay un contrato firmado. Una de vosotras tiene que casarse con ese hombre y puesto que Tamsin ha encontrado la manera de evitarlo, ahora deberás ocupar tú su lugar. Ahora ya no la encuentras tan encantadora, ¿verdad?

—No tienes ninguna prueba de que se haya ido voluntariamente con Rheged, y estoy segura de que no ha sido así.

—Eso no importa. El caso es que se ha ido con él, ha echado a perder su reputación, y si quiero establecer una alianza con Blane, tendrás que casarte tú con él. Y ni siquiera pienses en huir. Te encerraré en tu dormitorio. Quizá debería hacerlo ya. Quién sabe lo que esa furcia ha podido meterte en la cabeza.

Tenía razón al pensar que Tamsin había influido en ella, pero no de la manera que imaginaba.

Mavis cuadró los hombros y le miró con la serenidad, la dignidad y la resolución con la que lo habría hecho su prima.

—Si acepto casarme con sir Blane, ¿pagarás un rescate por ella?

—No necesito llegar a ningún acuerdo contigo. Y ya te he dicho que tu prima ya no tiene ningún valor para mí.

—Pero mi caso es distinto, y aunque ya hayas firmado un contrato, seguro que puedes llegar a un acuerdo más provechoso para ti si soy yo la esposa, sobre todo si me muestro complaciente con el novio. Te doy mi palabra de que lo haré lo mejor posible si traes a Tamsin a casa antes de que llegue sir Blane. Si no estás de acuerdo, me casaré con él, pero no pienso fingir que me gusta. ¿Cómo crees que reaccionará si me niego a hablar con él? ¿O cierro la puerta de la habitación nupcial?

–¡No te atreverías!

–Y podría hacer otras muchas cosas –continuó, decidida a salvar a su prima–. No es difícil para una chica guapa afearse, y lo haré. Fingiré que soy bizca, o que ceceo, o que descuido mi aseo.

Simon DeLac se quedó mirando fijamente a aquella hija a la que realmente no conocía y que siempre había significado para él mucho menos de lo que habría significado un hijo varón. La miraba como si acabara de descubrir que su cachorro tenía dientes de lobo y estaba dispuesto a morder. Y si de verdad decidía buscarse problemas con Blane...

–Pagaré lo que el galés me pida a cambio de Tamsin. Siempre y cuando sea una cantidad razonable.

–Pagarás lo que te pida –insistió Mavis.

Su padre frunció el ceño hasta que se dio cuenta de que, siendo Mavis la novia, podría rebajar la dote o incluso, prescindir por completo de ella.

–Muy bien, pero si te niegas a casarte con Blane o planteas dificultades al matrimonio, dejaré a Tamsin con el galés o con cualquier otro hombre que quiera quedarse con ella.

Mavis asintió.

–En ese caso, padre, estamos de acuerdo.

–Muy bien. Y ahora, vuelve a coser o a lo que quiera que hagas en todo el día.

–Sí, padre –contestó Mavis con humildad.

Pero el poco afecto que le profesaba, comenzaba a disiparse.

Bajo la débil luz del amanecer, Tamsin se quitó enérgicamente lo que quedaba de la camisa de Rheged de su palpitante gemelo. Había pasado la noche inquieta, sin dormir apenas, observando a Rheged sentado medio desnudo en el otro extremo de la cabaña. También él estaba despierto, pero quieto como una estatua y, afortunadamente, en silencio. Tamsin no quería oír más palabras de advertencia ni más descripciones de su futuro marido y su familia. No quería pensar en el futuro, y tampoco en Rheged, por cierto.

Esbozó una mueca y separó el vendaje de la herida, pero lo que vio, la hizo sentirse mucho peor. Tenía la pantorrilla hinchada y la herida inflamada y con mal aspecto, con varios puntos de pus en los bordes. Se secó el sudor de la frente, tragó saliva y comenzó a vendarla otra vez. Pronto estaría de nuevo en su casa. Su tío llamaría al boticario y él la curaría.

Una sombra se cernió sobre ella.

–No os mováis –la ordenó Rheged mientras se acuclillaba frente a ella–, necesito ver la herida.

–Está bien, estoy segura...

–Yo no.

La agarró del tobillo y Tamsin reprimió un grito de dolor.

Rheged volvió a quitarle el vendaje y tomó una bocanada de aire cuando vio la herida. Palpó la frente de Tamsin con sorprendente delicadeza y musitó lo que debía de ser una maldición en galés.

–Tenéis fiebre.

–Mi tío enviará a buscar un boticario en cuanto vuelva al castillo.

Rheged sacó un cuchillo y ella retrocedió asustada.

–¿Qué estáis haciendo?

–Necesitáis un vendaje limpio para empezar –respondió Rheged–. Tendré que cortaros la combinación mi señora.

–¡No! No puedo volver con una prenda rota, la gente pensará...

–Me importa muy poco lo que pueda pensar la gente, y tampoco debería importaros a vos. Si no os curo inmediatamente esa herida, podéis perder la pierna, e incluso la vida. Ahora, no os mováis y permitid que os prepare un nuevo vendaje.

Con los dientes apretados, Tamsin permaneció en silencio mientras él le levantaba la falda y cortaba con la espada la combinación justo por debajo de la rodilla. Rheged fue cortando la tela y descartando el dobladillo manchado de barro.

Después, comenzó a vendarla y alzó la mirada hacia ella.

–Necesitáis un médico, mi señora, no un boticario. El doctor de sir Algar es uno de los mejores de Inglaterra y llegaremos antes a Cwm Bron que al castillo DeLac, de modo que partiremos hacia allí.

–¡Me dijisteis que me llevaríais a mi casa!

–En esto no estoy dispuesto a admitir ninguna clase de discusión, mi señora –contestó Rheged mientras terminaba de atar el vendaje–. No pienso arriesgar ni vuestra pierna ni vuestra vida por una cuestión de honor. ¿Para cuándo se espera la llegada de Blane?

–¡Para muy pronto!

–¿Para mañana?

–Sí, para mañana –mintió–. Quizá incluso para hoy.

La expresión recelosa de Rheged reflejaba su escepticismo.

–Estoy seguro de que Blane parará en todos los burdeles y tabernas que se encuentre en el camino, así que tenemos tiempo más que de sobra de que os vean la herida y de regresar al castillo DeLac antes de que llegue él.

Tamsin quería insistir en que regresaran al castillo DeLac, pero se acordó entonces de uno de los sirvientes al que se le había gangrenado una herida. En las oscuras horas de la noche, había oído sus aullidos de dolor mientras le cortaban la pierna. El pobre hombre había muerto días después tras una terrible agonía.

Seguramente Blane se negaría a casarse con una mujer a la que le faltaba una pierna y, en ese caso, no le serviría de nada a Mavis, ni a nadie, en el caso de que muriera.

–Muy bien –dijo. Sacó la túnica de cuero de debajo de su cuerpo y se la tendió–. Pero en cuanto me hayan curado la herida, me llevaréis de vuelta a mi casa.

Rheged asintió, se levantó, se puso la túnica y se ató la espada a la cintura. Apagó el fuego con los pies, se agachó y levantó a Tamsin en brazos como si no pesara más que una niña.

Tamsin abrió la boca para protestar, pero no estaba segura de que hubiera podido llegar al caballo por su propio pie, de modo que le rodeó el cuello con los brazos y permitió que la sacara de la cabaña. Después de que Rheged la montara en la silla, se agarró al saliente con las dos manos, intentando vencer la sensación de mareo.

–¿Os estáis mareando? –le preguntó Rheged con recelo al ver su expresión.

–No –respondió.

No pensaba decirle que odiaba las alturas y que su caballo le parecía altísimo.

–Muy bien –musitó Rheged, y montó tras ella.

Tamsin intentó apartarse de él cuando la rodeó con los brazos para tomar las riendas y encaminar el caballo hacia el norte.

–En cuanto salgamos del bosque, cabalgaré tan rápido como pueda. Avisadme si el dolor es insoportable.

–Creo que podré soportar el dolor si a cambio me lleváis cuanto antes a un médico –respondió ella, apretando los dientes y aferrándose al caballo como si en ello le fuera la vida.

Rheged cabalgaba a toda la velocidad a la que se atrevía, pero para cuando llegaron al río que corría cerca de Cwm Bron, Tamsin se había desmayado y él había musitado todas las maldiciones en galés que conocía.

Justo en ese momento, vio a Gareth esperando en la puerta de la muralla. Pero a diferencia de la última vez que había regresado, las puertas estaban cerradas. No le extrañaba, teniendo en cuenta lo furioso que se había marchado. Seguramente, Gareth temía que hubiera encontrado nuevos enemigos y pudiera comenzar una batalla.

Y, en cierto modo, así había sido. Que el cielo le ayudara. Todo había empezado por culpa de un cofre de oro falso y una mujer prometida a otro hombre.

No debería haber regresado nunca al castillo DeLac. No debería haber intentado razonar con un hombre taimado como DeLac y debería haber resistido el impulso de llevarse a Tamsin. Ella no tenía nada que ver con aquel premio y aunque él pretendía salvarla de un matrimonio terrible, seguramente podría haber encontrado otra manera de hacerlo. Si Tamsin perdía la pierna u ocurría algo peor, nunca le perdonaría y él jamás se perdonaría a sí mismo.

Oyó que Gareth daba la orden de abrir las puertas e ignoró a los aldeanos que observaban perplejos su paso. Para cuando llegó a las puertas, Gareth estaba en el patio con Dan y varios soldados a su lado.

En cuanto le vio entrar, corrió hacia él con los ojos abiertos como platos.

—¡Dios me libre de semejantes sustos! —musitó cuando Rheged obligó a Myr a detenerse—. Qué demonios...

—Está herida —le interrumpió Rheged. La respuesta a la pregunta de Gareth podía esperar—. Ayúdame a bajarla, por favor.

Rheged le tendió el cuerpo flácido de Tamsin mientras Dan sostenía las riendas de Myr para mantenerlo quieto.

—¿Quién es? —preguntó Gareth.

—Te lo explicaré después —respondió Rheged mientras desmontaba. Cuando estuvo en el suelo, tomó a Tamsin en brazos—. Cierra las puertas.

Gareth volvió a abrir los ojos como platos.

—¿Te persiguen?

—Es posible.

No había habido nada durante la noche que le hiciera pensar en una partida de búsqueda, pero ya hacía tiempo que había amanecido y DeLac podría estar en camino.

—Dios mío, Rheged, ¿qué has...?

—Ya hablaremos después —repitió Rheged mientras se volvía y caminaba a paso ligero hacia el salón.

Tenía que acostar a Tamsin y llamar inmediatamente al médico de sir Algar.

Estaba acercándose a la torre cuando apareció el mismísimo sir Algar en la puerta.

—¡Dios bendito, Rheged! —exclamó, mirándole fijamente—. ¿Quién es esa dama y qué le habéis hecho?

—Es lady Thomasina, la sobrina de Simon DeLac —contestó Rheged mientras comenzaba a subir las escaleras de la torre—. Está herida.

Sir Algar se apartó rápidamente de su camino.

—¡Dios mío!

—Tengo miedo de que la herida esté infectada y de no ser capaz de curarla —continuó—. Necesitamos un médico inmediatamente.

—Sí, sí, por supuesto. Ahora mismo enviaré a un hombre a buscar a Gilbert.

Sir Algar bajó a toda velocidad los escalones mientras Rheged abría la puerta del salón de una patada.

—¡Hildie! —gritó.

Hildie era la mayor y, presumiblemente, la más sabia de sus doncellas, o al menos eso esperaba.

Apareció entonces en la entrada de la cocina aquella sirvienta de pelo castaño con un lunar en la mejilla izquierda. Al ver la carga que llevaba Rheged en los brazos, abrió los ojos como platos.

—Calienta agua y lino limpio para preparar unas

vendas –le ordenó Rheged mientras corría hacia las escaleras que se curvaban en el interior de la torre.

Por ellas se accedía a la habitación del piso superior. Aquella habitación le servía de dormitorio y sala de recepción y era el único lugar del castillo que ofrecía alguna intimidad.

Dejó a Tamsin delicadamente sobre la cama, deseando que el lecho fuera tan nuevo y confortable como aquel en el que había dormido él en el castillo DeLac.

Tamsin parpadeó y abrió los ojos. Alzó la mano como si quisiera apartarle, pero la dejó caer inmediatamente y comenzó a llorar cuando movió la pierna.

–¡Dios mío! –musitó Rheged, preguntándose qué más podría hacer para ayudarla hasta que llegara el médico.

–¿Mi señor?

Se volvió y vio a Hildie esperando en el marco de la puerta con un aguamanil lleno de agua humeante en una mano y un montón de piezas de lino en la otra.

–Llena la palangana y acércala aquí, y también las telas –le pidió.

Le levantó a Tamsin la falda y comenzó a deshacer el vendaje empapado en sangre. Cuando vio la herida, estuvo a punto de gemir él mismo. Definitivamente, había empeorado.

Hildie se acercó cautelosa hacia él.

–Tiene muy mal aspecto, señor.

–Ayúdame a sujetarla mientras vuelvo a limpiarle la herida.

–Me temo que va a hacer falta algo más que curar esa herida, mi señor –dijo Hildie mientras obedecía.

–Y esa es la razón por la que sir Algar ha ido a

buscar un médico. Ahora, intenta evitar que se mueva –le ordenó Rheged.

Pretendía limpiar tanta sangre como pus pudiera. Aunque Tamsin se resistió un poco, Rheged casi lamentó que no lo hiciera con más energía. Aquella incapacidad para reaccionar era una mala señal.

Volvió a vendarle la pierna y después se sentó en el borde de la cama para secarse el sudor. Hildie retrocedió con un suspiro.

–Avisaré a Elvina para que me ayude a desnudarla. Deberíamos desnudarla, mi señor, ¿no creéis?

–Desde luego –musitó.

Cuando la criada abandonó la habitación, tomó un trapo limpio y secó el rostro y el cuello de Tamsin, empapados ambos en sudor.

Y rezó. Rezó con fervor. Rezó como nunca lo había hecho por sí mismo antes de una batalla o cuando estaba herido, ni siquiera cuando había tenido que escalar la muralla de un castillo en Francia. La última vez que había rezado con aquella intensidad había sido cuando de niño, había intentado despertar a sus padres creyendo que solo estaban dormidos. Rezaba para que realmente fuera así, a pesar de que sus cuerpos estuvieran tan fríos.

Sir Algar entró en la habitación y Rheged se levantó rápidamente.

–He enviado a un hombre a buscar a Gilbert y le he pedido que venga inmediatamente. Debería estar aquí antes de que caiga la noche. Ahora, quiero saber qué ha pasado en el castillo DeLac y por qué está esta joven en vuestra cama con la pierna herida.

Capítulo 7

Rheged le explicó rápida y sucintamente lo que había pasado a su regreso al castillo DeLac.

–Estaba tan enfadado con ese hombre –terminó–, que me la llevé –se sonrojó avergonzado.

Sir Algar frunció sus pobladas cejas.

–¿Qué queréis decir con que os la llevasteis?

–La monté en mi caballo y crucé las puertas del castillo con ella.

–¡Dios mío! –gritó sir Algar–. ¿La raptasteis directamente del castillo? ¿Puede saberse en qué demonios estabais pensando?

–En realidad, lo hice sin pensar –admitió Rheged. Por una vez en su vida, se había dejado llevar por sus sentimientos–. DeLac es un pícaro embustero y ella se merece alguien mejor que Blane. Ya sabéis, el señor de Dunborough. ¿Os gustaría ver casada con él a alguna mujer?

–Lo que sé es que no os corresponde a vos interferir en ese matrimonio, a no ser que ella os hubiera pedido ayuda. ¿Os la pidió?

–Ella cree que debe cumplir su promesa. De hecho,

insistió en que la devolviera a su tío lo antes posible y amenazó con encarcelarme en el caso de que no lo hiciera.

–Y merecidamente –replicó sir Algar–. ¿No intentarías vos honrar cualquier acuerdo al que hubierais llegado y amenazaríais a cualquiera que intentara deteneros?

–Esto es diferente.

–Para vos, quizá –sir Algar le miró con los ojos entrecerrados–. ¿Y ayer por la noche? ¿Dónde estuvisteis?

–Nos refugiamos en una cabaña en el bosque. Encontré los restos de una cabaña de carbonero y nos quedamos allí a pernoctar.

–¿A pesar de la herida?

–Llovía a cántaros, mi señor, y era de noche. Curé la herida lo mejor que pude y la vendé con mi camisa.

Sir Algar comenzó a caminar nervioso.

–Dios mío, fueran cuales fueran vuestras razones, os habéis puesto a la dama y a vos en una situación terrible. Su reputación sufrirá y DeLac es un hombre poderoso e influyente en la corte.

Una tos le interrumpió. Se volvieron ambos y vieron a un hombre delgado de mediana edad esperando en la puerta. Iba vestido con una sencilla túnica de lana negra, aunque de gran calidad, atada a la cintura. Llevaba un botiquín de madera con las asas de cuero en el que guardaba sus medicinas.

–¡Ah, Gilbert! Gracias por venir tan rápido –le saludó sir Algar, acercándose a él–. Sir Rheged te explicará lo que ha ocurrido. Yo esperaré abajo.

–Las explicaciones pueden esperar –dijo Gilbert después de que sir Algar abandonara la habitación.

La voz del médico era profunda y tranquilizadora, a pesar del agudo interés que mostraban sus ojos castaños.

—Antes quiero examinar a la dama —añadió.

Rheged asintió y le indicó a Gilbert dónde estaba la herida.

—La sangre está seca —señaló el médico mientras comenzaba a deshacer el vendaje ensangrentado—. Es posible que el dolor la despierte al quitarle la venda, así que, por favor, sujetadla por los hombros. Quizá sea necesario mantenerla quieta.

Cuando Rheged posó las manos en los hombros de Tamsin, ella abrió los ojos y le miró confundida.

—¿Dónde estoy? —preguntó como si fuera una niña perdida.

—En Cwm Bron —respondió Rheged suavemente. La vulnerabilidad de Tamsin era como un nuevo impacto en la muralla que rodeaba su corazón—. Estáis a salvo, mi señora. Ha venido un médico para ayudaros.

—Me duele mucho la pierna.

—Él os ayudará —repitió Rheged.

A pesar de los esfuerzos de Gilbert por ser delicado, Tamsin gritó e intentó moverse cuando Gilbert tiró de la venda para separarla de la herida. Rheged se mordió el labio. Odiándose a sí mismo y sintiéndose, de alguna manera, responsable de aquel dolor, se tumbó sobre ella para evitar que se moviera, hasta que se dio cuenta de que ya no intentaba moverse y tenía los ojos cerrados.

—Gracias a Dios, ha vuelto a desmayarse —dijo Gilbert mientras examinaba cuidadosamente la herida y la palpaba con el dedo—. Esto podría haber sido peor, mi señor, mucho peor. Afortunadamente, gracias a la atención que le habéis prestado, la infección se limita al área en la que está la herida. Habrá que cauterizarla, pero eso es todo. Además del descanso, por supuesto.

Rheged suspiró aliviado, pero solo durante un instante.

–¿Quedará la pierna permanentemente dañada?

–Creo que no, aunque le quedará una cicatriz.

Gilbert sacó un frasquito de arcilla del botiquín de madera que había dejado sobre el lavamanos y echó una medida de polvos en una taza de metal en la que añadió agua.

–Esto servirá para adormecer el dolor y reducir la fiebre –le explicó mientras alzaba delicadamente a Tamsin para que pudiera beber.

Cuando introdujo parte de la poción que había preparado en la boca de Tamsin, esta tosió y escupió un poco, pero no se despertó.

–¿Por qué no se despierta? –preguntó Rheged.

Su voz reflejaba parte de su ansiedad.

–Yo diría que porque además de herida, está agotada –respondió el médico.

–¿Cuándo estará en condiciones de viajar? –preguntó Rheged, aunque le habría gustado poder olvidar que había prometido llevarla de vuelta al castillo De-Lac.

–Debería descansar al menos una semana, quince días sería lo preferible.

De modo que, quisiera o no, Tamsin iba a tener que quedarse unos cuantos días en Cwm Bron.

–Ahora os podéis retirar, sir Rheged –dijo Gilbert–. Cualquiera de sus criadas puede ayudarme con lo demás.

Ante lo imperioso de su tono de voz, Rheged asintió y salió de la habitación. Encontró a Sir Algar caminando nervioso junto a la chimenea del gran salón del piso de abajo.

—¿Qué ha pasado? ¿La he oído gritar? —preguntó el anciano en cuanto le vio, con la preocupación dibujada en todas sus facciones.

—Ha gritado cuando Gilbert le ha quitado la venda. Ha tenido que limpiar otra vez la herida y tendrá que cauterizarla, pero cree que se recuperará y que no tendrá secuelas.

—¡Gracias a Dios! —exclamó sir Algar.

—Tendrá que quedarse aquí durante una semana.

—De modo que tendremos que enfrentarnos a DeLac, y quizá también a Blane.

Rheged encontró cierto consuelo en el hecho de que sir Algar hubiera hablado en plural, pero no iba a permitir que su amigo y señor, ni nadie más, por cierto, tuviera que sufrir por culpa de su impulsividad.

—Si me perdonáis, mi señor, creo que debería volver al castillo DeLac para decirle a lord DeLac que su sobrina regresará al castillo en cuanto el médico diga que está en condiciones de viajar —dijo Rheged.

—Iré con vos.

Rheged negó con la cabeza.

—Aunque os agradezco vuestro ofrecimiento, mi señor, esto es responsabilidad únicamente mía, así que seré yo el que vaya de nuevo al encuentro de DeLac y se enfrente a las consecuencias de lo que he hecho, sean estas cuales sean.

—Llevaos por lo menos a Gareth y a alguno de vuestros hombres.

Rheged volvió a negar con la cabeza.

—Como siempre, dejaré a Gareth al mando de Cwm Bron.

Sir Algar le miró intensamente y posó la mano en su brazo.

—¡Eso es una locura! DeLac os arrestará u os matará en cuanto aparezcáis.

—Correré el riesgo –replicó Rheged sombrío–. Ya tengo suficiente con el hecho de que la dama haya resultado herida por mi culpa. No puedo pedirle a nadie más que se arriesgue a terminar igual o, incluso, a perder la vida.

Sir Algar suspiró, pero no protestó mientras Rheged abandonaba el salón a grandes zancadas, decidido a hacer lo que acababa de decir y a encontrarse con DeLac a solas.

No había contado con Gareth. Pero su amigo estaba esperándole y, en cuanto salió, comenzó a caminar a su lado.

—¿Adónde vas ahora?

—Vuelvo al castillo DeLac para decirle a lord DeLac que su sobrina está herida y que volverá al castillo cuando esté en condiciones de viajar.

Gareth se detuvo sobresaltado. Como Rheged continuó avanzando, su amigo tuvo que correr para alcanzarle en la puerta del establo.

—¿Es su sobrina? ¿Y cómo demonios ha terminado herida?

Para entonces, Dan también se había unido a ellos.

—Yo mismo ensillaré a Mythrin –dijo Rheged, refiriéndose al segundo caballo más rápido del establo, mientras continuaba avanzando con Gareth a su lado.

Dan retrocedió un paso y después les siguió a distancia.

–Vamos, Rheged, ¡no puedes irte así! ¿Y qué está haciendo esa mujer aquí?

–La traje como venganza por la tacañería de su tío. El premio del torneo apenas tenía valor alguno y como él no estaba dispuesto a darme una recompensa mejor, perdí la paciencia y decidí raptarla. Fueron sus hombres los que la dispararon.

–¡Virgen santa! ¡Perdiste la paciencia!

–Mi enfado era justo.

Gareth miró al mozo de cuadras por encima del hombro.

–Dan, llama a Rob, a Alec y a...

–Voy a ir solo –le interrumpió Rheged–. Todo esto es culpa mía, así que esta batalla la libraré yo, Gareth, en el caso de que haya que pelear.

–¡No te he salvado el pellejo tantas veces para ver cómo lo tiras todo por la borda! –protestó Gareth–. DeLac debe de tener al menos cien hombres en su guarnición y...

–Tienes que quedarte al mando de la guarnición del castillo. Si DeLac me arresta, probablemente intentará tomar Cwm Bron. Tú serás el encargado de impedirlo.

–¿Y si te mata?

–En ese caso, serás tú el encargado de devolver a la dama a su casa.

Rheged regresó cabalgando a toda velocidad al castillo DeLac. Solo se detuvo en una ocasión para dar de beber y comer a Mythrin, de modo que llegó al castillo cuando todavía quedaba algo de luz. Mientras hacía detenerse al caballo en la puerta de la muralla, varios guardias corrieron a interceptarlo y pudo oír que se reunían más fuerzas en el adarve, el camino superior de la muralla.

–Tengo que tratar de un asunto con lord DeLac referente a su sobrina –anunció.

El frenesí que se produjo tras las puertas le indicó que los hombres habían ido a avisar a su señor. Lo único que podía hacer ya era esperar a ver si DeLac salía a su encuentro o si de pronto le rodearían, le capturarían y le arrojarían a los calabozos.

Pero no iba a permitir que le derrotaran sin luchar.

Por fin se abrieron las puertas. Salieron más soldados a caballo, seguidos por el propio Simon DeLac a lomos de un caballo gris lujosamente enjaezado. El noble iba vestido con un manto de terciopelo azul con el cuello de piel negra sobre una túnica de lana marrón oscura, un grueso cinturón de cuero a la cintura y unos guantes de cuero. Llevaba una cadena de cuero colgada al hombro con un broche y, en el cuello, un grueso collar de plata.

A pesar de su elegante atuendo, era evidente que aquel hombre no estaba bien. Tenía el rostro enrojecido y apenas podía mantenerse erguido en la silla. Si no estaba ya borracho, bastaría que tomara otra copa para que lo estuviera.

–¿Dónde está mi sobrina, perro? –le preguntó con tono demandante lord DeLac, arrastrando ligeramente las palabras mientras intentaba mostrar un aspecto fiero.

Lo intentaba, pero no lo consiguió, porque Rheged había pasado años entre hombres a cuyo lado DeLac apenas parecía un niño enfadado.

—A salvo en Cwm Bron —contestó—, bajo la protección del médico de sir Algar, quien asegura que se recuperará.

—¿Recuperarse de qué? ¿Qué le habéis hecho, granuja?

—Yo no le he hecho nada. Fue uno de vuestros hombres el que disparó la flecha que la hirió. Vengo a deciros que está a salvo y la traeré de vuelta en cuanto esté suficientemente bien como para viajar.

DeLac entrecerró los ojos.

—Así de sencillo, ¿eh?

—Sí, así de sencillo.

—¿No pediréis ningún rescate?

—No quiero nada de vos, señor, ni ahora ni nunca.

—¿Y esperáis que os crea? —preguntó DeLac en tono burlón.

—Podéis creerlo o no, pero es cierto. En cuanto el médico así lo disponga, la traeré de vuelta.

—¿Renunciáis a la mujer a la que habéis secuestrado? ¿Por qué? ¿Ya os habéis servido de la muchacha y estáis deseando libraros de ella como si fuera una mercancía usada?

Rheged necesitó de toda su fuerza de voluntad para no desenvainar la espada y matar a aquel hombre.

—La virtud de vuestra sobrina está intacta.

—¿Tengo que fiarme de vuestra palabra cuando habéis estado con ella día y noche? —respondió DeLac en tono burlón.

—Os doy mi palabra de caballero del reino de que está tal y como salió de aquí, salvo por la herida en la pierna.

DeLac curvó los labios en una sonrisa.

—¡Vuestra palabra!

—Sí, mi palabra, una palabra que vale más que la de alguien a quien podría nombrar.

—No intentéis haceros el caballero honrable conmigo, galés, después de lo que habéis hecho —respondió DeLac—. Tengo derecho a arrestaros aquí y ahora.

—De la misma forma que vuestra sobrina tendría derecho a negarse a esa boda que le habéis arreglado.

—¿Qué derecho tenéis a hablar del matrimonio de mi sobrina o de nada que tenga que ver con ella? —DeLac volvió a mirarle con los ojos entrecerrados—. ¿Acaso planeó su pequeña escapada con vos? ¿Se fugó como la mujerzuela de su madre?

Rheged desmontó del caballo y con la espada rebotando contra el muslo, comenzó a caminar hacia DeLac.

—¿Tan falto estáis de caballerosidad que sois capaces de insultar a la sangre de vuestra propia sangre cuando vuestra sobrina no ha hecho nada malo? Una mujer que, a pesar del dolor causado por vuestras órdenes, insiste en regresar aquí aunque sabe tan bien como vos y como yo que Blane es un hombre vicioso y mezquino. Pero como os ha dado su palabra, una palabra que para ella significa algo, volverá y cumplirá con el compromiso que habéis contraído en su nombre.

DeLac irguió los hombros y se ajustó la capa.

—Por supuesto que lo hará. Soy su tío y me debe obediencia.

Rheged había conocido a hombres de toda condición a lo largo de sus viajes y ninguno le había repugnado tanto como el señor del castillo DeLac.

—A lo mejor decido retenerla conmigo.

—¡No podéis! —gritó DeLac furioso—. Si el rey se

entera de este ultraje, os hará pagar las consecuencias. Y como sois vasallo de Algar, él también las sufrirá.

—Si devuelvo a la dama —comenzó a decir Rheged, odiando a aquel hombre con cada fibra de su ser—, tendréis que darme vuestra palabra, por poco que valga, de que no habrá cargos ni otro tipo de repercusiones contra mí o contra mi señor a causa de mi acto impulsivo.

—¿Acto impulsivo? ¿Así es como lo llamáis?

Antes de que Rheged pudiera contestar, se produjo una conmoción en la muralla que anunció la llegada de lady Mavis. Esta miró a Rheged como si fuera el demonio encarnado.

El rostro de Rheged se cubrió de rubor y la expresión de culpa reemplazó a la de enfado, porque sabía que lady Mavis tenía motivos para odiarle.

Al parecer, su presencia le dio a su padre nueva determinación, porque, a pesar de su estado de embriaguez, endureció la voz para decir:

—Siete días, sir Rheged. Si me devolvéis a Tamsin en siete días intacta, salvo por la herida, todo será perdonado.

Gilbert había dicho que quizá estuviera en condiciones de viajar para entonces, pero que también podría no estarlo.

—Regresará cuando el médico decida que está en condiciones de hacerlo, no antes —respondió Rheged—. Y si lo que os preocupa es que Blane pueda llegar antes y descubrir que su prometida ha desaparecido, dudo que viaje tan rápido, ni siquiera para asistir a su boda.

—Una semana —insistió DeLac—, nada más. En caso contrario, haré que os arresten.

—Podéis intentarlo —respondió Rheged con la voz fría como el metal mientras regresaba a su caballo—, pero no voy a arriesgar la salud de la dama, de modo que regresará cuando el doctor diga que puede hacerlo.

No añadió una sola palabra más mientras espoleaba a Mythrin para salir a galope del castillo.

Tras la marcha de Rheged, Mavis corrió al salón y encontró a su padre sentado junto al fuego, con la capa arrojada descuidadamente en un banco, una copa en la mano y una garrafa llena de vino sobre la mesa que tenía a su lado.

—¿Dónde está Tamsin? —le preguntó.

—¡Oh, por el amor de Dios, calla! —le ordenó su padre—. Tu prima está en el castillo de ese galés, ¿dónde quieres que esté?

Mavis estaba dispuesta a hablar con tranquilidad, a menos que su padre se negara a contestar o le ordenara marcharse.

—¿Cuánto pide por traerla de nuevo al castillo?

Su padre le dirigió una sonrisa burlona.

—Nada. Se la quedará allí unos días y después la traerá de vuelta. A cambio de nada. Ya te dije que tu prima no tenía ningún valor.

—¿Y por qué va a querer hacer algo así?

Su padre arqueó una ceja, pero no contestó.

—¡No! ¡Padre, no puedes dejar que se quede con ella! Tienes que enviar a tus hombres a rescatarla.

—No pienso hacerlo. Ya no me sirve para nada y tú dijiste que siempre y cuando me mostrara dispuesto a pagar el rescate, te casarías con Blane. Yo estaba dispuesto a pagar, pero si Rheged no pide rescate, mucho mejor para mí, y Blane continuará teniendo una esposa.

Mavis miró fijamente al hombre que la había engendrado, preguntándose cómo era posible que siendo de su misma sangre pudiera ser tan cruel y desalmado cuando su corazón estaba a punto de quebrarse pensando en las humillaciones que su prima debía de estar sufriendo.

–Mantendré mi palabra y me casaré con Blane, pero no volveré a hablarte nunca más.

Su padre se enderezó.

–¿Qué tontería es esa? ¡Claro que me hablarás! ¡Tendrás que hacerlo!

Mavis giró sobre sus talones y se alejó de allí. La túnica bordada y el vestido de delicada tela verde se arremolinaban alrededor de sus tobillos delgados.

–¡Vuelve aquí! ¿Quién te crees que eres? –le exigió DeLac.

Le arrojó la copa y aunque cayó a solo unos centímetros de ella, Mavis no volvió la cabeza.

–¡Que se vayan todas las mujeres al infierno! –musitó DeLac mientras la veía desaparecer por el pasillo de la cocina con la espalda recta y la rubia cabeza alta, digna sobrina de la egoísta y desagradecida de su hermana.

Y volvió a beber.

Con los ojos todavía cerrados, Tamsin bajó la mano para palparse el gemelo. Continuaba hinchado y dolorido, pero ya no le dolía tanto como antes.

Abrió lentamente los ojos y se descubrió en una

habitación tenuemente iluminada de paredes redondas. Debía de ser una torreta o una torre, pensó. Dos ventanas estrechas con los postigos de madera la protegían de la luz del exterior y un brasero con brasas incandescentes caldeaba la habitación. Una mesa con la madera desgastada, un baúl de madera de los que se utilizaban para guardar la ropa con la pintura azul ligeramente desconchada, un taburete y un lavamanos completaban el sencillo mobiliario. No había tapices en las paredes ni candelabros ni sillas. El aguamanil y la palangana eran muy sencillos, de simple metal. La manta que cubría la cama era vieja y el colchón que tenía bajo ella era tan fino que notaba las cuerdas de la cama.

Volvió la cabeza y soltó un grito ahogado al ver a un desconocido sentado junto a la cama.

–¿Quién sois vos? –preguntó, tapándose con la desgastada sábana hasta la barbilla.

El hombre, con el pelo gris en las sienes y vestido con una túnica larga y sencilla, pero de aspecto lujoso, se levantó y le sonrió.

–Buenos días, mi señora. Soy Gilbert, vuestro médico, y me alegro mucho de veros despierta –posó la mano delicadamente sobre su frente y ensanchó la sonrisa–. Ya no tenéis fiebre.

Tamsin se humedeció los labios resecos.

–¿Y la pierna...?

–La pierna sanará bien –respondió el médico mientras la incorporaba y le acercaba un vaso de agua a los labios.

Jamás el agua le había sabido tan bien.

–Gracias.

Gilbert retrocedió y habló con alguien, una sirvienta, a juzgar por su aspecto desaliñado. Era una mujer de mediana edad con un lunar en la mejilla. Debía de haber estado esperando en la puerta.

–Dile a sir Algar que la dama está despierta.

¿Sir Algar? ¿No era aquel el anciano y débil señor de Rheged?

La sirvienta salió, cerrando la puerta tras ella. Mientras tanto, el médico guardó un frasco de cerámica en el que debía de ser su botiquín.

–¿Dónde estoy? –preguntó Tamsin con recelo mientras intentaba sentarse–. ¿Esto es Cwm Bron?

–No debéis moveros mucho, mi señora –le recomendó el médico–. Sí, este castillo se llama Cwm Bron.

De modo que estaba en la fortaleza de Rheged.

–¿Y esto es el calabozo?

Gilbert le dirigió una nueva sonrisa.

–No, mi señora. Tengo entendido que estas son las habitaciones privadas de sir Rheged.

Debía de ser muy pobre. Los criados del castillo DeLac tenían mejores habitaciones que aquella.

La expresión del médico cambió, tornándose en preocupada.

–¿No sabíais a dónde ibais?

–Sir Rheged me informó de sus intenciones, pero nunca había estado aquí. ¿Os envió a buscar?

–Gilbert vino ante mi requerimiento –contestó un anciano que entraba en aquel momento en la habitación.

El recién llegado llevaba una túnica de cuero con una camisa de un blanco inmaculado debajo. Tenía el pelo blanco y lo peinaba hacia atrás. Las cejas, también de color blanco, eran muy pobladas, al igual que su barba, pero tenía unos ojos astutos y azules tan brillantes como los de un pájaro, y su sonrisa era cálida y agradable.

–Buenos días, mi señora. Soy Sir Algar. No puedo deciros cuánto me alegro de que estéis bien.

¿Era aquel el hombre que según su tío era un anciano senil? Evidentemente, Simon DeLac no solo era un hombre tramposo y embustero, sino que también era un difamador, porque era evidente que sir Algar estaba muy lejos de ser un hombre débil.

–Estoy encantado de conoceros, mi señora –continuó diciendo sir Algar–, aunque hubiera preferido hacerlo en mejores circunstancias. Hace años conocí y admiré a vuestra madre, antes de que se casara.

También a Tamsin le habría gustado conocerle en otras circunstancias.

–La dama necesita descansar, mi señor –le advirtió Gilbert.

–Por supuesto, solo me quedaré un momento con ella –respondió sir Algar mientras sacaba unas cuantas monedas de la cartera–. Gracias, Gilbert.

El médico asintió y abandonó la habitación.

–Aprecio vuestra amabilidad, mi señor –dijo Tamsin–, ¿pero no debería ser sir Rheged el que pagara por mis cuidados?

–Estoy seguro de que lo haría si estuviera aquí. Ha ido a comunicarle a vuestro tío que aunque estáis herida, pronto os recuperaréis.

¿Rheged había vuelto al castillo DeLac sin ella? En ese caso, probablemente estaría muerto o encarcelado a esas alturas. A pesar de lo que le había hecho, no era eso lo que Tamsin deseaba.

–¿Cuándo se fue?

—Ayer, después de que Gilbert le asegurara que sanaríais.

—¿Y todavía no ha vuelto?

—Podría considerarse afortunado si regresa antes de que caiga la noche, así que me temo que tendrá que buscar refugio para pasar la noche.

En ese caso, quizá todavía estuviera a salvo. A lo mejor se había refugiado en la misma cabaña en la que habían pasado la noche. Dormiría en el mismo lecho improvisado, sin la camisa y...

Pero no debería pensar en esas cosas.

—Espero que regrese pronto —continuó diciendo sir Algar.

—¿Cuántos hombres se ha llevado?

—Ha ido solo.

—¿Solo? —gritó Tamsin horrorizada—. ¡Eso es una locura! ¡Le matarán o le arrojarán al calabozo!

—Rheged dijo que no quería arriesgarse a que ninguno de sus hombres terminara muerto o herido por su culpa. Dijo que ya era suficientemente malo que vos estuvierais herida.

Sir Algar acercó el taburete para sentarse junto al cabecero de la cama.

—Me temo, mi señora, que no solo estáis sufriendo por culpa de la impetuosidad de un joven, sino también por culpa de un anciano que debería haber demostrado ser más sensato. Fui yo, ya veis, el que le dijo a Rheged que el cofre era de oro falso y el que permitió que marchara furioso al castillo DeLac. No debería haber hablado sin pensar en las consecuencias.

Tamsin se aferró al borde de la sábana y respiró hondo.

—Mi tío también es culpable de lo ocurrido —contestó, decidida a ser justa—. Sir Rheged tenía razón al decirle a mi tío que se había burlado de todos los participantes en el torneo al ofrecer ese premio, aunque eso no le daba ningún derecho a raptarme.

—No, por supuesto que no. No apruebo lo que ha hecho, pero no me gustaría verle arrestado por ello, aunque me temo que Simon hará exactamente eso. Ya veis, querida, en otra época conocí bien a vuestro tío, cuando los dos éramos más joven. En aquel entonces era un buen compañero, o al menos un compañero divertido, aunque rara vez pagaba a cambio de la comida o el vino. Entiendo que vuestro tío se consideraba muy listo al ofrecer un premio falso, pero vuestro tío nunca ha sido pobre, de modo que no es capaz de entender el valor que tiene un premio para un hombre como Rheged, que ha tenido que luchar desde que era niño para conseguir todo lo que tiene. Aun así, eso no es excusa para la conducta de Rheged, si bien debo decir que me sorprende que actuara de forma tan impulsiva. Normalmente, es un hombre muy juicioso, incluso en medio de la batalla, por lo que he oído.

Normalmente, pero no siempre. De la misma forma que también ella era una mujer sensata, excepto cuando estaba cerca de Rheged.

—Sin embargo, ocurra lo que le ocurra, no voy a excusarle. Y os doy mi palabra de que, con independencia de lo que pueda pasarle a Rheged en el castillo DeLac, os llevaré de regreso en cuanto el médico diga que estáis en condiciones de viajar. Hasta entonces, quedaréis bajo mi protección.

Llegaron desde el patio gritos seguidos por los sonidos de los cascos de un caballo.

—Espero que sea Rheged —dijo Algar mientras se acercaba a la ventana.

Tamsin se movió para poner los pies en el suelo, pero el dolor la detuvo.

—¡Gracias a Dios! ¡Es Rheged! —exclamó sir Algar, volviéndose hacia ella.

Tamsin suspiró aliviada, aunque no era capaz de imaginar qué había podido ocurrir en el castillo DeLac.

Al poco rato, llegaba el mismísimo Rheged a la habitación. Su cuerpo poderoso llenaba el marco de la puerta. Iba despeinado, tenía las botas cubiertas de barro y el rostro sombrío. Tamsin sabía que debería despreciarle por todo lo que había hecho. No debería estar pensando que, incluso agotado y sucio después de un viaje, era el hombre más atractivo que había visto en su vida y que habría lamentado profundamente que le mataran.

—¡Gracias a Dios habéis vuelto! —exclamó sir Algar, corriendo hacia él—. ¿Qué ha pasado con DeLac?

—Siempre y cuando le devuelva a su sobrina en el plazo de una semana, no ocurrirá nada.

Tamsin sabía que debería alegrarse de que su tío estuviera dispuesto a mostrarse clemente, por su bien y por el de Mavis. Pero a pesar de la necesidad de salvar a su prima, el alma se le cayó a los pies. No quería volver al castillo DeLac, y tampoco quería casarse con Blane. Sin embargo, no podía revelar cuales eran sus verdaderos sentimientos, sobre todo delante de Rheged, si no quería correr el riesgo de que volviera a intervenir y causara más problemas.

—¿Entonces se celebrará el matrimonio?

Solo entonces Rheged posó sus ojos oscuros sobre ella.

—Así lo asumo. Pero le he dicho que no volveréis hasta que el médico decida que es seguro hacerlo.

Como si eso fuera responsabilidad suya.

—Seré yo la que decida...

—Lo decidirá Gilbert —la interrumpió Rheged.

—Este no es momento para discusiones —intervino Algar—. Al fin y al cabo, es posible que Gilbert diga que está en condiciones de viajar dentro de una semana —posó la mano en el hombro de Rheged—. Lo que sí ha dicho Gilbert es que la dama debe descansar, de modo que deberíamos retirarnos.

Rheged le hizo un gesto a alguien que esperaba fuera y la criada con el lunar se asomó a la puerta. Rheged hizo otro gesto de impaciencia y la sirvienta entró en la habitación.

—Mientras seáis mi invitada, Hildie será vuestra sirvienta y os proporcionará todas las comodidades que puedo ofreceros. Lamento no disponer de las comodidades a las que estáis acostumbrada, pero no soy un hombre rico. Adiós, mi señora —terminó diciendo antes de volverse hacia la puerta.

—Que descanséis, mi señora —se despidió sir Algar.

Siguió a Rheged fuera de la habitación y bajó junto a él al salón.

—Ahora explicadme, Rheged —exigió sir Algar con firmeza mientras se reunía con el joven junto a la chimenea—, ¿qué ha pasado en realidad con DeLac?

Capítulo 8

–Lo que ya os he dicho, mi señor –respondió Rheged–. Si devuelvo a la dama dentro de una semana, no habrá ningún problema.

–Parecéis olvidar que conozco a DeLac tan bien como vos conocéis a Blane y a su progenie –repuso sir Algar sombrío–. Tiene que haber algo más. Os amenazó, ¿no es cierto? Supongo que diría que acudiría al rey en el caso de que su sobrina no regresara, o que os haría prisionero. Y a mí también, sin lugar a dudas.

Rheged tuvo que admitir que era cierto.

–Pero no llegaremos a ese extremo, mi señor –terminó diciendo–. Y en el caso de que eso ocurra, insistiré en que yo soy el único culpable y, por lo tanto, el único que debería ser llevado ante el rey.

–Me gustaría que vuestra reivindicación fuera tratada con el respeto que merece, pero, desgraciadamente, DeLac y John no son hombres ni honorables ni razonables. Son hombres codiciosos y mezquinos y en el caso de que este asunto termine siendo llevado a juicio, DeLac sobornará a quien sea necesario, incluso al rey, para conseguir el veredicto que desee –sir Algar se sentó en la silla que había al lado de la chimenea–. De modo que me temo que lo único que podemos hacer es esperar que, por una vez en su vida, DeLac sea fiel a su palabra y Tamsin esté en condiciones de viajar dentro de una semana. También tendremos que rezar para que Blane esté dispuesto a pasar por alto lo que ha ocurrido a favor de la alianza con Blane.

–Es un hombre codicioso, mi señor, de modo que estoy convencido de que lo hará –dijo Rheged. Se sentó y se pasó la mano por el pelo–. ¡Pero pensar que Tamsin va a casarse con un hombre como él! La ley estaría de su lado si se negara. A lo mejor puedo convencerla...

–¡No, Rheged! –le advirtió sir Algar con firmeza–. Por desagradable que sea, lo que tiene que ser será, por vuestro bien y por el mío. No sois vos el que tiene que aprobar o no la elección, y puesto que la dama parece haber aceptado su destino, también deberíais hacerlo vos.

Rheged, un hombre que jamás había aceptado el destino al que le condenaban su nacimiento y su estatus, contestó:

–Si me excusáis, mi señor, debería darle a Gareth la contraseña del día.

–Por supuesto. Y después deberíais descansar, Rheged. Parecéis agotado. ¿Dónde dormisteis anoche?

–En el mismo lugar que la noche anterior –respondió Rheged.

Inclinó la cabeza y fue a ver a su amigo.

Gareth no había salido a recibirle cuando había llegado y Rheged imaginaba los motivos. Tanto tiempo de vigilancia provocaba nerviosismo entre criados y sirvientes, el nerviosismo derivaba en discusiones y seguramente también en alguna pelea.

Eso no significaba que Rheged no le hubiera visto al llegar a Cwm Bron. Le había visto en compañía de soldados en la pradera que estaba junto al molino practicando con la espada.

Seguramente estaba todavía allí, pensó mientras se dirigía hacia la puerta en la que estaban los soldados de guardia. Les saludó al pasar con un asentimiento de cabeza, como habría hecho en cualquier otra circunstancia, y continuó avanzando hacia la pradera a paso firme y decidido.

Al acercarse, oyó a Gareth en la consagrada tradición de dar órdenes a los soldados de infantería, gritando e insultando a los soldados que tenía bajo su tutela. Al igual que Gareth, iban vestidos con túnicas de cuero, calzas y cascos mientras se ejercitaban con espadas de madera.

—Maldita sea, muchacho, si esa espada fuera de verdad, habrías perdido el brazo —le gritó Gareth a uno de los jóvenes soldados que había fallado a la hora de detener un golpe.

Como su amigo estaba de espaldas a él, el sonrojado soldado de pelo rubio vio a Rheged antes de que lo viera Gareth y se puso firme. Gareth giró inmediatamente sobre sus talones.

—¿Vienes a ver a los pobres soldados que están de tu lado? —preguntó.

Su tono era jovial, pero la seriedad de su mirada le indicaba a Rheged que estaba preocupado por los últimos acontecimientos.

—La mayor parte de ellos son patéticos —continuó diciendo—, pero podría haber una mínima esperanza para alguno.

—Me gustaría hablar un momento contigo, Gareth —dijo Rheged.

En aquella ocasión, Gareth no contestó con un comentario divertido, asintió y le hizo un gesto a uno de los hombres para que se acercara.

—Rob, dejaré que seas tú el que intentes meterles en esas cabezas tan duras que aquí no estamos jugando.

Rob, un hombre cuyo rostro evidenciaba su presencia en más de una refriega, asintió mientras Rheged se alejaba con Gareth a una corta distancia, sabiendo que no podrían oírlos gracias al ruido de las armas de madera y a las correcciones de Rob.

—De modo que DeLac no te ha metido en el calabozo —señaló Gareth con un alivio que le indicó a Rheged lo preocupado que había estado.

—No, y no lo hará siempre y cuando devuelva a la dama en el plazo de una semana y no cause ningún problema.

Gareth sonrió.

—Bueno, eso está bien —dejó de sonreír—, ¿o no?

—La dama volverá a casa cuando esté en condiciones de viajar, no antes.

—¿Y debo asumir que crees que para entonces no estará en condiciones de hacerlo?

—No lo sé, pero no voy a arriesgar su salud haciéndola moverse cuando todavía está en peligro.

—¿Ni siquiera en el caso de que DeLac ponga alguna objeción? Porque él puede permitirse el lujo de contratar un ejército para llevársela.

—Lo sé —Rheged miró a su amigo con el asomo de una sonrisa en los labios—, pero yo te tengo a ti.

—Agradezco el cumplido, pero no creo que podamos combatir a un ejército. ¿Crees que merece la pena combatir por ella? ¿Que merece la pena perder Cwm Bron?

—Tengo la esperanza de que, o bien se recupere en el plazo que su tío exige, o en que DeLac se muestre de acuerdo en aceptar un aplazamiento.

—Supongo que dentro de siete días lo sabremos —dijo Gareth sombrío.

—¿Qué comentaban los hombres? —preguntó Rheged.

Gareth podía estar al mando, pero al igual que Rheged, había llegado hasta allí desde la nada y los hombres le consideraban uno más, aunque se había ganado su autoridad y era merecedor de respeto.

—Estaban desconcertados cuando te vieron aparecer con una mujer herida. Se preguntaban qué estaba pasando. Muchos de ellos estaban nerviosos, así que les dije que lo de raptar a la novia era una costumbre galesa.

Rheged se le quedó mirando de hito en hito.

—¿Que les dijiste que...?

—Bueno, algo tenía que decirles, ¿no? Volviste y después te marchaste como un loco y volviste al día siguiente con una mujer con una flecha en la pierna. Y luego has vuelto a marcharte sin decirle prácticamente una sola palabra a nadie. Creo que es motivo más que de sobra para causar preocupación, y no solo a los soldados. Oí a Hildie hablando con esa chica tan callada, la más guapa, Elvina. Hildie cree que te has enamorado de esa dama en el torneo y que ella también está enamorada de ti. Piensa que la dama quiso marcharse contigo, pero su tío se negó, así que tuviste que fugarte con ella. A Hildie le parecía de lo más romántico, así que eso me dio la idea de hablarles a los hombres de esa costumbre.

–No es una buena idea.

–¿Habrías preferido que les dijera la verdad? ¿Que perdiste la cabeza, raptaste a una mujer en contra de su voluntad y te has enemistado con un hombre como DeLac? Si hubiera hecho eso, ahora mismo estarían viendo soldados detrás de cada árbol y dando la voz de alarma cada vez que se moviera una rama.

Rheged se pasó la mano por el pelo.

–¿Y el hecho de que fuera herida cuando estaba huyendo del castillo no les parece preocupante?

–Les dije que habías devuelto el premio a cambio de la dama y que así habías hecho las paces con ese hombre. Como has vuelto sano y salvo, estoy seguro de que se lo creerán.

–Pero no voy a casarme con ella, la dama tendrá que volver y es posible que DeLac nos ataque.

–En ese caso, les diré que la dama cambió de opinión. En cualquier caso, creo que es preferible no decir nada hasta que no tengamos que hacerlo.

Sus hombres pensarían que la dama le había dado calabazas. Teniendo en cuenta lo que había hecho, era una pequeña cruz con la que cargar, pensó Rheged.

–Muy bien. Dejaremos que los soldados y los sirvientes chismorreen todo lo que quieran, pero no vuelvas a hablar de bodas ni de costumbres galesas. ¡Y no se te ocurra mencionarle nada parecido a sir Algar!

–¡Jamás se me ocurriría! En cualquier caso, es poco

probable que él se dirija a mí. Es un buen hombre, para ser normando, pero es normando en cualquier caso. Y como yo no soy un caballero, bueno, él se lo pierde. Y estoy seguro de estarás de acuerdo conmigo.

–Desde luego –respondió Rheged, lamentando que aunque fuera amable con él, sir Algar fuera igual que el resto de los normandos en su trato con aquellos que consideraba inferiores a él en rango o linaje.

Gareth miró por encima del hombro a los hombres que continuaban practicando.

–¿Algún otro asunto pendiente? Debería volver con esos patanes.

–Debería darte la contraseña para esta noche.

En los ojos de Gareth apareció un brillo travieso. Nada, ni siquiera la perspectiva de la batalla, podía ensombrecer su espíritu durante mucho tiempo.

–«¡Muerte al canalla!»–sugirió con una sonrisa–. ¿O «muerte a DeLac»?

–No –Rheged sonrió con pesar–, es mejor «muerte al destino».

El joven bajo y fornido hizo una mueca de disgusto al mirar a su alrededor y ver el desorden que reinaba en la habitación de la posada situada en el camino que conducía al castillo DeLac. Había ropas y botas esparcidas por el suelo. Una jarra de vino, dos copas y los restos de una comida ocupaban la mesa. La cama estaba poco mejor, era una maraña de sábanas y mantas alrededor de las dos personas que la ocupaban.

–¡Levántate, furcia! –le ordenó Broderick de Dunborough a la mujer que estaba acostada con su padre.

Mirándole aterrorizada, aquella mujer de aspecto

desaliñado recogió rápidamente sus prendas sucias y harapientas y, apretándolas contra sus senos, abandonó la habitación.

Cuando se fue, el caballero, un hombre de mirada dura y labios finos en un rostro carnoso, sacudió la jarra, que encontró prácticamente vacía, antes de acercarse a la cama, dispuesto a levantar al hombre que estaba durmiendo en ella.

–¡Padre, despierta!

–¿Qué ocurre? –preguntó sir Blane en tono quejumbroso.

Alzó la cabeza con la nuez temblorosa y los ojos acuosos salpicados de rabia. Era tan delgado como su hijo propenso a engordar.

–Tengo noticias sobre tu prometida –contestó Broderick.

Caminó hacia la puerta e hizo entrar a la persona que allí esperaba. Agarrándole por el hombro, arrastró al interior de la habitación a un joven de pelo castaño y rizado y barbilla retraída y le empujó hacia la cama.

–Cuéntale lo que estabas diciendo allí abajo.

El joven trovador se retorció las manos y tragó saliva mientras el anciano se sentaba en la cama y le miraba con malhumorada expectación, sin molestarse en ocultar su desnudez.

–Yo... –tartamudeó el trovador–, estaba allí y vi...

–¿Me has despertado para que escuche tartamudear a un idiota? –preguntó sir Blane enfadado mientras se levantaba de la cama. Todavía desnudo, abofeteó a su hijo–. ¡Idiota! Dile a esa prostituta que vuelva. Y esta vez pagarás tú. Y quiero que me busques otra más joven para más tarde.

El odio ardía en la mirada de Broderick, pero permaneció donde estaba a pesar del intenso rubor que cubría sus mejillas.

—Cuéntale lo que ha pasado —le ordenó al trovador, que se deslizaba asustado hacia la puerta—. ¿O era todo mentira? Porque si has mentido, te arrepentirás del día en el que...

—¡No, no, es verdad! —gritó Gordon, mirando alternativamente a aquel joven enfadado y al iracundo anciano con los labios teñidos de color azul.

Les informó rápidamente de lo que había visto y oído cuando sir Rheged había regresado al castillo DeLac con el premio.

—Raptaron a lady Thomasina delante de las propias narices de lord DeLac —terminó diciendo—. ¡El galés la agarró y se la llevó sin más!

—Está hablando de vuestra futura esposa, mi señor —le aclaró Broderick a su padre, cuya expresión no traicionaba ningún sentimiento de traición—. ¡La han secuestrado!

—Sí, sí, es cierto —confirmó el juglar—. Él... el hombre que se la llevó estaba enfadado por el premio del torneo y volvió para llevarse a lady Thomasina.

Blane agarró por fin la bata que había dejado encima de la silla y cubrió con ella su esquelético cuerpo. Pero continuaba sin mostrarse enfadado o afectado por lo ocurrido. Parecía... complacido, de hecho.

—¿Su tío no hizo nada para impedirlo?

—Lo intentó, ordenó a sus hombres que le detuvieran, pero sir Rheged se alejó antes de que los soldados hubieran podido montar y para cuando empezaron a perseguirlos, ya habían desaparecido.

Blane taladró a su hijo con la mirada antes de dirigirse de nuevo al juglar.

–¿Sir Rheged has dicho?

–Sí, mi señor, sir Rheged de Cwm Bron. Le llaman el Lobo de Gales.

Blane se ató la bata y se sentó en una silla.

–Bien, bien, Broderick. Así que Sir Rheged de Cwm Bron, tu buen amigo.

Gordon pensó que si sir Rheged era amigo de Broderick, odiaría verlo convertido en su enemigo.

–Así que ha secuestrado a mi prometida –continuó Blane–, por venganza, o quizá con intenciones lascivas –el anciano paralizó al juglar con la dureza de su mirada–. ¿Cuándo cometió esta vileza?

–Hace cuatro días, mi señor.

–¿Has oído eso, hijo mío? Rheged la tiene desde hace cuatro días –Blane volvió a prestar atención al asustado juglar–. ¿Y ha pedido un rescate?

–Yo... no lo sé, señor. Me fui del castillo poco después de que se la llevaran.

–Es comprensible. Estoy seguro de que después de aquello a nadie le quedaban ganas de diversión –Blane se dirigió de nuevo hacia el mayor de sus hijos–. ¿Tiene este idiota alguna otra noticia de la que deba estar enterado?

Broderick negó con la cabeza.

–En ese caso, puedes marcharte –dijo Blane.

Blane agarró al juglar del cuello, lo sacó a empujones de la habitación y cerró la puerta tras él.

–¡Ese galés es hombre muerto! –declaró Broderick mientras oían alejarse los pasos del trovador.

Como si dispusiera de todo el tiempo del mundo y no tuviera nada que hacer, sir Blane agarró una hogaza y comenzó a partirla con sus dedos largos y retorcidos.

—¿Esa es la manera de recompensar a un hombre que nos ha hecho un favor?

—¿Un favor? —repitió su hijo con desdén.

—Sí, un favor —respondió Blane, dejando lo que quedaba de la hogaza y sacudiéndose las migas de los dedos—. Si DeLac quiere una alianza conmigo, mentecato, ahora no tendrá más remedio que entregarme a su hermosa y virginal hija y aumentar la dote, por supuesto.

Lo cual sería una forma de desperdiciar a una virgen, pensó Broderick, a menos que su padre quisiera compartirla. Lo había hecho en algunas ocasiones, cuando estaba de humor.

Y en cuanto al galés...

—Aun así, voy a matar a Rheged —declaró Broderick.

—A lo mejor esta vez podrías tener éxito.

—Ahora conozco sus trucos.

Sir Blane soltó una de aquellas carcajadas burlonas que tanto odiaba su hijo.

—Adelante, inténtalo. Si tienes éxito, tendremos que felicitarte, y, si no, supongo que ni Roland ni Gerrard lamentarán tu fracaso.

La risa silbante del anciano se transformó en un ataque de tos.

—¡No te quedes ahí parado, inútil! —gritó cuando consiguió respirar—. Tráeme un poco de vino.

Broderick obedeció, aunque se preguntaba cuánto tiempo tardaría aquel anciano en terminar en la tumba.

—La herida se está curando muy bien, mi señora

–dijo Gilbert mientras terminaba de atar la venda un día después.

Una ansiosa Hildie se cernía sobre ellos, había llegado hasta allí con un bulto en los brazos. Tamsin todavía no había descubierto lo que era, pero la pregunta era menos importante que el veredicto de Gilbert.

–¿Entonces ya puedo levantarme? –preguntó Tamsin.

Durante años, se había despertado y vestido para cumplir con sus obligaciones en cuanto cantaba el gallo. Verse obligada a permanecer en reposo le resultaba casi insoportable.

–Sí, y también podéis caminar un poco, siempre y cuando no os duela la pierna. Pero en cuanto comience a doler, tenéis que sentaros a descansar.

–Lo haré –le prometió Tamsin, alegrándose de poder levantarse de la cama.

–Volveré dentro de un par de días, mi señora –le prometió Gilbert mientras recogía el botiquín en el que llevaba las medicinas–, para revisaros otra vez.

–Gracias, Gilbert –contestó–. Agradezco tus cuidados.

El médico asintió y abandonó la habitación. En cuanto se fue, Tamsin apartó la sábana y la manta y posó los pies en el suelo sin prestarle ninguna atención a Hildie, que acababa de dejar el hatillo de ropa a los pies de la cama y lo estaba abriendo.

Tamsin se obligó a erguirse e intentó dar un paso. No le dolía nada, pensó aliviada. Desvió entonces la mirada hacia los pies de la cama y vio que Hildie se levantaba con una enorme sonrisa. Acababa de depositar sobre la cama tres vestidos de lana, uno de un bonito tono verde, otro azul marino y otro marrón con tiras un poco más claras en los puños y en el corpiño, dos piezas de lino, varias medias, una capa de lana y un peine de marfil. Y en el suelo había unos zapatos más ligeros.

Tamsin abrió los ojos como platos y se sentó.

–¿De dónde ha salido todo esto?

–Es un regalo de sir Algar.

Tamsin alargó la mano hacia el vestido que le parecía más bonito, el de color verde claro.

–Pero es demasiado. Aceptaré la tela, las medias y los zapatos, pero ya tengo el vestido con el que vine. ¿No lo han lavado?

El semblante de Hildie se ensombreció.

–Sí, supongo que ya estará seco.

Tamsin pensó en ello un momento. Podría parecer desagradecida si rechazaba aquellos regalos, y como no eran de Rheged...

–Nunca había tenido unos vestidos tan bonitos –admitió. A diferencia de Mavis, ella nunca había sido algo que hubiera que enseñar, un artículo que mostrar en el mercado–. No me gustaría desilusionar a sir Algar, que ha sido tan amable conmigo.

–Ni a sir Rheged. Le pareceréis una auténtica revelación con esos vestidos.

–Lo que piense sir Rheged no es asunto mío –respondió decidida. Era consciente de los rumores que corrían entre los sirvientes y quería cortar de raíz aquellas ideas románticas–. Sin embargo, no me gustaría que sir Algar pensara que soy una desagradecida.

–Sí, creo que podría molestarse un poco si los rechazarais, mi señora –le confirmó Hildie muy seria.

–Voy a necesitar ayuda para vestirme.

Hildie se precipitó a ayudarla a ponerse una de las combinaciones de lino y el vestido de color verde.

–La tela es maravillosa –alabó Tamsin, acariciando la falda del vestido mientras Hildie le ataba el corpiño.

–La ha hecho mi hermana Frida –respondió Hildie con orgullo–. Es una tejedora maravillosa, mi señora. Está casada con el molinero y están esperando su primer hijo, así que ahora dedica mucho tiempo a tejer. Y os aseguro que se alegrará al enterarse de que admiráis su trabajo.

–¿Ha pensado en vender estas telas en Salisbury? O incluso en Londres. Estoy segura de que podría venderlas a buen precio.

–¿De verdad lo creéis? –le preguntó Hildie con los ojos abiertos como platos mientras se colocaba frente a ella.

–Claro que lo creo.

–Pues se lo diré. Ahora, sentaos, mi señora, y dejad que os peine.

Tamsin se acercó lentamente al taburete y se sentó con mucho cuidado.

–Tenéis un pelo adorable. Apuesto a que los jóvenes nobles llevan años persiguiendo un mechón de vuestro pelo.

Tamsin sonrió al oírla.

–Jamás me ha pedido nadie un mechón de pelo.

–¿No? ¡Dios mío! ¿Es que en el castillo DeLac están ciegos?

–Quizá estén cegados por la belleza de mi prima –contestó Tamsin sin ningún rencor–. Mi prima Mavis es muy bella y tiene una melena que parece de oro.

–La única mujer de la que han hablado sir Algar y

sir Rheged desde que volvió sir Rheged del castillo DeLac sois vos.

Tamsin se sonrojó, pese a saber que aquello tenía una explicación. Ella era la única mujer del castillo DeLac a la que Rheged había secuestrado.

—Ayúdame a acercarme a la ventana, por favor —pidió cuando Hildie le ató la trenza—. Me gustaría respirar un poco de aire fresco.

Hildie le hizo apoyarse en su hombro y la ayudó a acercarse cojeando hasta la ventana. Afortunadamente, la pierna no le dolía mucho. Cuando abrió los postigos y respiró el aire fresco, se sintió casi normal mientras contemplaba el resto del castillo.

Era un castillo viejo y pequeño, con una sola muralla y cuatro torreones, uno en cada esquina. Parte de la muralla oeste se había derrumbado y aunque había algunos andamios sujetándola e indicando que se estaba trabajando para repararla, probablemente tardarían algún tiempo en terminar de arreglarla. La torre redonda en la que ella estaba era tan vieja como la muralla y pudo ver los escalones de madera que conducían al piso de abajo. Normalmente, en el primer piso de las torres del homenaje estaba el calabozo y, a veces, la despensa. Pudo ver también la que debía de ser la cocina, a juzgar por el humo que salía por la chimenea del tejado, además del camino de madera que conducía hacia la torre que albergaba la vivienda. La cocina, al igual que algunos otros edificios como los establos, era de adobe y madera. Había otro edificio construido en piedra, un edificio largo y alto situado cerca de la cocina. Podía ser otro almacén, aunque parecía demasiado grande. En el patio había bastante barro, lo que indicaba que, probablemente, faltaban adoquines.

Debía de ser muy caro reparar al completo aquella fortaleza y hacerla merecedora de un asedio. No era de extrañar que Rheged se hubiera enfadado tanto al enterarse de que el premio que había ofrecido su tío no valía lo que parecía.

Pero no fue la comprensión que sintió en aquel momento hacia Rheged o el estado de su fortaleza lo que la retuvo asomada a la ventana.

Rheged permanecía en una fila de soldados en la zona más alejada del interior de la muralla, en una zona relativamente espaciosa en la que podría guardarse el ganado de los aldeanos en el caso de que estos necesitaran medidas de seguridad. Vestido igual que el resto de los soldados, tenía un arco en la mano y un carcaj con flechas a la espalda. Al igual que los otros hombres que le acompañaban, estaba frente a unas dianas hechas de paja con el centro marcado en carbón. Otros soldados esperaban cerca de él, hablando, riendo y dándose ánimos.

Evidentemente, estaban entrenándose, pero también parecía una especie de competición. Y era obvio que Rheged se sentía mucho más cómodo entre aquellos soldados rasos que lo que había estado en el gran salón del castillo DeLac.

–Creo que deberíais sentaros, mi señora –le aconsejó Hildie con un punto de ansiedad.

–Ahora mismo –respondió Tamsin mientras Rheged colocaba la flecha en el arco.

Al parecer, nadie más pretendía tirar, porque permanecían todos observando al señor de Cwm Bron, que, con un fluido movimiento, tensó el arco y, sin apuntar aparentemente, lanzó la flecha. Tamsin contuvo la respiración mientras la flecha se elevaba en el aire antes de descender, y soltó una exclamación ahogada al verla clavarse en el centro de la diana.

Los hombres comenzaron a gritar de alegría, aunque algunos parecían un poco malhumorados mientras buscaban en sus pantalones. Era evidente que habían perdido una apuesta. Tamsin había vivido en una fortaleza durante suficiente tiempo como para saber que los soldados apostaban continuamente sobre cualquier cosa.

Rheged sonrió y aceptó las alabanzas que recibía encogiendo los hombros.

Parecía mucho más joven y estaba mucho más atractivo cuando sonreía.

–Por favor, ¿no vais a sentaros, señora? –le suplicó Hildie–. Sir Algar y sir Rheged podrían enfadarse conmigo si no os sentáis.

–Yo asumiré las culpas –le aseguró Tamsin.

Justo en ese momento, Rheged alzó la mirada hacia la ventana, como si, de alguna manera, hubiera adivinado su presencia.

Tamsin se volvió sonrojada.

–Sí, creo que debería sentarme –dijo, intentando parecer tranquila y compuesta mientras regresaba cojeando hacia el taburete–. Hildie, no estoy acostumbrada a estar tan ociosa. Seguro que hay algo que pueda hacer.

¿Se habría levantado Tamsin?, se preguntó Rheged, olvidándose por un momento de los hombres que tenía a su alrededor. Se suponía que debería estar acostada, a no ser que Gilbert hubiera declarado que estaba suficientemente bien como para levantarse.

–¡Mírate! ¡Sorprendido de tu propio éxito! –exclamó Gareth, recordándole a Rheged que no estaba solo.

–Ya hemos practicado lo suficiente por hoy, Gareth –dijo Rheged justo en el momento en el que comenzaba a caer una lluvia ligera.

–Estoy satisfecho de vuestros esfuerzos –les aseguró al resto de los hombres, fijándose en que algunos se estaban frotando los hombros–. Pero no tanto como para no darme cuenta de que hay muchas cosas que se deberían mejorar. Aun así, os habéis ganado la cena de esta noche, de modo que, aquellos que no estén de guardia, a disfrutar. Y a los que están de guardia, me aseguraré de que os ofrezcan una comida caliente cuando termine la guardia.

Los hombres soltaron una exclamación de alegría, aunque también hubo respuestas algo más apagadas por parte de los que estaban más cansados.

–Ordena a los más jóvenes que se encarguen de recoger las dianas –le pidió a Gareth–. Tienen que fortalecerse.

–De acuerdo, Rheged –contestó Gareth–, ¿algo más?

–De momento, no –respondió Rheged.

–Nos veremos en el salón entonces.

–Muy bien –respondió Rheged mientras se dirigía hacia la torre del homenaje.

Mientras caminaba hacia allí, no pudo evitar preguntarse qué habría pensado Tamsin al verle con el arco. Seguramente, teniendo en cuenta que pertenecía a una noble cuna, aquella imagen habría empeorado la mala opinión que ya tenía sobre él. Sin embargo, Rheged no tenía ningún prejuicio en lo relativo a las armas. Si un arma era efectiva, estaba dispuesto a hacer uso de ella lo mejor que pudiera.

En cualquier caso, no tenía por qué preocuparle lo que Tamsin pudiera pensar sobre él. Pronto se marcharía, volvería con su codicioso tío para entregarse a aquel matrimonio que tanto deseaba.

Capítulo 9

Cuando Rheged entró en el salón, encontró a sir Algar dormitando junto a la chimenea. Intentó pasar por delante de él sin hacer ruido, pero sir Algar se despertó sobresaltado.

–¿Cómo ha ido el entrenamiento? –quiso saber.

–Los hombres han mejorado mucho –respondió Rheged.

Sir Algar le hizo un gesto para que se reuniera con él junto al fuego.

–Y también lady Thomasina –le informó sir Algar–. Gilbert está muy satisfecho de sus progresos.

–La he visto asomada a la ventana.

Sir Algar frunció el ceño.

–Gilbert no me ha dicho que podía levantarse.

Rheged vio entonces a Hildie bajando las escaleras, procedente del dormitorio, y la llamó.

–¿El médico ha dado permiso a lady Thomasina para levantarse de la cama?

–Sí, mi señor, ha dicho que podía levantarse siempre y cuando no le doliera la pierna. Tiene que volver a hacer reposo en cuanto sienta el menor dolor. Y ella está muy contenta, debo decir. Creo que está cansada de estar en la cama. Aun así, solo se ha levantado un rato, lo suficiente como para tomar un poco de aire fresco en la ventana. Ahora está sentada y quiere coser algo. Me ha enviado a buscar hilo y aguja. Al parecer, la dama no está acostumbrada a permanecer ociosa, mi señor.

Teniendo en cuenta lo ocupada que la había visto en el castillo DeLac, Rheged comprendía que verse obligada a permanecer sin hacer nada debía ser para ella tan difícil como el estar prisionera. A él le había ocurrido lo mismo las pocas veces que le habían herido.

–Haz lo que te pida, siempre y cuando tenga cuidado de no cansarse en exceso. Si ves que está cansada o dolorida y se niega a volver a la cama, ven a buscarme inmediatamente. Ahora puedes ir a buscar lo que te ha pedido.

–Sí, mi señor –contestó Hildie, con una inclinación de cabeza.

Mientras la sirvienta se alejaba, sir Algar suspiró y sonrió con tristeza.

–Evidentemente, no queremos que la pierna de Tamsin empeore, pero si es como su madre, y creo que se parece mucho a ella, no creo que podamos obligarla a descansar. Su madre era la mujer más cabezota que he conocido nunca.

–¿La conocisteis bien?

–Conocía muy bien a toda la familia –respondió Algar–. Hasta que el anciano Edward DeLac intentó obligar a su hija a casarse. Cordelia se negó y se casó con otro hombre. A partir de ese momento, perdí la relación con la familia.

—Hasta que mi impulsivo acto os ha puesto en peligro. Lo lamento profundamente, mi señor.

—Yo no. Si no hubiera sido por ese acto tan impulsivo jamás habría conocido a la hija de Cordelia. Aun así, es una situación desafortunada. Su madre era una mujer de pasiones profundas y sospecho que su hija es similar a ella en ese aspecto. Su amor sería un gran premio y su odio... Su odio podría durar toda una vida.

—No tengo la menor duda, mi señor —respondió Rheged.

—Nos estás tomando el pelo —dijo Dan, el mozo de cuadras, que estaba sentado junto al hogar de la cocina de Cwm Bron—. No es verdad. No está cosiendo.

—Claro que sí —replicó Hildie—. Está sentada en la cama cosiendo una vieja túnica del señor como si fuera su esposa.

La tímida Elvina suspiró mientras cortaba los nabos que después echó en una olla de agua hirviendo colocada sobre el fuego.

Foster, un cocinero joven y delgado, dejó de amasar la masa para un pastel de carne.

—Yo... yo pen-pen-saba que... que las da-damas... so-solo... hacían tra-trabajos más sofisti-ti-cados —tartamudeó.

—Bueno, pues ella no —respondió Hildie—. Quería hacer algo y, al final, me ha sugerido la posibilidad de remendar algo. No podía decirle que no, ¿verdad? Así que me ha hecho llevarle aguja e hilo y después he abierto el baúl de sir Rheged.

Elvina la miró boquiabierta y Foster detuvo el cucharón en medio del aire.

—¿Qué has hecho qué? —preguntó Dan, inclinándose hacia delante.

—Sir Rheged me pidió que la tratara con el respeto que merece una invitada, ¿no? —contestó Hildie, poniéndose a la defensiva—, y ella me estaba mirando como... bueno, igual que me mira él cuando quiere que haga algo. Así que he abierto el baúl y he agarrado lo primero que he encontrado, que ha sido esa vieja túnica. Os juro que he sentido un enorme alivio al ver que tenía una costura rota, en caso contrario, me habría obligado a remover sus cosas. ¡Pero no me atrevo a pensar en lo que puede pasar si sir Rheged se entera!

Dan sacudió la cabeza, como si tampoco él se atreviera a pensar en aquella posibilidad.

—¡Y después él me ha preguntado por lo que estaba haciendo ella! —continuó contando Hildie—. ¡Os juro que he estado a punto de desmayarme!

—¿Y qué qué... le has... di-di-cho? —preguntó Foster casi sin respiración.

—Le he dicho que me había pedido coser algo. ¡Gracias a Dios, el señor no ha preguntado que qué quería coser!

Los otros sirvientes asintieron compasivos.

—Desde luego, eso tengo que reconocérselo. No es una mujer perezosa como otras damas de las que he oído hablar —continuó diciendo Hildie—. Sir Rheged podría haber hecho una elección peor.

—Entonces, ¿tú crees que de verdad quiere casarse con ella? —preguntó Elvina con la voz tan queda como si estuvieran en la capilla.

—¿Por qué otro motivo iba a traerla aquí? —respondió Hildie—. Además, está enamorado de ella. Y ella de él.

Elvina abrió los ojos de par en par.

−¿Cómo lo sabes?

−Tengo ojos −respondió Hildie, como si los sentimientos de su señor fueran evidentes para cualquiera que no estuviera ciego.

−Sí, debe de ser cierto −dijo Dan−. Gareth dice que en Gales es costumbre que los hombres secuestren a la novia, y eso es lo que ha hecho Rheged.

−¡Pero nadie está hablando de boda! −protestó Elvina.

−No, todavía no. Seguramente, tienen que decidir la dote y el precio de la novia −le explicó Dan−. Por eso Rheged está yendo y viniendo al castillo.

Hildie bajó la voz hasta convertirla en un suspiro y les miró como si supiera de lo que estaba hablando.

−Estoy segura de que ya son amantes.

Las delicadas facciones de Elvina enrojecieron. Dan parecía estar intentando aparentar ser suficientemente mundano como para que una observación como la que acababa de hacer Hildie no le sorprendiera, mientras que Foster miraba a Hildie como si acabara de anunciar que tenía que cocinar para el Papa.

−Sí, Foster, amigo mío −respondió Hildie con un enérgico asentimiento de cabeza−, será mejor que vayas planeando el banquete de boda. Y será mejor que yo vuelva con mi señora.

La lluvia continuó cayendo con más fuerza a lo largo de la tarde. Tamsin pensaba que el sonido de la lluvia sobre el tejado iba a hacerla enloquecer, así que cuando Hildie anunció que ya era hora de que bajara al salón para ayudar a servir la cena de la noche, Tamsin decidió dejar el dormitorio, aunque eso significara tener que soportar el pétreo silencio de Rheged y su semblante sombrío.

Mientras bajaba las escaleras, advirtió que, al igual que el resto de Cwm Bron, aquella habitación grande y redonda estaba necesitada de mejoras. La chimenea parecía llevar semanas sin limpiar, había telarañas colgando de las antorchas y las esterillas que cubrían el suelo olían a viejo. Los muebles, sencillos y desnudos, estaban sin encerar y había una única silla, ocupada en aquel momento por sir Algar. Rheged estaba sentado a su lado en un banco. Había otros hombres sentados en bancos, como él, junto a las mesas, mientras que los sabuesos y las criadas que servían la cena se movían entre ellos.

Cuando la vio, Rheged se levantó con expresión imperturbable. Sir Algar la recibió con una sonrisa mientras se levantaba. Aunque llevaba una túnica oscura y tan sencilla como la de Rheged, era evidente la calidad superior de la tela. Aquella noche llevaba una cadena de oro al cuello.

—Este es un placer inesperado, mi señora —la saludó mientras le ofrecía su asiento.

Rheged no dijo nada. Sin embargo, miró a un hombre que estaba sentado en una mesa cercana. Ante aquella mirada, el hombre, un hombre barbado y de pelo largo con una cicatriz en la cara, se levantó. Los demás le imitaron con expresiones que variaban desde la franca curiosidad hasta el recelo.

Mientras que ella, que jamás había sido el centro de tantas atenciones, se sonrojó hasta la raíz del cabello.

—Gilbert nos ha dicho que estabais mejorando —señaló sir Algar cuando los hombres volvieron a sentarse. Rheged hizo sitio en el banco en el que estaba para que pudiera sentarse sir Algar–. Pero quizá sea demasiado pronto para hacer tanto ejercicio.

–La pierna apenas me duele, sir Algar –le aseguró–, y confieso que estoy desesperada por disfrutar de algo de compañía. No estoy acostumbrada a pasar tanto tiempo sola.

–Por supuesto, por supuesto –se mostró de acuerdo sir Algar–. Y estamos encantados de que cenéis con nosotros, ¿verdad, Rheged?

–Sí, estamos encantados.

–Estoy seguro de que Foster ha hecho comida más que de sobra, como siempre –señaló sir Algar mientras Hildie llevaba una copa, un plato y una cuchara y los colocaba delante de Tamsin–. Os diré, mi señora, que Rheged jamás ha tenido que avergonzarse de su cocinero. Foster aprendió en la cocina del mismísimo rey. Rheged le hizo un favor a Foster en una ocasión, de modo que cuando el muchacho se enteró de que Rheged había conseguido esta fortaleza, se presentó aquí un buen día y pidió cocinar para él. No es cierto, Rheged.

–Sí, mi señor.

–¿Qué hicisteis exactamente por él? –preguntó sir Algar.

–Estaba siendo atacado por unos rufianes y lo único que hice fue sugerir que le dejaran en paz.

–¿Sugerir? –repitió sir Algar con una risa–. Sí, puedo imaginármelo, con la punta de vuestra espada.

–No hubo necesidad de violencia. Eran unos cobardes y salieron huyendo en cuanto les desafié.

A Tamsin no le costaba creer que bastara una mirada de Rheged, como la que le había dirigido a ella cuando estaba enfadado, para hacer huir a cualquier granuja.

–Así que ahora tiene a uno de los mejores cocineros de Inglaterra.

–Los hombres combaten mejor cuando están bien alimentados –observó Rheged fríamente–. Y los sirvientes sirven mejor cuando no están hambrientos.

–Estoy completamente de acuerdo –dijo Tamsin.

No le sorprendía que un hombre que había nacido pobre quisiera comer bien y estuviera dispuesto a pagar por ello.

–¿Por qué no le habláis del torneo de Kent en el que nos conocimos? –sugirió sir Algar.

Hildie llevó a la mesa un cesto de pan recién hecho y otra sirvienta que parecía más tímida le sirvió un cucharón de un suculento estofado de carne.

–¡Deberíais haberle visto! –continuó sir Algar mientras comenzaban a comer la mejor carne que Tamsin había probado en su vida–. Su armadura era la colección de metales más variada que había contemplado jamás.

–Era lo único que podía permitirme.

–De modo que, naturalmente, el resto de los participantes en el torneo asumieron que su preparación era tan pobre como su armadura. Pero si hubieran prestado atención a su caballo, habrían sabido que se equivocaban, ¿eh, Rheged?

–Me gasté hasta la última moneda que tenía en Jevan, y mereció la pena hasta el último penique gastado.

–Ahora podéis decir eso, ¿pero entonces? El pobre animal estaba muerto de hambre. Estaba casi tan esquelético como vos, Rheged.

–Yo no estaba esquelético.

–Parecía que no habíais disfrutado de una comida decente desde hacía meses. En cualquier caso, ahí estaba, con aquella armadura hecha a retazos, sentado en una montura impresentable y enfrentándose a algunos de los mejores nobles...

–De los más ricos –le interrumpió Rheged–, que no son necesariamente los mejores.

–Muy bien, los nobles más ricos del lugar –se corrigió sir Algar–. Todo el mundo esperaba que cayera al primer golpe. Pero, sin embargo, tiró el escudo de su oponente de un solo golpe y el caballero se cayó. ¿Quién era, por cierto?

–No lo recuerdo.

–Fuera quien fuera –continuó diciendo Algar, manchándose ligeramente la barba con la espesa salsa del estofado–, terminó en el suelo. El escudo se rompió al caer y el caballero fue derrotado. Después de aquello, todo cambió, aunque nadie creía que Rheged ganaría aquel día.

–No había nadie que tuviera tanto que ganar como yo.

–Ni perder –respondió sir Algar, alargando la mano hacia el pan mientras Tamsin bebía un sorbo de un vino que no era tan bueno como el pan o el estofado–. Os aseguro, mi señora, que jamás vi tamaña tenacidad. Permanecía pegado a la silla como si su vida dependiera de ello y jamás fuera a levantarse de allí. Pero eso no fue lo mejor. Lo mejor fue el banquete que siguió al torneo. Rheged apareció sin una sola cicatriz.

–Pero estaba lleno de moratones.

–En la cara no teníais ninguno –le corrigió sir Algar–. Las jóvenes se acercaban a él como las abejas a las flores, y también algunas damas no tan jóvenes. Naturalmente, los jóvenes nobles no se mostraron muy complacidos. No solo habían sido derrotados, sino que tenían que pagar para recuperar los caballos, las armas y los accesorios que había ganado Rheged. Uno de ellos se atrevió a insultar a Rheged a la cara, ¿quién era?

–Sir Francis Bellegardie.

–¿Qué fue exactamente lo que dijo?

–Cuestionó mi origen y sugirió que no podía estar allí.

–No fue exactamente así –le regañó Algar.

–Sus palabras exactas fueron que mis palabras no eran dignas de ser escuchadas por los oídos de una dama.

–Conocí a sir Francis –comentó Tamsin, recordaba a aquel joven huésped de su tío que había intentado acorralarla. Ella había conseguido evitar sus torpes toqueteos, pero a duras penas–. Es el hombre más vanidoso y estúpido que he conocido nunca, de modo que imagino perfectamente el tipo de cosas que es capaz de decir.

–Rheged le tumbó de un puñetazo allí mismo, en el salón. No dijo una sola palabra, se limitó a golpearle. Después, se disculpó ante el anfitrión por haber perturbado la paz del salón, se sentó y continuó bebiendo como si no hubiera pasado nada.

Tamsin deseó haber estado presente.

–Estaba cansado. En caso contrario, le habría ignorado.

–Eso no fue todo –continuó contando sir Algar animado–. Cuando llegó el momento del baile, ¿quién estaba más que deseosa de bailar con vos? ¿Quién estuvo acechándoos durante toda la noche, hasta que prácticamente tuvisteis que ahuyentarla?

–No me acuerdo.

–Si vos no os acordáis, yo sí. Era lady Angelica, ¡la hermana de sir Francis! Y deberíais haber visto cómo miraba a las otras mujeres que bailaban con él. Llegué a temer que hubiera un asesinato antes de que acabara la velada. ¿Cuántas veces bailasteis con ella? ¿Dos? ¿Tres veces?

–Prefiero pelear a bailar.

–¡Cómo podéis hacer un comentario así delante de una dama!

–En cualquier caso, es cierto –Rheged se levantó del banco con la misma atlética elegancia con la que había tirado la flecha–. Y ahora, si me perdonáis, tengo que ir a hablar con el comandante de la guarnición. Uno de los pastores ha encontrado tres ovejas con las gargantas y los vientres desgarrados en los pastos de la colina. Mañana, en cuanto deje de llover, emprenderemos la caza del zorro.

–¿Estáis seguro de que es un zorro? –preguntó sir Algar–. ¿No puede tratarse de lobos o de bandidos?

–Es propio de los zorros matar y dejar los cadáveres tras ellos. Si hubiera sido obra de lobos o de perros salvajes, habrían comido más. Si hubieran sido hombres, se habrían llevado el ganado y solo habríamos encontrado la sangre y quizá algunas huellas, en el caso de que hubiéramos encontrado algo.

–¿Y estáis igualmente seguro de que va a dejar de llover?

–Antes del amanecer, mi señor, así que saldremos en cuanto claree. ¿Os uniréis a la partida?

–¡Dios me libre, no! Odio montar con tanta humedad.

–En ese caso, os deseo buenas noches, mi señor. Mi señora –Rheged hizo una reverencia y fue a reunirse con el hombre que tenía una sola ceja.

–Ese es Gareth –le explicó sir Algar a Tamsin–. Rheged y él sirvieron juntos durante años. Después de que Rheged fuera nombrado caballero y yo le diera esta propiedad, envió a buscar a Gareth y le ofreció ser el comandante de la guarnición.

–También es galés, ¿verdad?

–Sí, y, al igual que Rheged, es hijo de campesinos.

Tamsin sabía que no tenía ninguna necesidad de saber más cosas sobre Rheged, pero, aun así, no era capaz de dominar del todo su curiosidad.

–¿Cómo puede llegar a convertirse en caballero el hijo de un campesino?

Sir Algar acarició el tallo de la copa con sus delgados dedos.

–En realidad es algo notable. Rheged era un soldado de infantería en la armada del rey y estaban sitiando un castillo en Francia. El sitio se prolongó durante días, hasta que Rheged escaló la muralla solo en medio de la noche. Consiguió atar una cuerda alrededor del merlón de la muralla para que otros pudieran seguirle antes de ser descubierto. El castillo se llenó de tropas del rey John, que se mostró muy agradecido.

Tamsin se estremeció al imaginar a Rheged escalando la muralla con una cuerda atada a su alrededor, imaginó su rostro con expresión de intensa concentración mientras buscaba los agarres para las manos y los pies.

–Es un milagro que no cayera.

–Durante la pelea, le hirieron en el costado y tardó varias semanas en recuperarse. Después, dejó el ejército del rey y regresó a Inglaterra. Era pobre, pero era un caballero y tenía suficiente dinero como para pagar la licencia que le permitió participar en los torneos. Así fue como le conocí, en ese torneo de Kent. Era mucho mejor que ninguno de los otros hombres a los que vi aquel día. Yo tenía una propiedad que necesitaba un señor y se la ofrecí a cambio de que se convirtiera en mi aliado. Se mostró de acuerdo incluso antes de haber visto la fortaleza, siempre y cuando pudiera él darle el nombre que él deseara. No puse ningún inconveniente al nombre que eligió, aunque no estemos en Gales.

Sir Algar alzó la mano como si pensara que Tamsin iba a interrumpirle.

—Le advertí que la fortaleza estaba en un estado lamentable, pero no vaciló. No me he arrepentido nunca de habérsela entregado. Y debo admitir que continuaría haciéndolo incluso después de vuestro secuestro —sonrió—. De otro modo, no os habría conocido.

—Dijisteis que habías conocido a mi madre. ¿Conocisteis también a mi padre? —preguntó Tamsin, aferrándose a aquella rara posibilidad que tenía de hablar de sus padres.

—No muy bien. ¿Vuestra madre os explicó porque nunca visitaban a vuestro tío?

—Yo sabía que no tenían muy buena relación, pero nada más.

—Vuestro tío no aprobó su matrimonio, y tampoco vuestro abuelo. Había acordado una boda para vuestra madre, ya veis, y vuestro tío apoyaba aquel acuerdo porque habría servido para establecer una nueva alianza que habría hecho más influyente a vuestra familia en la corte.

Lo que, se suponía, tenía que ocurrir también con su matrimonio, pensó Tamsin.

–Pero vuestra madre les dijo que estaba enamorada de otro hombre. Se enfadaron, pero pensaban que podían obligarla a casarse, hasta que ella les dijo que estaba esperando un hijo.

Tamsin le miró consternada.

–¿Yo?

Sir Algar la miró igualmente desolado.

–Perdonadme, debería haber tenido más tacto.

Pero Tamsin posó la mano en su brazo.

–No os preocupéis. Eso explica lo que me dijo mi tío la última vez que hablé con él. Y también otras cosas.

Como la mirada sombría que le había dirigido el primer día que había aparecido en el castillo, y otras muchas veces, sin que hubiera motivo alguno. O, al menos, sin que hubiera ningún motivo del que ella fuera consciente.

Sir Algar posó la mano en la suya.

–Desgraciadamente, en vez de conseguir que su hermano y su padre la libraran de su prometido, lo único que consiguió fue enfurecerlos. Intentaron obligar a vuestra madre a confesar quién era su amante, pero no lo consiguieron. Vuestra madre era una mujer tan bella, tan dulce y tan encantadora que tenía numerosos pretendientes y podía ser cualquiera de ellos. Por supuesto, hasta entonces, nadie había puesto en duda su virtud. Ella trataba por igual a todos sus admiradores, o, al menos, eso parecía. De modo que vuestro padre le dio una paliza y la encerró en su habitación. Pretendía tenerla encerrada hasta que lo confesara todo. Pero una noche, escapó y uno de sus admiradores, un caballero llamado sir Renard de Salacourt...

—¡Mi padre!

—Arriesgó su vida por ella. Y cuando digo que arriesgó su vida, estoy hablando muy en serio. Vuestro padre y vuestro tío le habrían matado si hubieran conseguido alcanzarle. Sir Renard de Salacourt era un hombre muy valiente.

—Me gustaría recordar mejor a mis padres —musitó Tamsin, intentando en vano imaginarlos—. Pero mi tío se enfadaba conmigo cada vez que los mencionaba.

—Para ver el rostro de vuestra madre, solo tenéis que miraros al espejo —respondió sir Algar con una amable sonrisa.

Jugueteó un momento con la copa antes de volver a hablar.

—Espero que paséis por alto los bruscos modales de Rheged. Es un hombre poco refinado, pero tiene un buen corazón, y es muy leal. Por eso sé que no os ha tocado, salvo para curar vuestra herida y traeros hasta aquí.

Pero Rheged la había acariciado y la había besado, aunque sir Algar no tenía por qué saberlo.

—No, no, no me ha hecho ningún daño.

—¿Y de verdad estáis decidida a regresar? Blane no es un buen hombre, no es un hombre que merezca la pena.

Tamsin no quería hablar de su futuro marido.

—No contemplo con alegría la perspectiva de un matrimonio con sir Blane, pero no puedo faltar a mi palabra.

—No, por supuesto que no. Lo comprendo. Y también Rheged lo comprende.

Capítulo 10

−¿Entonces crees que es un solo zorro? −preguntó Gareth mientras montaba al lado de Rheged a la mañana siguiente.

El sol naciente hacía brillar la hierba y los helechos empapados por la lluvia. El camino que conducía hacia la arbolada cresta del monte estaba lleno de charcos.

−Probablemente −contestó Rheged.

Cabalgaron en silencio, al igual que los hombres que montaban tras ellos. Solo los sabuesos hacían ruido, ladrando y aullando de excitación mientras tiraban de las correas.

−¿Sir Algar no ha querido venir? −preguntó Gareth en tono despreocupado.

−No le gusta montar cuando hay tanta humedad.

−Sí, seguro que es por eso −respondió Gareth con ironía.

−¿Por qué puede ser si no?

−Por la dama.

Rheged le taladró con la mirada.

−¿Qué quieres decir?

Gareth le miró abriendo los ojos con fingida inocencia.

—Nada, excepto que es una visión mucho más agradable que mirarme a mí o a esos patanes. Y, probablemente, también es mucho más agradable estar sentado con ella junto a la chimenea que perseguir a un zorro.

Rheged conocía a Gareth suficientemente bien como para saber lo que estaba insinuando, y se quedó estupefacto.

—¡Sir Algar tiene edad suficiente para ser su padre!

—Es una mujer encantadora y sabe llevar una casa, o, por lo menos, eso es lo que tengo entendido. De modo que, ¿quién puede culparle por desearla como esposa? Podría tener una doncella que le cuidara a su edad, pero es probable que prefiera otra cosa. Además, sir Algar es rico, de modo que puede ser un buen partido para ella. Por lo que yo sé, mucho mejor que Blane.

—Estás completamente loco.

—Solo soy un hombre práctico, y no tienes por qué fulminarme con la mirada como si fueras un oso encerrado en una jaula. Veo lo que veo, eso es todo. Y, al fin y al cabo, tú no estás pensando en casarte con ella, ¿verdad?

—Jamás me casaría con un pariente de DeLac y necesito una mujer con una mejor dote para fortalecer Cwm Bron. DeLac es un hombre muy avaro.

—Así que estás buscando a la hija de un rico comerciante, o una viuda, quizá. Bueno, supongo que será más fácil que cortejar a la hija de un noble normando. O a la sobrina.

—No me ha resultado fácil conseguir nada de lo que tengo, Gareth, y lo sabes.

—Sí, Rheged, claro que lo sé. Pero así lo disfrutas más cuando lo consigues.

Los perros comenzaron a tirar de las correas y a aullar.

—¡Soltadlos! —gritó Rheged a los cazadores de la montería.

Justo en ese momento, vieron algo rojizo entre las rocas que había en la cresta de la montaña.

El zorro rápido y flexible les obligó a una búsqueda agotadora sobre aquel escarpado terreno. Sorteaba hábilmente rocas y árboles caídos y en más de una ocasión, temieron haberlo perdido por completo. Afortunadamente, los perros recuperaban el rastro hasta que, al final, lo acorralaron en una estrecha grieta entre unas rocas situadas en la ribera del arroyo, a pocos kilómetros del molino. Los perros, cansados, pero excitados, rodearon la grieta, que era demasiado estrecha como para permitirles entrar. Algunos sabuesos estaban frente a la entrada de la grieta mientras que otros se situaban en los laterales.

No había ninguna duda. El zorro estaba allí. Los ojos del animal acorralado resplandecían en la oscuridad y se le oía gruñir.

Rheged desmontó, sacó la jabalina y se abrió camino entre los alborotados perros. Se sentó a horcajadas sobre la roca y clavó la jabalina en la oscuridad. Se oyó un breve gemido procedente del zorro y supo que la misión estaba cumplida.

Retorció la jabalina y esperó un momento hasta estar seguro de que el animal estaba muerto antes de sacar el cadáver. La enorme boca abierta del zorro estaba abierta y la sangre goteaba por su cuello. Aun así, podría utilizarse la piel. Quizá para el cuello de la capa de una dama. Sería un buen regalo para Tamsin, una forma de enmendar el error de haberla llevado a Cwm Bron.

–Bueno, un problema menos –observó Gareth, sujetando el zorro mientras Rheged limpiaba la jabalina–. Pero no puede decirse que haya sido la partida de caza más emocionante en la que he estado.

–El zorro está muerto y eso es lo que importa –contestó Rheged mientras tomaba a el zorro y regresaba el caballo.

Mientras tanto, los cazadores comenzaron a reunir a los perros para regresar con ellos a Cwm Bron, junto a los otros hombres que los habían acompañado en la partida.

Cuando Rheged arrojó el zorro sobre la silla. Myr relinchó, protestó e intentó retroceder, pero Rheged lo sujetó con firmeza e intentó tranquilizarlo susurrándole al oído antes de montar y dirigirse de nuevo hacia casa. Gareth montaba a su lado sin dejar de hablar de otras partidas de caza más emocionantes en las que había participado y de los jabalís y venados que había matado prácticamente sin la ayuda de nadie. Como Gareth no necesitaba que nadie le animara para seguir hablando, Rheged pudo dedicarse a pensar en sus propias cosas.

Incluyendo cosas en las que habría preferido no pensar.

Como Tamsin. Por lo menos, cuando estaba persiguiendo al zorro, no estaba pensando en ella. No había tenido que recordar la regia belleza que desprendía con aquel vestido de color verde que se aferraba a su silueta perfecta como el agua fluía sobre una roca, ni le había perseguido el recuerdo de aquel cuerpo inexperto entre sus brazos.

En cuanto a las razones de sir Algar para haberse quedado en el castillo, Gareth tenía que estar equivocado. Sir Algar no quería montar en medio de la humedad y el barro.

Por supuesto, Rheged no estaba celoso de su señor y de lo que este podía ofrecerle a una mujer como Tamsin. De verdad creía lo que le había dicho a Gareth. Necesitaba una mujer con una dote generosa para que pudiera estar segura en su peligroso mundo y Simon DeLac jamás le daría un penique a Tamsin si se casaba con él o con algún galés.

Eso, en el caso de que ella hubiera considerado siquiera la idea, cosa que no era cierta.

–Esa fue la última vez que lo intenté, te lo aseguro. Supongo que estarás pensando que fui un estúpido por pensarlo siquiera, pero... Rheged, ¿has oído una sola palabra de lo que he dicho? –preguntó Gareth mientras cruzaban las puertas de Cwm Bron.

–Sí, claro que te he oído... –comenzó a decir Rheged.

Pero enmudeció al mirar hacia el patio.

Frente a él, estaba Elvina, aquella criada tan silenciosa, delante del pozo, moviendo la manivela a toda velocidad mientras otra de las criadas esperaba con un cubo vacío a sus pies. Por la chimenea de la cocina salía tanto humo como si hubiera un incendio, o como si Foster hubiera decidido dar de comer a todo el condado. Pero a pesar de la precipitación con la que sacaban agua del pozo, la cocina no parecía estar en llamas. En ese caso, habría más gente en el patio, aunque, desde luego, había más gente de la habitual. Tres hombres con argamasa y adoquines estaban arrodillados junto a uno de los agujeros más grandes del patio, reparándolo. Un anciano, el padre de uno de sus soldados, estaba sentado en un taburete, cerca del almacén, haciendo lo que parecía ser una escoba. Otros sirvientes corrían con cubos, bultos y taburetes en las manos, como si estuvieran a punto de ser sitiados.

Gareth también frenó en seco a su caballo.

–¡Dios mío! ¿Qué está pasando aquí? –musitó.

Mientras Rheged y Gareth miraban confundidos a su alrededor, salió Dan precipitadamente del establo y Hildie apareció en la puerta del almacén. Tenía la cabeza gacha y los brazos llenos de piezas de lino, y comenzó a correr por el patio como si le estuvieran persiguiendo todos los perros del infierno.

–¿Qué está pasando aquí? –le preguntó Rheged a uno de los mozos mientras desmontaba y levantaba el cadáver del zorro de la silla.

Bajando la voz como si temiera que le oyeran, Dan señaló con la cabeza hacia la torre del homenaje, que estaba a más de treinta metros de distancia.

–Nada malo, mi señor. No hemos sufrido ningún ataque ni nada parecido. Es... ella.

Tamsin era la única mujer a la que podía estar refiriéndose. Sin embargo, Rheged preguntó.

–¿Debo asumir que te refieres a lady Thomasina?

–Sí, mi señor –Dan miró receloso a su alrededor y se inclinó hacia él mientras susurraba–: En cuanto habéis cruzado las puertas del castillo, ha bajado al salón y ha comenzado a dar órdenes a diestro y siniestro. No nos habíais dicho si estábamos obligados a obedecerla, pero no acepta un no por respuesta, no sé si me entendéis, así que hemos pensado que era preferible hacer lo que decía.

Rheged llamó a Hildie, que corrió inmediatamente hacia él.

—¿Qué estás haciendo?

—Estoy lavando la ropa blanca. ¡Toda! —añadió con incredulidad.

Cualquiera habría dicho que la habían obligado a lavar toda la ropa blanca de Inglaterra.

Gareth comenzó a reír, pero Rheged le silenció con una mirada.

¡Aquella era su casa, por el amor de Dios! Su castillo, su salón, sus sirvientes. Todo ello lo había conseguido con sudor y lágrimas, arriesgando la vida. Tamsin era su huésped, no era ni su esposa ni la dueña de la hacienda.

Cuando comenzó a caminar con paso firme hacia la torre del homenaje, agarrando todavía la cola del zorro, Gareth dejó escapar un largo silbido.

—Nuestro Rheged está de mal humor, Dan, y me temo que va a estar igual hasta que esa dama se vaya.

Dan asintió frunciendo el ceño con expresión de tristeza.

Rheged entró en la torre del homenaje a grandes zancadas y se detuvo bruscamente. Tuvo la sensación de haberse equivocado de salón, era como si hubiera entrado en un salón que olía a cera de abeja y a hierbas en vez de a sudor, a estofado y a cuero.

Habían lavado y lustrado todos los bancos y las mesas. Habían cambiado las esterillas que cubrían el suelo y las habían cubierto de romero, y había desaparecido hasta la última telaraña.

Sir Algar estaba desplomado en la silla que estaba al

lado del hogar, un hogar que estaba completamente limpio. Un fuego de madera seca caldeaba la habitación.

Pero lo más desconcertante de todo era que, de pie, junto a la chimenea y vestida con el bonito vestido verde, estaba Tamsin, con las manos entrelazadas y mirándole expectante, como si hubiera estado aguardando su vuelta.

Rheged permaneció paralizado hasta que ella comenzó a cojear hacia él. Entonces avanzó inmediatamente hacia ella.

–Deberíais sentaros.

Y debería estar en la habitación de arriba, no esperándole allí como si fuera su esposa.

–Me encuentro mucho mejor aquí que en la habitación –contestó. Señaló con la cabeza el cadáver que llevaba en la mano–. Veo que habéis tenido éxito.

–Sí, he pensado que os podría ser útil –le tendió el zorro muerto–. La piel, quiero decir. Podéis haceros un cuello para vuestra capa –añadió.

Se sentía como un palurdo, pero no quería que pensara que le ofrecía el zorro para que lo cocinara.

–Gracias, mi señor –respondió Tamsin.

Tomó el zorro enérgicamente por la cola y alargó el brazo para alejarlo de ella.

–Está muerto –le aseguró él.

–Sí, ya lo veo. Y estoy segura de que la piel será muy cálida. Elvina –llamó a la sirvienta que había entrado en aquel momento en el salón y estaba pasando tras ellos–, llévate esto, por favor.

Elvina agarró al animal por la cola.

–Sí, mi señora –contestó sonrojada.

Hizo una inclinación de cabeza antes de marcharse corriendo con el zorro.

Afortunadamente, aquella conversación le permitió a Rheged recobrar la compostura.

—Veo que habéis encontrado la manera de manteneros ocupada.

—Me he dado cuenta de que había algunas tareas pendientes. Y también os he preparado un baño en la habitación de arriba.

—No necesito un baño.

—Dios mío, no creo que esa sea una respuesta muy amable después de que la dama se haya tomado tantas molestias —declaró sir Algar, levantándose de la silla completamente despierto.

—El baño es para evitar que os enfriéis, no tiene otro motivo —le explicó Tamsin.

Tampoco él había pensado que estuviera insinuando que olía mal, aunque a lo mejor había sido así.

—También tenéis vino caliente esperándoos —añadió Tamsin.

—Gracias, mi señora —respondió Rheged con una inclinación de cabeza—. Os estoy muy agradecido por todos vuestros esfuerzos, y ahora, si me perdonáis, iré a disfrutar de las comodidades que me habéis preparado.

—Enviaré a uno de los sirvientes a avisaros cuando esté preparada la cena.

Su tono era el mismo, pero Rheged advirtió un tenue rubor en sus mejillas y un brillo en sus ojos que indicaba que estaba complacida.

Había hecho algo tan sencillo como darle las gracias, y, aun así, eso había significado mucho para ella, pensó Rheged mientras subía a toda velocidad a su habitación.

Un brasero lleno de carbón ardiendo caldeaba la

estancia. En medio de la habitación había una bañera llena de agua humeante con un taburete al lado en el que habían dejado unos lienzos de lino y un pedazo de jabón. De la jarra que había sobre la mesa salía también una espiral de vapor y había una copa a su lado. Miró hacia la cama y vio que le habían preparado una túnica limpia, las calzas y las medias. En el suelo descansaban un par de botas viejas que habían limpiado y abrillantado.

Nadie había cuidado nunca de Rheged desde que sus padres habían muerto muchos años atrás. Desde aquel terrible momento, había estado solo en el mundo.

Había sido un hombre autosuficiente, jamás había dependido de nadie. No necesitaba a nadie.

Se acercó a la jarra, se sirvió una copa del especiado vino y bebió un sorbo. ¡Dios! Estaba buenísimo y sintió cómo le caldeaba mientras descendía por su garganta. Bebió un poco más, se acercó a la bañera y metió la mano en el agua caliente. ¿Cuánto tiempo había pasado desde la última vez que había disfrutado de un baño caliente? Semanas al menos.

Repentinamente ansioso por sentir el agua caliente en su cuerpo, dejó la copa, se quitó la túnica y la camisa y se desprendió de las botas y las medias. Se quitó las calzas y se metió en el agua. Con un suspiro, se sentó en la bañera, y echó la cabeza hacia atrás, apoyándola en las piezas de lino que había al borde de la bañera.

Se sentía bien.

Muy bien.

Seguramente, a esas alturas ya debía de estar bañado y vestido, pensó Tamsin mientras llamaba suavemente a la puerta de la habitación del piso de arriba. La pierna comenzaba a dolerle, así que, aunque habría preferido cenar en el salón, era preferible retirarse a la habitación antes de que el dolor empeorara.

Como Rheged no contestó, llamó con más fuerza.

Era posible que se hubiera vestido y hubiera abandonado la habitación sin que ella le hubiera visto bajar la escalera. Había intentado estar pendiente de él, pero sir Algar la había distraído en más de una ocasión con sus entusiastas demandas para que le explicaran todos los detalles sobre la partida de caza.

A lo mejor Rheged había sufrido alguna clase de herida y no le había dicho nada. O a lo mejor incluso había perdido la conciencia. Ella no había visto ninguna herida, pero Rheged era un hombre orgulloso y probablemente restaba importancia a cualquier herida que no considerara seria.

Empujó inmediatamente la puerta para ser recibida por los ronquidos y la vista de Rheged todavía en la bañera, con la cabeza apoyada en el borde, los ojos cerrados y la boca ligeramente abierta mientras su pecho se elevaba y descendía al ritmo de su respiración.

Debería marcharse, se dijo Tamsin a sí misma, pero, en ese caso, después no sería capaz de subir las escaleras. Además, seguro que Rheged ya llevaba suficiente tiempo en el agua, que, a esas alturas, debía de estar fría. Podía enfermar si continuaba en la bañera. Debería despertarle.

Entró en la habitación. Rheged parecía muy distinto cuando estaba dormido. Parecía mucho más joven, como si hubiera perdido años mientras dormía, o como si hubiera olvidado todas sus preocupaciones.

A lo mejor, si pudiera sentirse completamente relajado cuando estaba despierto, también tendría ese aspecto.

Tamsin bajó la mirada hacia la bañera.

De pronto, Rheged se irguió, desalojando el agua a ambos lados del recipiente.

—¡Lo siento! —gritó Tamsin, alargando el brazo hacia la pierna, que le dolió al retroceder—. He llamado a la puerta, pero no habéis contestado —señaló la bañera de madera—. Deberíais salir, el agua tiene que haberse enfriado.

—Sí, está un poco fría —confirmó Rheged.

Alargó la mano hacia uno de los lienzos de lino que Tamsin le había dejado en el taburete y empezó a levantarse.

Tamsin desvió la mirada, pero, aun así, vio más de lo que pretendía.

—Gracias por todo lo que habéis preparado —dijo Rheged con una sorprendente calma—. Hacía años que nadie se preocupaba por mi comodidad, aunque si hubiera sabido que el precio era verme desnudo, creo que me lo habría pensado dos veces.

Tamsin se arriesgó a mirar. Rheged se había colocado la tela alrededor de la cintura, pero continuaba teniendo el pecho desnudo. El agua brillaba sobre su superficie como si fuera un Neptuno elevándose en el mar y la hizo recordar la noche que habían pasado juntos.

—Pensé que estaríais vestido.

—Seguramente no esperabais que me bañara con toda la ropa encima.

—De lo que estaba segura era de que a estas alturas ya estaríais vestido. Ya es casi la hora de la cena.

—En ese caso, me alegro de que me hayáis despertado. Podría haberme saltado la cena.

Se le ocurrió entonces otra posible razón para aquel sueño tan profundo.

–¿No os encontráis bien? ¿Por eso estáis tan cansado?

–Yo nunca enfermo –respondió Rheged mientras alargaba la mano hacia la camisa–. El problema es que ya no soy tan joven como antes.

–Sois mucho más joven que sir Algar.

Hubo algo en la expresión de Rheged que Tamsin no alcanzó a descifrar. Fue algo así como una expresión de triunfo, ¿pero por qué iba a complacerle que dijera algo tan obvio?

–Tengo casi treinta años. ¿Cuántos años tenéis vos?

–Casi veinte, que son muchos para una mujer soltera.

–No tantos como para que debáis arrojaros a los brazos del primer hombre que os pide matrimonio.

–No deseo hablar de mi matrimonio.

–No lo dudo –respondió Rheged mientras agarraba las calzas.

Tamsin comenzó a caminar hacia la puerta, pero había olvidado la herida y cuando apoyó el pie en esa pierna, tuvo que reprimir un grito de dolor.

–Sentaos en la cama –le ordenó Rheged.

–Volveré cuando os hayáis vestido.

–Ya estoy suficientemente vestido –replicó él.

Lo siguiente que supo Tamsin fue que la estaba llevando en brazos a la cama.

Por lo menos llevaba las calzas puestas, pero aun así…

–¡Bajadme inmediatamente! –le ordenó, mientras le golpeaba aquel pecho duro como una piedra.

–Como deseéis –respondió.

La dejó en el suelo, junto a la cama. Muy cerca de él. Y muy cerca de la cama.

La miró fijamente a los ojos.

—He oído decir que algunas mujeres prefieren a los hombres mayores. ¿Sois vos una de ellas?

—Las preferencias no ocupan lugar alguno en mi decisión. Adquirí un compromiso y no voy a faltar a mi palabra.

—¿Y si pudiera hacerse otra clase de arreglo, si se pudiera establecer una alianza igualmente poderosa y con alguien que tuviera incluso más amigos en la corte?

No podía estar hablando de sí mismo.

—¿Qué queréis decir?

—Sir Algar es un hombre rico y tiene más influencia que Blane en la corte.

¿Sir Algar? La idea ni siquiera se le había pasado por la cabeza, aunque era posible que pudieran persuadir a su tío de que incumpliera el compromiso con Blane y estableciera otro acuerdo con sir Algar.

Pero había que pensar en Mavis, y esa tenía que ser la razón por la que aquella propuesta se le antojaba tan angustiosa.

—¿Le habéis hecho esa sugerencia a sir Algar?

—Creo que él ya ha pensado en ello.

Tamsin luchó para evitar que sus facciones mostraran su consternación. Jamás, ni por un instante, había tenido el menor indicio de que sir Algar albergara aquella clase de sentimientos hacia ella. La trataba como a una hija, no como a una potencial esposa.

Pero pensara sir Algar lo que pensara, tenía que casarse con Blane.

—Si sir Algar ha mencionado en algún momento

algo parecido, por favor, informadle de que no romperé el compromiso que he adquirido con sir Blane.

Rheged la agarró por los hombros y la miró con firmeza.

—Hay cosas que debemos hacer porque el honor nos obliga a ellas, pero otras veces, el respeto al honor puede llevarnos a cometer una locura. Y os aseguro que casaros con Blane es una locura.

—Debo casarme con él por honor y por necesidad —replicó, retorciéndose para desasirse de él—. Vos no podéis comprenderlo.

—Explicádmelo.

—¿Por qué? ¿Qué soy yo para vos, salvo algo que tomasteis a cambio de un cofre de oro falso? ¿Qué represento para vos más allá de unos besos robados?

—Os traje aquí porque no estoy dispuesto a veros casada con ese monstruo de Dunborough —se pasó la mano por el pelo y gruñó—: Preferiría veros casada con sir Algar.

Hubo algo en su tono, en sus ojos, en su porte, que la dejó clavada a las baldosas del suelo.

—¿Eso es cierto, sir Rheged? ¿Queréis que me case con vuestro señor?

—Sería más fácil que veros casaros con Blane.

Tamsin le miró a los ojos. Y vio en ellos un dolor y un anhelo idénticos a los suyos.

—¿De verdad queréis verme casada con sir Algar? ¿Eso os haría feliz?

—¡Dios mío, no! —respondió Rheged entre dientes—. Preferiría...

Se interrumpió bruscamente.

—¿Qué? —le presionó Tamsin.

Su actitud y su manera de mirarle a los ojos le aceleraron el corazón. De pronto, tenía dificultades para respirar.

–¿Qué preferirías?

–Lo que yo prefiera no importa. Lo único que quiero es que estéis a salvo, y con Blane no lo estaríais.

–Estaría más a salvo con sir Algar –respondió–. Él me cuidaría y me proporcionaría cuantos objetos materiales pudiera desear.

–Sí –contestó Rheged.

–¿Y pensáis que eso sería suficiente? ¿Que debería conformarme con ser la sustituta de la mujer a la que amó y que perdió?

–¡No! –exclamó Rheged con la voz ronca por el deseo mientras tiraba de ella para estrecharla entre sus brazos y apoderarse de sus labios.

Capítulo 11

El deseo y un intenso anhelo invadieron a Tamsin.

Aquel era el hombre con el que soñaba por las noches, al que imaginaba llevándola a su cama y haciéndola suya. Aquel era el hombre cuyos besos anhelaba, cuyos brazos ansiaba y cuyo cuerpo necesitaba. Quería a aquel guerrero, a aquel hombre en la flor de la vida, no a un anciano villano o un hombre con el corazón roto.

Pero había algo más que deseo en su corazón cuando devolvía los besos igualando la pasión de Rheged. Llevaba mucho tiempo deseando ser amada, y cuando soñaba con casarse, siempre había esperado poder hacerlo con un hombre al que pudiera admirar, respetar y amar.

Rheged había empezado con mucho menos que ella. Había trabajado duro y había luchado para sobrevivir, sobreponiéndose a sus carencias, a la dureza y las desventajas de su nacimiento. Pero Tamsin era capaz de ver mas allá del rostro que mostraba al mundo, era capaz de ver un corazón lleno de soledad y anhelo, como el suyo. Sí, era un hombre duro y orgulloso, pero también lo era ella. En eso eran idénticos, no había conocido nunca a nadie tan parecido a ella.

De modo que decidió rendirse a aquel hombre, a aquel guerrero. Decidió entregarse al placer y al deseo que la consumían, aunque solo fuera durante un breve instante.

Deslizó las manos bajo la camisa, rozando apenas su pecho y su espalda, acariciando sus cicatrices con las yemas de los dedos. Rheged acarició su torso, haciendo que la atravesara una nueva oleada de excitación, de una excitación peligrosa. Quería más. Le quería a él. Estaban solos y tenían la cama de Rheged tras él.

Pero no podía pedir nada más. Si le entregaba a Rheged su cuerpo, no tendría nada para salvar su situación. La pérdida era excesiva como para intercambiarla por un momento de placer.

—¡No! —gritó mientras le empujaba, ordenándoselo tanto a ella como a él—. Tenemos que detenernos. No podéis besarme ni tocarme nunca más.

Rheged la miró con los ojos entrecerrados.

—¿A qué estáis jugando, mi señora?

¿Jugar? Tamsin no estaba jugando con él como esas estúpidas nobles que coqueteaban, se acicalaban y tonteaban cuando había hombres cerca.

—Esto no es ningún juego para mí, señor, y tampoco debería serlo para vos. No soy libre, y tampoco vos lo sois. Tengo que pensar en mi buen nombre y en mi reputación y vos deberíais pensar en vuestra reputación. ¿No creéis que ya nos habéis hecho suficiente mal a sir Algar, a vos y a mí?

La ira sustituyó al deseo en los ojos de Rheged mientras se sentaba en la cama para ponerse las botas.

—Jamás os haría ningún daño, mi señora, como ya deberías saber —dijo, y terminó de vestirse—. Y tampoco tengo ningún interés por el flirteo ni ningún otro deporte de ese tipo.

Comenzó a caminar hacia la puerta. Se volvió al llegar a ella y la miró con la fría reserva de la que Tamsin había sido testigo en otras ocasiones.

—Tampoco he actuado nunca sin que me alentarais, ni aquí ni en vuestro castillo. Sin embargo, tendremos que poner fin a... —aunque se interrumpió un instante, no cambió su expresión—, a lo que quiera que exista entre nosotros. Buenos días, mi señora.

—Buenos días, mi señor —contestó Tamsin mientras Rheged cerraba la puerta tras él.

Después, se sentó en la cama y hundió el rostro entre las manos. Si no se marchaba pronto, terminaría suplicándole a Rheged que le permitiera quedarse a su lado. Que la amara, incluso aunque no quisiera casarse con ella.

A la tarde siguiente, Gareth permanecía al final de un improvisado circuito para practicar con la jabalina en una zona sin pastos que había más allá de la pradera y Rheged tenía a su caballo al borde del agotamiento. El poste situado en el otro extremo del campo todavía estaba temblando por el golpe recibido por uno de los lanzamientos de Rheged. El escudo del maniquí de madera estaba hecho añicos y la maza que tenía antes en el extremo del otro brazo había caído a varios metros de distancia, más allá de los restos de lanzas que había dejado Rheged durante el ejercicio.

—Por lo que veo, esta es la última —dijo Gareth, señalando el montón de lanzas rotas y astilladas que había junto a los cascos de Jevan–. Has acabado con todas, ¿eh?

Rheged no contestó. Bajó del caballo y comenzó a avanzar hacia el campo para recoger los restos de su último entrenamiento.

Gareth desmontó también para caminar a su lado.

–Llevas fuera del castillo desde el medio día.

–¿Y qué?

–Me pregunto por qué. A estas alturas, tienes que tener los hombros doloridos y también estás cansando a Jevan.

Rheged miró a su caballo. Sí, Jevan estaba cansado. No debería haberle hecho trabajar tanto en el que había demostrado ser un vano intento por superar su enfado con Tamsin. Aquella mujer era como todas las de su clase. Arrogante y egoísta. Y le estaba utilizando. Para ella, solo era un galés salvaje, un hombre rudo con el que divertirse.

Pero no iba a contárselo a nadie, ni siquiera a Gareth.

–Jevan podrá descansar mañana.

–Sé que eres capaz de entrenar hasta la muerte, pero no es propio de ti el hacerle trabajar tan duro a Jevan.

Rheged tampoco quiso contestar a eso. Se agachó para recoger el último pedazo de lanza.

–¿Qué te pasa? –preguntó Gareth con la preocupación dibujada en todas sus facciones.

–¿Más allá del hecho de que la sobrina de DeLac haya decidido dar las órdenes en mis castillos sin pedir siquiera permiso? –replicó, llevando en las manos tantas lanzas rotas como podía cargar.

—Sí, pero sé que hay algo más–. Estás furioso como un oso herido desde que abandonaste el torneo. ¿Ha ocurrido algo más que no nos hayas contado? ¿Fue peor de lo que dijiste la discusión con DeLac? ¿Estamos a punto de enfrentarnos a una batalla? Porque si es así, yo debería saberlo.

—No habrá batalla alguna si puedo evitarlo –contestó Rheged. Comenzó a caminar hacia Jevan, intentando evitar que cayera ningún trozo de lanza–. Sabes todo lo que tienes que saber sobre mis problemas con DeLac.

—En ese caso, el problema es ella, lady Thomasina. No quieres devolverla al castillo. Te has enamorado de ella, ¿verdad?

Rheged dejó caer todas las armas cerca de Jevan, que relinchó y retrocedió asustado.

—Tranquilo, Jevan –musitó.

Lamentaba haber asustado a su caballo. Y haber hecho trabajar en exceso a aquel pobre animal. Y el haber estado demasiado pendiente de sus propios problemas como para darse cuenta.

Pero no necesitaba el consejo de Gareth.

Evidentemente, debería evitar a Tamsin cuanto le fuera posible en el futuro si no quería que también otros comenzaran a sospechar cuáles eran sus verdaderos sentimientos.

—No estoy enamorado de esa mujer y la devolveré a su castillo en cuanto pueda. ¿Crees que quiero en mi casa a una arpía como ella?

—¿Una arpía? –repitió Gareth con evidente sorpresa.

—Una arpía, una bruja, una gruñona, llámala como quieras –dijo Rheged mientras agarraba a Jevan por la brida.

—Yo jamás diría de ella todas esas cosas, Rheged. Es cierto que es un poco despótica, pero...

—¡Ya basta! —le espetó Rheged y comenzó a caminar hacia Cwm Bron—. No quiero seguir hablando de esa mujer. Pronto volverá a su casa y todo se acabará, gracias a Dios. ¡No sabes cuánto lamento haber puesto mis ojos en ella!

—Que el cielo nos ayude —musitó Gareth mientras le veía alejarse hacia la fortaleza—. ¡Está enamorado de ella!

Aquella noche, sir Algar permanecía al lado de Tamsin mientras esperaban a que les sirvieran la cena. Había algunos soldados esperando en el salón alrededor de las mesas, en pequeños grupos o apoyados contra las paredes y las columnas de la habitación. Los sirvientes que no tenían que trabajar también estaban allí, esperando ansiosos la comida.

—Debo decir, mi señora, que el salón parece otro —exclamó sir Algar, mirando a su alrededor.

—Solo hacía falta limpiarlo un poco —replicó Tamsin.

Se preguntaba si Rheged cenaría con ellos y qué pensarían todos los allí reunidos en el caso de que no apareciera.

No tenía la menor idea de dónde estaba. No había vuelto a verle desde que el día anterior había salido furioso de la habitación del piso de arriba. Cuando ella se había aventurado a bajar a la mañana siguiente a desayunar tras otra noche de insomnio, él ya se había ido. Tamsin había pasado el resto de la mañana sola en la habitación, remendando. A la hora de la comida, se había reunido con sir Algar en el salón, pero Rheged no se había unido a ellos. Tamsin había pasado el resto de la tarde hablando de castillos y fortificaciones, de comidas, de trovadores, del pasado y de sus padres. A lo mejor Rheged la estaba evitando intencionadamente. Si así era, debería alegrarse. No quería volver a discutir con él, aunque no podía menos que preguntarse qué pensarían sir Algar y el resto de los habitantes del castillo de su ausencia.

También continuaba preguntándose si sería posible que sir Algar estuviera pensando en ella como en una posible esposa. En el caso de que así fuera, seguramente habría insinuado de alguna manera cuáles eran sus intenciones. Pero, a pesar de lo que Rheged había dicho, ella no había detectado ni una sola señal que indicara que sir Algar la veía como algo más que la hija de una mujer a la que había admirado mucho tiempo atrás.

Estaban a punto de ocupar su lugar en la mesa cuando se abrió la puerta y entró Rheged a grandes zancadas con expresión seria y sombría.

Al verle entrar, pareció suspirar todo el salón, como si no fuera ella la única aliviada al verle. Desgraciadamente, a pesar de lo que había pasado entre ellos, se sintió algo más que aliviada. Le bastaba mirarle para que despertara el deseo en ella.

–Mi señor, mi señora –les saludó Rheged en tono comedido y con una inclinación de cabeza mientras se sentaba.

Evidentemente, no pretendía comportarse como si hubiera algún tipo de enemistad entre ellos.

Por lo tanto, tampoco lo haría ella. Se levantó ligeramente las faldas del vestido y se sentó en el banco.

Sir Algar también se sentó, y a ellos les siguieron el resto de soldados y sirvientes del salón.

–Tamsin y yo estábamos comentando una idea excelente que tiene para Cwm Bron –dijo sir Algar mientras Hildie servía un pollo asado flotando sobre una salsa de puerros–. Decídselo, querida.

Rheged se volvió lentamente para mirarla, arqueando una ceja con expresión interrogante y mirada insondable.

Tamsin sabía que no debería haberse quedado sola con él en la habitación el día anterior. Debería haber salido corriendo en cuanto le había visto dormido en la bañera, o cuando había rozado sus labios...

–¿Habéis pensado...? –que el cielo la ayudara, ¡estaba gritando como un ratón! Se aclaró la garganta y comenzó de nuevo–. ¿Habéis pensado en utilizar la armería como salón y almacenar las armas en la torre del homenaje?

Sir Algar le había explicado que el edificio anexo a la cocina se utilizaba para almacenar y arreglar armas y a ella le había parecido un desperdicio.

–La armería está más cerca de la cocina –continuó diciendo–, de esa forma, la comida estaría más caliente cuando se sirviera. Habría que hacer una buena limpieza en el interior del edificio y encalar las paredes, pero es evidente que la torre sería mejor almacén para las armas. En el caso de que el castillo sufriera algún tipo de ataque, podríais refugiaros con vuestros hombres en la torre, estaríais armados y vuestros atacantes no podrían hacerse con vuestras armas a no ser que fuerais derrotados.

–No sabía que la dama era experta en defensa, además de en cómo llevar una casa –replicó Rheged mientras partía un pedazo de pan que utilizó para untar la salsa.

Tamsin no sabía si estaba enfadado.

–He vivido en una fortaleza durante los últimos diez años, entre hombres que hablaban constantemente de ese tipo de cosas.

–Es una buena idea, Rheged –señaló sir Algar, que no parecía haber notado nada extraño en la respuesta de Rheged–. Desde luego, el salón sería mucho más espacioso.

–Además, se podría construir una chimenea –propuso Tamsin.

–Una idea excelente y moderna –se mostró de acuerdo sir Algar.

–Y muy cara, mi señor –replicó Rheged sin elevar el tono. Si continuaba enfadado con ella, lo disimulaba muy bien–. Y antes prefiero ocuparme de reparar las murallas y la torre. Después, tengo otros planes de los que ya hemos hablado.

Sir Algar arqueó sus pobladas y blancas cejas.

–¡Ah, sí! El castillo nuevo.

–Creo que sería preferible invertir en eso el dinero que en hacer cambios aquí.

–Deberíais hablar con Tamsin de vuestros planes. Estoy seguro de que la perspectiva femenina puede ayudaros, sobre todo en todo lo relacionado con la cocina y las habitaciones de la familia.

–Esas decisiones pueden esperar hasta que tenga una esposa –replicó bruscamente, poniendo fin a la discusión.

El resto de la cena transcurrió en un incómodo silencio. Sir Algar intentó comentar las últimas noticias sobre el rey John y sacó a relucir los problemas que tenía con sus barones, pero Tamsin no estaba de humor para hablar de política, sobre todo porque notaba en todo momento las miradas curiosas de los sirvientes y los soldados fijas en ella. Era como si estuviera siendo expuesta en el mercado, y creció así su simpatía por Mavis, que a menudo se sentía así en los banquetes y otro tipo de reuniones.

Incapaz de soportar aquella tensión durante un instante más, Tamsin se levantó cuando Elvina y Hildie llevaron las manzanas asadas que pondrían fin a la cena.

—Si me perdonáis, estoy cansada y creo que debería retirarme.

—Os está causando problemas la pierna, ¿verdad? —dijo sir Algar, levantándose y ofreciéndole el brazo—. Enviaré a buscar a Gilbert.

—No es necesario, mi señor —respondió precipitadamente—. Solo estoy un poco cansada.

—En cualquier caso, debéis permitir que os acompañe a vuestra habitación, mi señora —dijo sir Algar, como si se estuviera dirigiendo a una reina.

Y como si de una reina se tratara, Tamsin inclinó la cabeza y se aferró a su brazo.

Mientras se dirigían hacia las escaleras, Rheged se concentró en beber y evitó observar a sir Algar ayudando a Tamsin. Debería haberse quedado un rato más cepillando a Jevan, que no hacía preguntas, no tenía opinión y obedecía sin quejarse.

Y en cuanto a la idea de la armería... Si pretendía mantener la fortaleza como principal medio de defensa, su idea sería valiosa. Pero ese no era el plan. Quería un castillo nuevo, más fuerte, con una mejor posición defensiva. Algo que pudiera sobrevivir años después de que estuviera muerto y enterrado y que fuera la demostración de su existencia.

Alzó los ojos y descubrió a sir Algar mirándole furioso.

—Estáis tan huraño como un perro apaleado. No os pido que estéis tan alegre como un trovador, pero, por Dios, nunca os he visto tan cerca de mostraros mal educado.

A Rheged no le gustó ser objeto de la ira de sir Algar, pero si quería que los demás no se dieran cuenta de que se había enamorado de Tamsin, no podía comportarse de otra manera.

—Perdonadme, mi señor. Tengo otras cosas en la cabeza.

—No es mi perdón lo que estáis buscando —replicó sir Algar respirando con fuerza mientras se sentaba—. Espero que si no con amabilidad, al menos la tratéis cortésmente. Esa dama es una fuente de sabiduría. Dudo que haya algo que no sepa sobre una casa noble o una fortaleza y deberíais aprovecharos de su experiencia mientras sea vuestra invitada. También podría ayudaros con las cuentas. Muchas veces me habéis dicho que encontráis tediosa esa tarea. Quizá pueda sugeriros maneras de hacerla menos problemática para vos.

Rheged lamentaba haber enfadado a sir Algar, sobre todo después de sus últimos actos impulsivos.

—Si lo consideráis aconsejable, mi señor, y si la dama está de acuerdo, lo haré.

Siempre y cuando fuera capaz de mantener las distancias.

—También deberíais aprovechar todo lo que pueda enseñaros en referencia a lo que buscáis en una esposa. Tamsin es un buen modelo para la esposa de un noble: virtuosa, cumplidora, inteligente, de buen corazón y casta.

¿Casta? Que el cielo le ayudara. La castidad era en lo último en lo que pensaba cuando estaba cerca de Tamsin. Y sir Algar se estaba mostrando excesivamente elogioso con ella.

—Quizá deberíais pedirle la mano, mi señor.

—¿Es que habéis perdido completamente el juicio? —le espetó Algar—. Tamsin podría ser mi hija.

—Otros hombres se desposan con mujeres jóvenes. Y Blane es mayor que vos.

Rheged había visto a Algar enfadado en otras ocasiones, pero jamás había visto nada parecido a la expresión con la que el noble le fulminó con la mirada.

—No volváis a repetir esas palabras jamás, ni delante de mí ni de ningún otro hombre. Y mañana, le pediréis a lady Tamsin que os ayude con las cuentas, aprenderéis todo lo que pueda enseñaros y seréis educado y agradecido con ella.

—Sí, mi señor —respondió sumiso.

Cuando Tamsin bajó a desayunar al día siguiente, Rheged se levantó del lugar que ocupaba junto a sir Algar, se alisó la túnica y caminó hacia ella.

A Tamsin comenzó a latirle violentamente el corazón y se sonrojó a pesar de su determinación de mantener una actitud, y un sentimiento, de calma.

—Buenos días, sir Rheged.

Rheged miró hacia sir Algar, que disfrutaba ya del pan y la miel, antes de hablar, y Tamsin se preguntó si habría sido sir Algar el que le había enviado a hablar con ella.

—Mi señora —comenzó a decir en un tono poco natural, como si hubiera memorizado aquellas palabras—, sir Algar cree que tengo mucho que aprender sobre cómo debería llevar esta casa y que vos seríais una excelente maestra. Me complacería y os agradecería inmensamente que me ayudarais con la contabilidad del castillo.

Por el rabillo del ojo, Tamsin vio a sir Algar observando expectante. Como no estaba segura de los sentimientos de Rheged, habría preferido negarse. No quería volver a discutir con él. Pero tampoco quería desilusionar a sir Algar, que había sido tan amable y generoso con ella.

—Por supuesto, sir Rheged. Será un placer.

—Normalmente lleváis las cuentas en el dormitorio, ¿verdad, Rheged? —le preguntó sir Algar—. Os sugiero que trabajéis allí. Se necesita silencio e intimidad para llevar a cabo ese tipo de tareas.

Eso significaría que tendrían que quedarse a solas, y aunque Tamsin estaba decidida a no permitir que Rheged la afectara, no quería compartir con él tanta intimidad, de modo que dijo, y no era del todo mentira:

—Hace más calor aquí.

Sir Algar frunció el ceño.

—¡Ah! En ese caso, será mejor que trabajéis aquí. En cuanto hayáis desayunado, Rheged puede ir a por los pergaminos y yo os dejaré a solas.

Tamsin desayunó lentamente, pero terminó al cabo de un rato el desayuno. Sir Algar anunció que se encargaría de supervisar las reparaciones del patio y abandonó el salón. Rheged se dirigió al piso de arriba para buscar las cuentas. Mientras tanto, Hildie consiguió encontrar un pergamino, un bote de tinta y varias plumas que colocó en una mesa delante de Tamsin.

Tamsin se preguntaba dónde estarían las cuentas. No había visto ningún pergamino cuando Hildie había sacado la ropa de Rheged para que pudiera remendarla. A lo mejor tenía un compartimento secreto en el baúl, o en la pared. ¿O guardaría las cuentas debajo de la cama?

Rheged bajó entonces del piso de arriba con una caja de madera que Tamsin reconoció como la caja en la que guardaba algunos pedazos de pergamino roto. Ella misma había utilizado aquellos trozos de pergamino para encender la vela y el brasero. ¿Serían aquellas sus cuentas?

Rheged dejó la caja frente a ella con más fuerza de la que habría sido necesaria.

–¿Habéis estado toqueteando esta caja? –le preguntó en voz baja mientras la fulminaba con la mirada.

–Sí, pero no sabía que esos restos de pergamino podían ser importantes –respondió con sinceridad, manteniendo la voz firme.

–¿Restos? –repitió Rheged entre dientes–. ¡Que Dios me conserve la paciencia! ¿Qué habéis hecho con esos restos?

Aquella vez, Tamsin no podía culparle por su enfado. Si alguien hubiera interferido en sus cuentas en el castillo DeLac, también ella se hubiera puesto furiosa.

–Lo siento, mi señor, pero los he utilizado.

–¿Cómo, por el amor de Dios?

–Para encender la vela y el brasero.

–¿Los habéis quemado?

–No sabía que eran importantes –replicó. El enfado

dio paso a la frustración–. ¿Cómo iba a saberlo? Eran un batiburrillo de letras y números con gotas de tinta. Habrían hecho falta días para encontrarles algún sentido.

–O apenas un momento de mi tiempo –respondió indignado–. Pero como no tenían sentido para vos, decidisteis quemarlos.

Tamsin comenzó a levantarse, pero él le puso la mano en el hombro.

–Os he pedido ayuda y vos os habéis ofrecido a ayudarme. Perdonad mi mal genio.

Las palabras parecían salir a regañadientes de su boca, pero por lo menos se había disculpado, de modo que también ella se mostraría magnánima.

–Espero que perdonéis mi ignorante destrucción de algunas de vuestras cuentas. Afortunadamente, parece que quedan suficientes como para permitirnos hacer las anotaciones en un pergamino mayor. De esta forma, serán más fáciles de resguardar, con independencia de la persona con la que compartáis habitación.

En el instante en el que mencionó la habitación compartida, se sonrojó y continuó precipitadamente, esperando que Rheged no atribuyera ningún doble significado a sus palabras.

–Creo que deberíamos empezar dividiendo vuestras... anotaciones en diferentes secciones: comida, armas, ropa...

–Como deseéis.

Alzó la caja y volcó los contenidos en la mesa.

No era eso lo que Tamsin pretendía decir, pero no dijo nada. Comenzó a revisar los diferentes pedazos de pergamino e intentó organizarlos.

Desgraciadamente, era como si las anotaciones hubieran sido escritas en alguna clase de código secreto. Rheged, sin embargo, no parecía tener ningún problema y fue seleccionando con sus dedos largos y delgados los diferentes fragmentos con una facilidad sorprendente.

Obviamente, para él era mucho más fácil, puesto que había sido él el que había escrito aquellas notas ininteligibles.

Tamsin alisó un pequeño trozo de pergamino que tenía ante ella.

—¿Qué significan la «pe» y la «ge» y después diez y doce «ces»?

Rheged contestó sin mirarla ni dejar de seleccionar las cuentas.

—Pescado y guisantes, diez cestas de pescado y doce de guisantes.

—Parece que habéis comprado muchos guisantes.

—Son baratos y me gusta el puré de guisantes.

—Asumo que al resto de la casa también —señaló mientras añadía la nota al montón de la comida—. El número total de cestas de guisantes que habéis comprado este año es...

—Trescientas sesenta y dos —contestó rápidamente, sin dejar de prestar atención a su tarea.

Tamsin revisó el resto de las notas de la pila y descubrió que tenía razón.

—¿Tenéis una nota con los totales en algún sitio?

—Aquí —contestó Rheged, señalándose la frente.

—¿Tenéis las cuentas de toda la comida que habéis comprado y vendido este año en vuestra cabeza?

—Sí.

Aunque su expresión era seria, tenía que estar bromeando.

Tamsin tomó los fragmentos de pergamino con las anotaciones sobre la lana, calculó rápidamente los totales y los anotó.

—¿Cuántas balas de lana habéis vendido?

—Seiscientas cincuenta y dos.

—Yo tengo seiscientas cuarenta y dos. A lo mejor falta alguna.

—Volved a revisar las cuentas.

Tamsin apretó los labios y obedeció.

Y descubrió que se había equivocado. La respuesta correcta eran seiscientas cincuenta y dos.

—He comprado cuatrocientos setenta y tres barriles de cerveza, tres barriles de vino y diez de hidromiel.

Tamsin revisó aquellas cifras. Rheged tenía razón y lo sabía, a juzgar por la sonrisa de satisfacción que asomó a sus ojos y a la comisura de sus labios.

—¿Por qué os molestáis entonces en escribir nada?

Aquella pregunta le robó la sonrisa.

—Pensé que debería dejarlo apuntado por si muriera.

¿Morir?, Tamsin le miró con extrañeza.

—En un torneo o en una batalla. A veces, ocurre.

Por supuesto, hacía bien en considerar la posibilidad de un fallecimiento inesperado, pero era imposible imaginarle sin vida, pensar en la desaparición de toda la vitalidad que desprendía aquel cuerpo musculoso, ver aquellos ojos apagados por la muerte.

—Soy consciente de que mi letra es mala y difícil de leer, pero no aprendí a escribir hasta que uno de los sacerdotes que seguía a las tropas me enseñó durante un momento de tranquilidad entre batalla y batalla. Le entretenía, creo, y nos dio a los dos algo que hacer. Hasta entonces, tenía que recordar todo lo que debía y lo que me debían en mi cabeza, porque no tenía otra manera de registrarlo. De modo que si preferís...

–No, no. Me alegro mucho de poder ser útil –respondió, arrepintiéndose de haberse mostrado tan impaciente–. Y puesto que podéis recordar todo con tanta claridad y yo he roto involuntariamente algunas de vuestras anotaciones, sugiero que prescindamos de estos pedazos de pergamino. Podéis decirme los totales y yo los anotaré. A partir de entonces, podemos empezar a anotar todos los registros nuevos. A no ser que prefiráis practicar la caligrafía.

–¡Dios mío, no! Preferiría correr desnudo debajo de la lluvia.

Intentando no imaginar a Rheged desnudo debajo de la lluvia, o de cualquier otra forma, lo cual le resultaba mucho más fácil que imaginarle muerto, Tamsin comenzó a recoger los trozos de pergamino.

–Supongo que puedo utilizarlos para encender la vela y el brasero –se le ocurrió entonces algo–. Si teníais los totales en vuestra cabeza, ¿por qué os habéis enfadado tanto al enteraros de que los había quemado?

Hildie irrumpió en aquel momento en el salón como si la hubieran lanzado como una catapulta.

–¡Mi señora! ¡Mi señora! –gritó corriendo hacia ellos–. Es mi hermana, Frida. El niño está a punto de llegar y me ha pedido vuestra ayuda, mi señora.

Tamsin se llevó la mano al pecho.

–¿Mi ayuda? Yo no soy comadrona. ¿No hay ninguna comadrona aquí?

–Sí, mi señora, en la montaña, Joseph, el marido de Frida, ha ido a buscarla. Pero antes ha venido a buscarme a mí, y a vos, mi señora.

—¿Pero qué puedo hacer yo?

—No lo sé, mi señora, esa es la verdad. Joseph tampoco lo sabe. A lo mejor Frida os cree capaz de hacer cualquier cosa.

—Me pregunto de dónde habrá sacado esa impresión —dijo Rheged, elevando la mirada hacia el techo, como si estuviera hablando con los ángeles.

Pero tanto Hildie como Tamsin le ignoraron.

—Joseph, Dios bendiga su corazón, está histérico. Ha venido con el carro para llevarnos. Por favor, ¿vendréis con nosotros, mi señora? Bastará que le digáis unas cuantas palabras para tranquilizarla, en el caso de que no podáis hacer otra cosa.

—Por supuesto —contestó Tamsin.

Aunque nunca había atendido un parto, si su presencia podía aliviar el sufrimiento de aquella mujer, estaba dispuesta a acompañarla.

—Desgraciadamente, la dama tiene prohibido viajar —le recordó Rheged—. Su pierna...

—No está tan mal como para impedirme hacer un viaje en carro. Desde la ventana puedo ver el molino, de modo que no creo que esté muy lejos.

Rheged cedió. Sabía que no servía de nada protestar cuando veía aquella mirada en los ojos de Tamsin.

Capítulo 12

–¿Siempre tarda tanto un niño en nacer? –le preguntó Rheged a sir Algar mientras permanecían ambos sentados junto al hogar del salón muchas horas después.

Hacía mucho tiempo que habían servido la cena de la noche, consistente en anguilas guisadas con cerveza, sopa de puerros y pan, y ya habían retirado las mesas. Algunos de los soldados se habían acostado para pasar la noche sobre los jergones de paja y roncaban y resoplaban intentando ignorar a los perros que dormitaban en las esterillas junto a ellos.

–Eso tengo entendido –contestó sir Algar mientras volvía a llenar la copa de Rheged de vino con especias.

El galés rodeó la copa con sus fuertes manos.

–Dijo que no sabía nada de partos, pero entonces, ¿por qué no ha vuelto? Seguramente, si todo hubiera ido bien, el molinero ya la habría traído de vuelta.

–Probablemente quiere quedarse hasta que nazca el niño. Al fin y al cabo, es una mujer, y a las mujeres les emocionan los nacimientos.

—Es posible —respondió Rheged mientras se levantaba. Estaba demasiado impaciente como para seguir esperando—. Pero voy a ir a la cabaña del molinero de todas formas. Quiero estar seguro de que el viaje no es demasiado cansado para ella.

—Adelante, id a buscarla —sir Algar suspiró y sacudió la cabeza—. Desgraciadamente, ya no falta mucho para que tenga que emprender un viaje más largo, de vuelta al castillo de su tío y al matrimonio que allí la espera. Cuanto más la conozco, más de acuerdo estoy con vos en que ese matrimonio será terrible. Pero continúa estando presente el asunto del acuerdo, y del rey. Y también los deseos de la dama. Es tan tenaz como lo seríais vos en el caso de que hubierais dado vuestra palabra, aunque después tuvierais que arrepentiros.

Rheged no quería pensar en arrepentimientos, ni en el presente ni en el pasado ni en el futuro. Tamsin había tomado una decisión y no había nada que sir Algar o él pudieran hacer al respecto.

Pero fuera lo que fuera lo que les deparaba el futuro, antes quería estar seguro de que Tamsin no había sobrecargado sus fuerzas aquel día.

Se quitó la capa, salió de la torre y cruzó el patio a grandes zancadas, sin tener que preocuparse ya por los adoquines que faltaban. Tampoco el salón le había parecido nunca tan cómodo. Tamsin había hecho milagros en el poco tiempo que llevaba allí. ¿Quién sabía lo que podría llegar a hacer si pudiera…?

Pero no podía y no tenía ningún sentido pensar lo contrario.

Ordenó a los guardias de la puerta que le abrieran un momento el postigo. Con la mano libre, tomó una antorcha del candelabro que había a la izquierda de la gruesa puerta de roble.

La llama temblaba mientras cruzaba la oscura calle de la aldea. La luna acababa de esconderse entre las nubes que se deslizaban por el cielo. El aire azotaba la capa y el aire olía a lluvia.

Pronto empezaría a llover. Un perro ladró cerca de allí y una tenue luz brilló entre los postigos de la última casa de la aldea, en la que vivía el pescadero.

No tardó en oír las ruedas del molino girando sobre el río y en distinguir la silueta del molino y la casa que había detrás. La ventana de la casa que daba al camino estaba a oscuras y no había ruido alguno que quebrara el silencio de la noche. Era como si todos los habitantes de la cabaña estuvieran muertos.

Muertos como sus padres el día que había vuelto a casa después de ir a mendigar y había encontrado sus cuerpos en la pocilga en la que vivían, demasiado hambrientos y débiles como para resistir los estragos de la tos.

Muertos como muchos de los hombres que habían luchado junto a él en las batallas.

Rheged aceleró el paso.

Muertos como aquella pobre familia de campesinos que había encontrado asesinada por los bandidos al regresar de un torneo tres años atrás.

Comenzó a correr, acortando la distancia que le separaba de la cabaña a toda la velocidad que le permitían las piernas, hasta que llegó a la casa del molinero.

Había luz en el interior. Habían cerrado los postigos de las ventanas y la única luz que salía lo hacía a través de las rendijas de la puerta, pero había luz. Recordó entonces que la casa tenía dos habitaciones, una en la parte de atrás, en la que dormían el molinero y su esposa. Sin lugar a dudas, era allí donde había nacido el niño.

Empujó la puerta y entró en un horno, o, por lo menos, esa fue la sensación que tuvo. La casa estaba a la misma temperatura que la forja de un herrero en los días más calurosos del verano. Había palanganas y cuencos con agua humeante cerca del hogar de aquella casa extremadamente limpia y ordenada. Los muebles eran muy sencillos, pero bien hechos. En una de las esquinas estaba el telar de Frida, con una pieza de tela a medio hacer. Al lado de la puerta había dos capas colgadas en sendos percheros, una muy sencilla, que probablemente era la de Hildie, y otra oscura con una piel de zorro al cuello.

Hildie estaba vertiendo un cubo de agua en otra palangana. El sudor goteaba por su rostro encendido mientras Tamsin descansaba sentada junto a la puerta que daba a la habitación de atrás con la pierna apoyada en un cojín y la expresión de un general esperando la orden para comenzar a combatir a las fuerzas enemigas. Parecía agotada y nerviosa, como si fuera ella la que estuviera dando a luz.

Rheged estaba a punto de decir algo cuando Hildie le vio.

—¡Mi señor! —exclamó.

Tamsin alzó la mirada sorprendida.

—¿Qué estáis haciendo aquí? —le preguntó justo en el momento en el que salía un débil gemido de la habitación de atrás.

Después de haber comprobado que Tamsin estaba bien, Rheged deseó haberse quedado en el salón de su castillo.

–He venido para ver por qué no habíais regresado.

Se acercó hasta ella y apagó la antorcha en uno de los cubos de agua.

–¡No! –le gritó Tamsin cuando ya era demasiado tarde–. ¡Podríamos necesitarla!

–Hay agua de sobra y Hildie puede ir a buscar más en el caso de que sea necesario. ¿Puedo traeros algo de beber? ¿Hay vino en la casa? ¿Habéis comido algo?

Un terrible gemido desgarró el aire. Hildie se sentó en el taburete más cercano.

–Yo lo único que quiero es que esto termine –respondió Tamsin asustada–. Que termine cuanto antes.

–¿Está aquí la comadrona?

–Sí, y Sarah parece saber lo que hace.

–En ese caso, no hay necesidad de que os quedéis Hildie y vos.

–No puedo irme ahora. No quiero irme hasta no estar segura de que el niño está a salvo –protestó Tamsin–. En cualquier caso, sería incapaz de dormir.

Se oyó otro grito más parecido a un llanto que a un gemido procedente de la habitación de atrás. Los tres fijaron la mirada en la puerta cerrada, hasta que el llanto de un niño fuerte y sano llenó el silencio de la noche.

–¡Gracias a Dios! –musitó Tamsin–. ¡Gracias a Dios!

Con aquella expresión de alivio y alegría, estaba más hermosa que cualquier otra mujer que Rheged hubiera visto en su vida.

Hildie se levantó con las manos entrelazadas, como si estuviera viendo una aparición.

–¡Sabía que todo saldría bien!

–Sí, gracias a Dios –dijo Rheged mientras se acercaba a la ventana para abrirla, convencido de que no les sentaría mal un poco de aire fresco.

Tamsin se levantó rápidamente y avanzó cojeando hacia él.

−¡No, no abráis! El aire de la noche es...

−A mí nunca me ha hecho ningún daño −la interrumpió Rheged, feliz y triste al mismo tiempo al ver que se movía con tanta facilidad−. He dormido muchas veces bajo las estrellas y, como podéis comprobar, no he sufrido ningún daño por ello. Y vos también habéis estado fuera en la oscuridad.

«En el patio de vuestro tío, donde nos besamos», pensó.

−Nosotros somos adultos. No estoy dispuesta a correr riesgos con un recién nacido.

Rheged volvió a distinguir el brillo de tenacidad en su mirada. Estaba cerrando ya los postigos cuando Joseph, un hombre normalmente taciturno, salió de la habitación gritando.

−¡Hildie! ¡Mi señora! ¿Le habéis oído? −exclamó−. Es un niño saludable y sin ningún defecto. ¡Un niño! Soy el hombre más feliz de Inglaterra. ¡Tengo un niño sano y Frida también está bien!

Al ver a Rheged, se detuvo e intentó recuperar la compostura.

−Señor, ¿qué os trae por aquí? No es posible que os hayáis enterado tan pronto de la noticia.

−He venido para acompañar a la dama a su casa −respondió−. Os felicito por el nacimiento de vuestro hijo.

−Gracias, mi señor, gracias −Joseph giró como si fuera un juglar−. ¿Dónde está el vino?

Sonriendo de oreja a oreja, Hildie le tendió la bota y le palmeó el hombro.

Joseph le sonrió y le tendió la bota a Rheged.

−Beberéis conmigo para celebrarlo, ¿verdad, mi

señor? ¡Un niño! ¡Y qué niño! Tiene la cabeza cubierta de pelo, como su madre. La comadrona dice que Frida se ha portado como una veterana. Se recuperará y probablemente podrá tener diez hijos con la misma facilidad con la que teje. ¡Dios mío, qué calor hace aquí! –terminó diciendo mientras se acercaba y abría las ventanas antes de que Tamsin o Hildie pudieran impedírselo.

La comadrona, una mujer gruesa de mediana edad con el pelo gris y arrugas alrededor de los ojos, apareció en la puerta de la habitación con un bulto en los brazos y una sonrisa en su sonrosado rostro.

–He pensado que a la dama le gustaría verle después de haber esperado tanto tiempo –se detuvo sobre sus pasos al ver a Rheged–. ¿Mi señor?

–También a mí me gustaría ver al niño, si es posible.

Con un asentimiento y una sonrisa, la comadrona avanzó hacia él. Pero en vez de retirar la manta para mostrar el rostro del bebé, le tendió el bebé a una obviamente sobresaltada Tamsin y corrió hacia la ventana abierta.

–¡Virgen Santa! ¿A quién se le ha ocurrido abrir las ventanas? –preguntó mientras las cerraba–. ¡Vamos a morir todos!

Rheged oía sus palabras, pero no le prestaba atención a la enfadada comadrona mientras cerraba la ventana, ni a Hildie, que estaba muy cerca de ella, ni a Joseph que bebía un largo sorbo de vino. Miraba el rostro de Tamsin mientras sostenía el bebé, contemplaba su expresión de jubiloso asombro, como si aquel niño con el mechón de pelo negro hubiera aparecido por arte de magia entre sus brazos.

Rheged nunca había pensado en tener hijos, excepto como en un objetivo vagamente deseable para cuando tuviera un castillo y una esposa. Pero en aquel momento, al ver a Tamsin con el bebé en brazos, se apoderó de él un intenso anhelo. No solo el anhelo de tener un hijo propio, sino de tener un hijo con Tamsin. Un niño como él, o una niña como ella. No importaba, siempre que fuera de los dos.

El recién nacido abrió la boca como un pajarillo, arrugó la cara y rompió a llorar.

–¿Qué os he dicho? –preguntó Joseph–. Está sano como un caballo. ¡Como una manada de caballos!

–Sí, es un niño sano –confirmó la comadrona con una sonrisa–. Y ahora hay que devolvérselo a su madre para que coma –añadió, quitándole a Tamsin el niño de los brazos.

Tamsin lo retuvo un instante antes de devolvérselo a Sarah y se quedó mirándole mientras se alejaba.

Rheged reconoció su expresión porque también él conocía aquel sentimiento; la añoranza de algo que se temía inalcanzable, el deseo de un futuro que quizá no llegara nunca.

–¡Tomad, mi señora, bebed a la salud de mi hijo! –exclamó Joseph.

Los ojos le brillaban de alegría, y también por el efecto del vino, mientras le tendía la bota a Tamsin.

Tamsin aceptó un sorbo, le devolvió la bota al molinero y este se la tendió a Rheged.

–Y vos también señor, ¡bebed a la salud de mi hijo!

Rheged bebió un sorbo de vino antes de devolver la bota al emocionado padre.

–Creo que ya es hora de regresar al castillo.

—Antes me gustaría despedirme de Frida, si es posible, mi señor —le pidió Tamsin.

El semblante del molinero se sonrojó y ensombreció al mismo tiempo.

—Está dormida, mi señora. Y la habitación... todavía no hemos podido limpiarla.

—En ese caso, transmítele mis buenos deseos. Hildie puede quedarse aquí esta noche y mañana para ayudar.

—¡Gracias, mi señora! —exclamaron con entusiasmo Hildie y Joseph al mismo tiempo.

Rheged le puso la capa a Tamsin y la agarró del brazo para acompañarla hasta la puerta. Tamsin vaciló un instante a la hora de apoyar la mano en su brazo y al final la posó con un roce tan ligero como el de una pluma, pero igualmente emocionante.

—Gracias por venir, mi señora —agradeció Joseph mientras los acompañaba hasta la puerta—. A Frida le ha servido de mucha ayuda saber que estabais aquí.

Tamsin le dirigió una sonrisa mientras Rheged cerraba la puerta tras ellos.

—Me alegro de poder haber sido útil —contestó.

Caminaron hacia el caballo y el carro, a refugio en aquel momento en una pequeña cuadra que había al lado del jardín.

—Aunque la verdad es que yo no he hecho nada. Hildie y Sarah han hecho todo el trabajo. Y Frida también, por supuesto.

A pesar de la capa, estaba temblando, sin lugar a dudas, por el contraste entre el excesivo calor de la cabaña y el aire frío de la noche. Rheged se quitó la capa y antes de que Tamsin pudiera protestar, se la puso, envolviéndola en su calor. Después la levantó en brazos.

Pero al parecer, Tamsin no estaba tan cansada.

—¡Bajadme inmediatamente! —le ordenó mientras se retorcía para obligarle a bajarla—. ¡Puedo andar perfectamente!

—Estáis agotada.

—Pero...

—¡Por el amor de Dios! ¿Es que no podéis aceptar mi ayuda y mostraros agradecida?

Esperó su respuesta y la sintió relajarse entre sus brazos.

—Muy bien, como queráis —admitió por fin, mientras le rodeaba el cuello con los brazos—. Si insistís, pero soy perfectamente capaz de caminar.

—No dudo que seáis capaz de prácticamente cualquier cosa, mi señora —contestó Rheged con sinceridad.

Creyó sentirla sonreír mientras apoyaba la cabeza en su hombro.

—Siempre y cuando comprendáis que no soy una mujer indefensa... —contestó antes de comenzar a bostezar.

—Sois la mujer menos indefensa que he conocido nunca.

Como no contestó, bajó la mirada y vio que tenía los ojos cerrados y la boca ligeramente abierta mientras sus senos se elevaban y descendían suavemente al ritmo de su respiración.

Le envolvió una oleada de ternura, inexplicablemente dulce, pero también muy intensa. Y en ese instante, supo que no podía renunciar a ella para entregársela a Blane ni a ningún otro hombre que no la mereciera.

Incluso en el caso de que él no pudiera llegar a ser digno de ella.

Tamsin se estiró y abrió los ojos con un suspiro. Inmediatamente, se dio cuenta de que estaba en la enorme cama del dormitorio de Cwm Bron. No sabía si era de día o de noche, porque la única luz que iluminaba la habitación era la débil luz de una vela y los postigos de las ventanas estaban cerrados.

Dio media vuelta en la cama, preguntándose cuánto tiempo llevaba dormida, y vio a Rheged sentado en un taburete en el extremo más alejado de la habitación, con la espada apoyada en la pared, los brazos cruzados y la barbilla apoyada contra el pecho. Parecía que estaba profundamente concentrado en sus pensamientos... ¿O estaría dormido?

Desvió rápidamente la mirada hacia la puerta. ¿Cuánto tiempo llevaría allí?

Lo último que recordaba era a sir Algar ayudándola a subir los escalones mientras ella le hablaba del recién nacido. Una de las doncellas, Elvina, la más callada, la había ayudado a acostarse en una cama calentada con piedras.

También recordaba a Rheged llevándola al carro en el molino. Debería haber insistido en que la bajara. No debería haber cedido al impulso de relajarse en sus brazos, por muy segura y protegida que se sintiera en ellos.

Tampoco era muy sensato recordar el aspecto de Rheged cuando había aparecido en la casa del molinero con la antorcha, alto, fuerte y poderoso como un Prometeo portando el fuego.

O cuando la había mirado mientras ella sostenía al recién nacido en brazos, con aquella expresión de añoranza. Sí, tenía que olvidar todas esas cosas. En caso contrario, no sería capaz de irse nunca de allí.

Se sentó en la cama y descubrió que llevaba solo la combinación. Se aferró a la manta y se tapó con ella hasta la barbilla mientras Rheged resoplaba y levantaba bruscamente la cabeza.

–Estáis despierta –le dijo.

–¿Cuánto tiempo lleváis ahí?

Rheged movió los hombros y estiró los brazos por encima de la cabeza con movimientos tan sinuosos como los de un gato. Si lo que pretendía era hacerla consciente de su fuerza y de su gracia atlética, no podía haberlo hecho mejor.

–Un buen rato. ¿Cómo os sentís? –le preguntó mientras se levantaba.

–Bastante bien, gracias. ¿Por qué estáis aquí?

–Para asegurarme de que no habéis enfermado.

–¿Qué hora es?

Rheged se acercó a la ventana y abrió los postigos.

–Apenas está comenzando a amanecer.

Aprovechando que Rheged estaba de espaldas, Tamsin agarró la manta para envolverse en ella y se levantó. Ignorando la frialdad de las baldosas que tenía bajo los pies, corrió a cerrar los postigos. No quería que nadie le viera allí.

–Ya es de día, no tenéis ningún motivo para temer al aire de la noche –protestó Rheged mientras retrocedía.

–No lo he hecho por eso –respondió Tamsin sintiendo una oleada de rubor–. Mi reputación ya se ha visto seriamente dañada y preferiría no aumentar el daño haciendo saber a todo el mundo que estamos solos en vuestra habitación y que habéis pasado aquí gran parte de la noche.

Rheged arqueó las cejas, y, a no ser que Tamsin estuviera confundida, pareció asomar una sonrisa a sus labios.

—Si es vuestra reputación lo que os preocupa, quizá no deberíais salir a la ventana vestida con poco más que una manta.

—No me gusta que se burlen de mí, mi señor.

Rheged se puso inmediatamente serio.

—Tampoco a mí —admitió—. Y sería una pobre recompensa después de la amabilidad que habéis mostrado con el molinero y con su esposa, así que espero que me perdonéis, mi señora.

Parecía muy sincero. Y ella no debería haber sido tan dura. Al fin y al cabo, había dormido en un taburete porque estaba preocupado por ella. Y ella sabía mejor que nadie lo mucho que podía doler la ingratitud.

De modo que le dirigió una sonrisa que esperaba mostrara su arrepentimiento por haber respondido con tanto enfado.

—Me pregunto cómo se sentirá Joseph esta mañana —comentó.

Fue un alivio ver que volvía la sonrisa a sus labios y un brillo risueño a sus ojos.

—Seguro que, por lo menos, tiene dolor de cabeza —contestó Rheged.

—Frida es una excelente tejedora, mi señor. Deberíais comprarle sus telas y venderlas en Shrewsbury, o incluso en Londres. Estoy segura de que podríais obtener beneficios.

—Si estáis segura, lo haré. Sois una mujer muy inteligente.

La manta comenzó a deslizarse. Tamsin la sujetó y retrocedió un paso.

—Muchas gracias, mi señor.

—Y también muy bella.

¿De vedad la creía bella? Tamsin podía contar los cumplidos que había recibido a lo largo de su vida con una sola mano. Y todos se los habían dicho por obligación, sin que hubiera en ellos una sola pizca de sinceridad, hasta que Rheged había llegado al castillo DeLac. Sintió el calor provocado por su sonrojo.

—Perdonadme si os he molestado —se disculpó Rheged suavemente.

¿Molestarla? ¡Virgen Santa! Rheged había hecho mucho más que molestarla desde que le había conocido. Había puesto toda su vida del revés.

—No estoy acostumbrada a los cumplidos.

Rheged se acercó a ella.

—Pues deberíais.

—Mavis es bella, mi señor, no yo.

—Vuestra prima es adorable, desde luego, pero...

Se interrumpió al recordar cómo había reaccionado la última vez que había hecho un comentario poco halagador sobre su prima. Su hermosa prima, que, seguramente, habría sido la primera a la que el viejo lascivo de Blane habría elegido como esposa.

Tamsin conocía a Blane, sabía lo mucho que sufriría siendo su esposa, y, aun así, insistía en cumplir aquel acuerdo, porque si no... ¿otra podría verse obligada a ocupar su lugar?

Agarró a Tamsin por los hombros y buscó su mirada.

—Si no regresáis, el compromiso...

Elvina entró en aquel momento, tras llamar brevemente a la puerta.

–¡Oh, lo siento, mi señora! –tartamudeó, mirando alternativamente a Tamsin y a Rheged–. Venía para ayudar a vestirse a la señora.

Tamsin se apartó bruscamente de Rheged con el corazón latiéndole como el de un cervatillo asustado.

–Rheged ya se iba.

Tamsin se dijo a sí misma que se alegraba de que Rheged se hubiera marchado antes de que las cosas hubieran ido demasiado lejos. No importaba lo que Rheged hubiera estado a punto de decir, ni la pregunta que había visto en sus ojos.

Elvina entró de nuevo en la habitación.

–No pretendía haceros ningún daño, mi señora, de verdad. Todos pensábamos que el señor habría salido ya.

¿Todos?

Si en el castillo todo el mundo sabía que Rheged había pasado la noche con ella, aquello sería causa de escándalo, arruinaría su reputación y la haría perder el respeto de los sirvientes. Aunque, a juzgar por la expresión contrita de Elvina, no parecía tan sorprendida por el hecho de que Rheged estuviera allí como porque no se hubiera ido todavía.

Como si todo el mundo hubiera dado por sentado que eran amantes desde hacía días.

Si esa era la situación, debería estar horrorizada, enfadada, indignada y temerosa de su futuro.

Pero, en cambio, se sintió libre, liberada.

Como si ya no tuviera que seguir guardando un secreto que cada vez le estaba resultando más difícil ocultar.

Capítulo 13

En la enorme cocina del castillo DeLac, completamente consciente de la mirada de sus sirvientes, Mavis se enfrentaba a un enfadado cocinero y a un muchacho sollozante que había dejado que se quemara una cazuela de gachas de avena.

Tamsin habría sabido qué hacer en un momento como aquel. Habría manejado la situación con calma, mientras que ella se sentía como si se estuviera ahogando.

«¡Por favor, Tamsin! ¡Por favor, Dios mío, haz que esté bien!», rezó en silencio, como había hecho tantas veces desde que aquel galés se había llevado a su prima por motivos puramente egoístas.

Armond, el cocinero, se aclaró sonoramente la garganta, obligándola a volver al presente, aunque el miedo por Tamsin no dejó de perseguirla. Era un dolor en el corazón que no cesaba nunca.

Ignorando momentáneamente la ira de Armond, Mavis se dirigió al muchacho que no dejaba de llorar.

–No hace falta que llores, Ben. Estoy segura de que

la próxima vez tendrás más cuidado. Habría sido mucho peor que te hubieras quemado tú.

El muchacho se sorbió la nariz, se la limpió con la manga y asintió entre hipos.

—En cuanto a tu conducta, Armond —dijo, volviéndose hacia el cocinero—, no hay ninguna necesidad de pegar al chico. No quiero que vuelvas a hacerlo. Mi querida prima te hizo una advertencia sobre tu conducta que, al parecer, has preferido ignorar. Por lo tanto, recoge tus cosas y abandona inmediatamente el castillo DeLac.

—Pero... ¡mi señora! —comenzó a farfullar el cocinero con su rudo semblante cada vez más rojo—. Vuestro padre...

—Mi padre tiene cosas más importantes que hacer que ocuparse de los problemas de la cocina —replicó Mavis con firmeza, deseando que así fuera.

Desgraciadamente, desde que habían raptado a Tamsin, su padre se pasaba la mayor parte del día bebiendo vino.

«¡Oh, Tamsin! Rezo para que estés bien, para que no estés sufriendo».

—Vete, Armond. Vila, te quedarás a cargo de la cocina —le dijo Mavis a la más experimentada de las sirvientas de la cocina.

Mientras Armond se marchaba indignado y furioso, Vila, una mujer esquelética, miraba a Mavis sin salir de su estupefacción.

—Pero, mi señora, ¡soy una mujer!

—Que ha estado sirviendo y ayudando en la cocina del castillo DeLac desde hace años. Estoy segura de que sabrás cómo hacerlo —se dirigió al resto de los sirvientes—. A partir de ahora, obedeceréis a Vila al igual que habéis obedecido a Armond, a mí o a lady Thomasina.

Los sirvientes intercambiaron miradas, tan preocupados como esperanzados como la propia Mavis antes de que esta abandonara la cocina.

Justo cuando estaba cruzando la puerta del patio para dirigirse hacia la lavandería, se abrieron las puertas del castillo para permitir el paso de una enorme partida de hombres a caballo y a pie. Dado que no habían sonado las alarmas, dedujo que eran amigos. Retrocedió para observarlos mientras llenaban el patio. El hombre que lideraba el cortejo llevaba una cota de malla cubierta por una sobrevesta de color azul con un blasón en el que aparecía un oso siendo estrangulado por una serpiente. Tras los soldados llegó un carro cubierto y tirado por un buey.

Mavis no tenía la menor idea de quién era el visitante. Su padre, siempre buscando aumentar su influencia y su poder, recibía a numerosos caballeros y señores. A no ser que... ¡No, por favor! ¡No podía ser sir Blane!

El hombre con la cota de malla miró hacia ella y levantó la visera del casco.

Al ver que no era sir Blane, el corazón de Mavis comenzó a latir otra vez.

—Os saludo, mi señora —saludó el extranjero con los que pretendían ser unos modales exquisitos, aunque sonaban propios de un charlatán.

Aunque no reconocía su rostro, a Mavis su mirada le resultaba muy familiar

—Vos sois lady Mavis, ¿verdad? No puedo creer que haya dos mujeres tan bellas en el castillo DeLac.

—Recibid mis saludos, caballero —contestó Mavis,

resistiendo las ganas de ocultar su cuerpo de la mirada lasciva de aquel hombre–. Sí, soy lady Mavis y os doy la bienvenida al castillo DeLac.

El hombre desmontó del caballo e inclinó la cabeza.

–Soy sir Broderick de Dunborough.

No era sir Blane, era su hijo. ¿Qué harían aquel hombre y su padre cuando se enteraran de la ausencia de Tamsin y del motivo por el que no estaba allí?

A lo mejor insistía en ir a rescatar a su prima. Aquella sería la única razón por la que podría alegrarse de su llegada, pensó Mavis mientras intentaba recuperar la compostura.

–¿Venís para anunciar la visita de vuestro padre?

–Mi padre viene en ese carro. Y puede continuar allí mientras yo voy a hablar con lord DeLac.

Sir Blane no debía de encontrarse bien y Mavis se preguntó si aquella era una buena o una mala noticia.

–Tanto vos como vuestros hombres sois bienvenidos a la hospitalidad de nuestro salón. Si me seguís, os conduciré junto a mi padre –respondió.

Esperaba que su padre no estuviera completamente dormido por culpa del vino, aunque todavía no eran ni las doce.

Intensamente consciente del hombre que caminaba tras ella, le condujo hacia la sala de recepción de su padre. No era solo el ruido metálico de las mallas y el impacto de las botas sobre los adoquines del patio el que le indicaba que la estaba siguiendo. Podía sentir su mirada lasciva siguiendo el movimiento de sus caderas y el balanceo de la trenza.

Abrió la puerta de la habitación y vio a su padre con la cabeza apoyada en la mesa.

—Padre, sir Blane y sir Broderick están aquí —anunció, adelantándose y más que deseosa de romper la promesa de no volver a hablar nunca con su padre, teniendo en cuanta las circunstancias.

—¿Eh? —farfulló lord DeLac irguiéndose en el momento en el que Broderick entraba en la habitación.

—Este es sir Broderick, el hijo de sir Blane —le presentó Tamsin.

El joven se detuvo con expresión arrogante y burlona frente a lord DeLac. Después, recorrió con la mirada la habitación y el elegante mobiliario, antes de fijarla en la copa de plata y la jarra que había en la mesa.

—A lo mejor debería hablar con vuestro padre en otro momento, mi señora.

—¡Tonterías! —exclamó lord DeLac más despierto de lo que había estado desde hacía días—. Solo estaba descansando un poco los ojos. Sentaos, mi señor, sentaos. ¿Dónde está vuestro padre?

—Mi padre está en un carro en el patio —Broderick curvó los labios en una sonrisa que hizo sentir a Mavis un frío glacial—. Él también está descansando.

—Muy bien, en ese caso, dejémosle descansar, ¿de acuerdo? Mavis, querida, sírvele a nuestro invitado un poco de vino. Y a mí también.

Mavis se acercó a la jarra y advirtió que estaba vacía.

—Tendré que ir a buscarlo, padre. Si me perdonáis...

Broderick le quitó la jarra de las manos.

—Estoy seguro de que eso podrá hacerlo cualquiera de los sirvientes. Preferiría que os quedarais con nosotros —volvió a curvar sus gruesos labios en una sonrisa—. No tengo la suerte de contemplar a menudo tanta belleza.

Aunque estaba deseando marcharse de allí, Mavis permaneció donde estaba. Lo hacía por el bien de Tamsin. Había hecho una promesa y estaba dispuesta a mantenerla.

Se colocó al lado de su padre mientras Broderick se asomaba a la puerta y llamaba a gritos a uno de los sirvientes.

—¿Dónde demonios está Tamsin? —musitó su padre.

—¿Es que no te acuerdas? —susurró Mavis preocupada.

Al parecer, su padre había bebido más de lo que pensaba.

Apareció en ese momento Sally con la mirada gacha y tomó precipitadamente la jarra que sostenía Broderick. Como Sally estaba ya en el castillo la última vez que sir Blane había estado allí, a Mavis no le sorprendió que intentara pasar lo más desapercibida posible.

Cuando el noble volvió a adentrarse en la habitación, Mavis se apartó instintivamente y se colocó tras la silla de su padre.

—A lo mejor deberíamos llamar también a lady Thomasina —sugirió Broderick.

Mavis miró rápidamente a su padre, que se acarició la barba antes de hablar, señal inconfundible de que estaba a punto de mentir. Sorprendentemente, no lo hizo.

—No está aquí —le dijo—. Por favor, sentaos, sir Broderick, y os explicaré por qué.

Broderick se echó a reír mientras colocaba la silla frente a la mesa. Era una risa horrible, cargada de burla más que de buen humor.

—Hacéis bien en no mentirme, DeLac. Sé que vuestra sobrina no está aquí.

Debía de haberle llegado la noticia a través de alguien que había estado en el castillo durante el torneo. Alguno de los participantes, invitados, o quizá, el trovador.

Pero lo importante no era quién podía habérselo dicho. Lo importante era cómo estaba revelando aquel hombre lo que sabía, con expresión taimada, como si pretendiera tenderles una trampa.

Broderick desvió la mirada de Mavis para volver a dedicarle a su padre toda su atención.

—Estoy seguro de que habréis hecho todo lo posible para sacarla de la fortaleza de ese horrible galés.

—He ofrecido un rescate considerable —mintió su padre—, y pronto estará de vuelta con nosotros.

Había mentido al hablar de rescate, y quizá también estaba mintiendo al decir que regresaría sana y salva. Había que desconfiar de cualquier cosa que pudiera decir su padre.

—Asumo que vuestra sobrina ya no es virgen —aventuró sir Broderick con inesperada calma.

Mavis no podía ver el rostro de su padre, pero advirtió que enrojecía su cuello.

—Sir Rheged me aseguró que estaría tal y como salió de aquí.

A Mavis le habría encantado tener alguna forma de saber si aquello era verdad o era otra de las mentiras de su padre, pero, probablemente, solo podría oír la verdad de los labios de Tamsin.

Broderick soltó una carcajada burlona.

—¿Y creéis a ese rufián? Si está tal y como salió de aquí, ¿por qué ha retrasado la vuelta al castillo?

—Sufrió una herida el día que se la llevó de aquí. Se le clavó una flecha en la pierna.

—¿Está herida? —Mavis se aferró a la espalda de su padre con tanta fuerza que tenía los nudillos blancos—. Tú nunca...

Se interrumpió al sentir los ojos de Broderick sobre ella otra vez. El alma se le cayó a los pies. Sabiendo lo poco que se podía fiar de su padre, Tamsin podía incluso estar muerta.

—¿No le hablasteis a vuestra hija de la herida de su prima? —preguntó sir Broderick.

—No, no me dijo nada —confirmó Mavis.

Su padre se volvió hacia ella y la fulminó con la mirada.

—Pero eso no tiene ninguna importancia, puesto que os mostrasteis de acuerdo en ocupar su lugar —respondió lord DeLac.

—¿Es eso cierto, mi señora? —preguntó Broderick tan fríamente como si su padre acabara de hacer un comentario sobre el tiempo o sobre el estado de la cosecha.

Despreciando tanto a su padre como a aquel caballero, pero decidida a hacer cuanto fuera necesario para asegurarse de que Tamsin regresara a casa sana y salva, contestó en tono desafiante y orgulloso.

—Sí, es cierto. Y honraré mi promesa siempre y cuando mi prima vuelva al castillo antes de la boda.

—¿Lo veis? Ya está todo arreglado —dijo lord DeLac mientras se levantaba—. Vayamos a darle a vuestro padre la buena noticia.

—No, todavía no —le detuvo Broderick, alzando la mano para detenerle—. Todavía no hemos llegado a ningún acuerdo sobre lo que estos cambios suponen en el acuerdo.

—Pero es evidente que salís ganando con el cambio. Thomasina es una mujer sencilla y retorcida y Mavis no es ninguna de esas cosas.

Broderick volvió a medir a Mavis con su fría mirada. A Mavis le entraron ganas de abofetear aquel rostro lascivo e insolente.

—Estoy de acuerdo en que vuestra hija es bella y tiene un gran espíritu. Sin embargo, el compromiso lo adquirió lady Thomasina y no vamos a conformarnos con otra cosa.

Simon DeLac se hundió lentamente en la silla.

—Ya entiendo. ¿Y en cuánto queréis aumentar la dote que os ofrecí por lady Thomasina?

—En quinientos marcos.

—¡Quinientos! —repitió DeLac. Como Broderick continuaba en silencio, se aclaró la garganta y tragó saliva—. Es una suma considerable.

—¿Estáis olvidando que la reputación de vuestra sobrina se ha visto dañada?

Mavis sabía que tenía que hacerlo. Volvió a dar un paso adelante.

—Yo ocuparé el lugar de mi prima y mi padre aumentará la dote.

Su padre dio un golpe en la mesa y se levantó.

—¡Tú no estás en condiciones de cambiar el acuerdo!

—Yo soy la novia —le recordó Mavis.

—No, no lo sois —replicó Broderick—. O lady Thomasina o nadie.

Mavis se le quedó mirando con expresión incrédula.

—Obtendréis la misma alianza y una suma de dinero considerablemente superior si yo soy la novia.

–Recuperaremos a la mujer que Rheged quería y veremos a ese galés colgado por sus crímenes.

–Pero Rheged no se la llevó porque quisiera a Thomasina –protestó Mavis–. Lo único que quería era vengarse de mi padre y utilizó para ello a mi prima.

Broderick miró a Mavis con expresión burlona.

–¿De verdad sois tan estúpida, mi señora? ¿O quizá no conocéis al hombre del que estáis hablando? Si lo único que pretendía Rheged era vengarse de vuestro padre, lo habría hecho de cualquier otra forma, jamás mediante una mujer. Es un hombre zafio, además de galés, pero es un hombre con honor. Os aseguro que si se ha llevado a vuestra prima es por que la deseaba y la tontería de la herida es precisamente eso, una tontería –volvió a curvar los labios en una sonrisa–. Y no nos importa que sea o no sea virgen, siempre y cuando Rheged sepa que la tenemos en Dunborough mientras que a él le está esperando la muerte.

Mavis había conocido a otros hombres crueles, pero jamás había visto a uno que se deleitara de aquella manera en su propia maldad.

Y como era consciente de que su actitud empeoraba con el desafío y el enfado, decidió probar otra táctica.

–Mi señor –dijo utilizando su tono más seductor a pesar de que aquel hombre le revolvía el estómago–, seguramente vuestro padre preferiría disponer de una mujer virgen y mil marcos...

Lord DeLac comenzó a decir algo, pero Mavis le silenció con la mirada.

–Y mil marcos más –repitió Mavis.

–No es mi padre el que tiene que tomar esa decisión –replicó Broderick.

Se acercó a la ventana y les gritó a los hombres que esperaban en el patio que descubrieran el carro.

—¿Os importaría reuniros conmigo en esta ventana? —les pidió con extremada educación, aunque aquello no dejaba de ser una orden.

DeLac se levantó inmediatamente. A Mavis le habría gustado negarse, pero también quería saber qué pretendía Broderick, así que, aunque con desgana, se acercó a la ventana y se colocó al lado de su padre, manteniéndose cuanto más lejos posible de Broderick.

Los hombres retiraron la lona y revelaron un cuerpo amortajado.

—Es mi padre —dijo Broderick sin ninguna emoción—. Murió ayer por la noche.

—¡Entonces el acuerdo está roto! —exclamó Mavis.

El alivio le provocó tal debilidad que tuvo que aferrarse al alféizar de la ventana.

—A menos que lord DeLac continué deseando un aliado en el norte, razón por la que estoy dispuesto a mantener el contrato original ocupando el lugar de mi padre.

—¡Padre! —gritó Mavis—. No puedes... ¡no puedes obligar a Tamsin a casarse con él cuando yo estoy dispuesta a ocupar su lugar!

Su padre se volvió hacia ella y la miró con fría satisfacción.

—¿Alguien ha dicho algo?

—¡Padre, por favor!

—Estoy deseando establecer una prolongada alianza, sir Broderick —respondió lord DeLac volviéndose hacia la puerta.

Mavis se colocó ante él, decidida a detenerle y a evitar el matrimonio de su prima.

Pero lord DeLac la empujó y pasó por delante de ella. Mavis comenzó a seguirle, decidida a hacerle cambiar de opinión, hasta que Broderick la agarró del brazo.

–Quisiera hablar con vos, mi señora –gruñó en voz baja y tono severo mientras la sujetaba con fuerza–.–No os corresponde a vos interferir en los planes de los hombres –le advirtió.

Mientras fijaba la mirada en el furioso semblante de Broderick, a Mavis se le ocurrió algo que podría evitarle a Tamsin aquella boda.

–Mientras que vos parecéis saber muy poco de los planes de las mujeres, mi señor –respondió Mavis, obligándose a sonreír–. Esperaba poder enfadar a mi padre lo suficiente como para que nos dejara a solas.

Broderick la miró con los ojos entrecerrados.

–Y me temo que he representado mi papel demasiado bien –continuó Mavis, bajando la mirada con tímida coquetería–. Tengo que haceros una confesión, sir Broderick. En el momento en el que os he visto en el patio, he sentido… –alzó la mirada y volvió a bajarla, fingiendo consternación–. Ningún hombre había hecho temblar de tal manera mi corazón, mi señor. E inmediatamente he pensado que si pudiera ocupar el lugar de Tamsin, aunque fuera como esposa de vuestro padre… Bueno, él era un hombre anciano y vos vivís bajo el mismo techo. Soy consciente de que habría sido pecado, pero aun así… Y después, cuando os habéis ofrecido a ocupar el lugar de vuestro padre siempre y cuando Tamsin fuera la novia… he creído morir de celos. No quiero que Tamsin se case con vos.

Broderick la agarró por la barbilla para obligarla a mirarle a los ojos.

−¿De verdad, mi señora? Porque habéis representado muy bien vuestro papel −musitó, antes de estrecharla entre sus brazos y apoderarse de sus labios.

A pesar de su repugnancia, Mavis se sometió a su beso, soportó el momento en el que deslizó la lengua entre sus labios y gimió en silencio cuando Broderick comenzó a manosearla.

Incluso se obligó a abrazarle y a sonreír cuando Broderick se apartó de ella y la miró con una expresión triunfal que pronto se transformó en expresión burlona.

−Ninguna mujer puede fingir hasta ese punto −dijo Broderick, curvando los labios con desdén−, y si decís la verdad, ánimo, mi señora. Porque quizá tengáis que compartirme con vuestra prima.

Y, sin más, abandonó la habitación mientras Mavis se frotaba la boca con la manga del vestido y juraba en silencio que ni ella ni Tamsin se casarían con aquel hombre.

−Bueno, mi señora, parece que la herida ha sanado mejor de lo esperado −dijo Gilbert con una sonrisa mientras le examinaba a Tamsin la pierna dos días después de que Frida hubiera dado a luz−. Por supuesto, quedará una cicatriz, pero nada más de lo que debáis preocuparos.

Excepto, por supuesto, la vuelta al castillo DeLac.

−Gracias por vuestra ayuda −dijo Tamsin, intentando parecer complacida−. Supongo entonces que podré regresar hoy mismo a mi casa.

A una casa que no era un hogar para casarse con un hombre al que no amaba, al que jamás desearía y al que pronto llegaría a odiar.

Gilbert terminó de atar la venda limpia alrededor de la pierna.

–Sí, mi señora, pero en un carro, no montando a caballo.

–Yo no monto bien a caballo. Mi tío nunca quiso que aprendiera.

Le había dicho que sería una pérdida de tiempo y un desperdicio para el caballo.

–Espero volver a veros, aunque no como médico. En el caso de que eso no sea posible, os deseo que continuéis disfrutando de tan buena salud, mi señora –se despidió Gilbert mientras recogía su instrumental.

–Gracias, Gilbert, lo mismo digo –contestó.

El médico sonrió, asintió a modo de despedida y se marchó.

En cuanto se fue, Tamsin se levantó, caminó lentamente hacia la ventana y miró hacia el patio, ya completamente reparado. Vio a Hildie y a algunos sirvientes hablando junto al pozo. Sonreían y reían como solo las personas que se sentían seguras y a salvo podían hacerlo. Los guardias de la puerta permanecían también relajados porque no temían ningún peligro.

Si se quedaba allí, no solo Mavis correría peligro, sino que también pondría en situación de riesgo la vida de todas aquellas personas, su tranquilidad y su seguridad. ¿Y todo por qué? Por un deseo egoísta. Por su amor por un hombre que no podía ser suyo. Que nunca sería suyo.

Estaba allí en aquel momento, cruzando el patio a grandes zancadas para interceptar al médico. Tamsin retrocedió cuando Rheged miró hacia la ventana. Seguramente Gilbert le estaba diciendo que ya estaba en condiciones de viajar, que podía dejar Cwm Bron, algo que con tanta vehemencia y de forma tan engañosa había declarado Tamsin desear.

Miró alrededor de la habitación de Rheged, todavía austera y espartana, más propia de un soldado que de un señor. Pero, aun así, en ella no echaba nada de menos. Posó la mirada en la caja de madera, vacía en aquel momento. La alzó hacia la estantería y sonrió con tristeza al recordar las anotaciones indescifrables de Rheged. ¡Qué difícil tenía que haber sido para él admitir su ignorancia! ¡Qué difícil debía de haber sido aprender a leer y a escribir cuando podía haber estado bebiendo, jugando o divirtiéndose con mujeres junto a sus compañeros!

Si hubiera sido una de aquellas mujeres que seguían a los soldados, Tamsin habría intentado persuadirle con todas sus fuerzas para que dejara la tinta y las plumas y se fuera con ella.

Pero ella era una dama ligada a un contrato y había prometido casarse con Blane de Dunborough.

Comenzó a colocar la caja en su lugar y vaciló un instante. Encima de la mesa, cerca del taburete que había utilizado para coser, había un pequeño cuchillo para cortar el hilo.

¿Por qué no?, se preguntó. ¿Qué daño podría hacerle? Era posible que Rheged nunca lo encontrara. Y tampoco le importaba cuándo lo hiciera. Lo hizo de todas formas. Se cortó un mechón de pelo, lo ató con un lazo, lo guardó en la caja y colocó la caja en la estantería antes de bajar al salón.

Encontró a sir Algar y a Rheged esperándola.

Sir Algar se acercó a ella con las manos tendidas para tomar las de Tamsin.

—Mi señora —dijo con una sonrisa.

Rheged permanecía a su lado con expresión fúnebre.

A pesar de la sonrisa de sus labios, los ojos de sir Algar también estaban muy tristes.

—Gilbert nos ha dicho que estáis en condiciones de viajar.

—Sí, mi señor —contestó, sin mirar a Rheged—, y puesto que hace muy buen día, quisiera pediros que me llevarais de vuelta al castillo DeLac como me prometisteis.

—Por supuesto, si es eso lo que realmente deseáis —respondió sir Algar, agarrándole las manos con fuerza—. Si no es eso lo que deseáis, si preferís no casaros con Blane...

—Debo hacerlo, mi señor —le interrumpió—. Di mi palabra y vos sabéis mejor que yo lo que podría llegar a hacer mi tío si no cumpliera con ella.

Solo entonces se atrevió a mirar a Rheged, se atrevió a mirar aquel semblante que parecía esculpido en piedra.

—No quiero causaros problemas ni a vos, ni a vuestros vasallos ni a vuestros hombres.

Sir Algar la acercó a la silla y le hizo un gesto para que se sentara. Él se sentó en un banco a su lado y le pidió a Rheged que se acercara.

—Aprecio vuestra preocupación y vuestra enorme bondad y reconozco el valor del sacrificio que estáis dispuesta a hacer. También entiendo que sois una mujer de honor y una mujer cumplidora. Pero, querida, Blane no se merece tamaño sacrificio. Si teméis por la seguridad de Rheged en el caso de quedaros en Cwm Bron, venid a mi castillo. Estoy preparado para ofreceros refugio e intentaré persuadir a vuestro tío de que os libere de la obligación de ese matrimonio.

Le ofrecía un refugio, no matrimonio, pero, aun así, no podía aceptar.

—Os lo agradezco de todo corazón, mi señor, pero no quiero poneros ni a vos ni a nadie en peligro y ya he dado mi palabra.

Solo en ese momento, Rheged dio un paso adelante y la miró con firmeza con su penetrante mirada.

—Es por vuestra prima —dijo con calma, pero con firmeza—. Vuestro tío la entregará a Blane si vos no volvéis.

Cuando Tamsin se le quedó mirando fijamente, Rheged comprendió que había averiguado el verdadero motivo por el que estaba dispuesta a casarse con aquel canalla. Y junto a aquella certeza encontró también la explicación a la desesperación que asomaba a sus ojos cada vez que le daba alguna razón por la que no podía casarse. Sí, Tamsin había dado su palabra y su sentido del honor la obligaba a cumplirla, pero él siempre había tenido la sensación de que había alguna otra motivación.

Supo entonces que no era otra que el amor que sentía por su prima, y él ya conocía el poder del amor. Sabía también de la determinación y la fuerza de Tamsin. Haría lo que considerara correcto y para ello estaba dispuesta a sacrificar su propia felicidad. No sería Tamsin si fuera de otra forma. Y jamás podría ser feliz si no lo hiciera.

—Es por eso, ¿verdad? —preguntó sir Algar con voz

queda–. ¿Vuestro tío sería capaz de entregar a su propia hija a ese villano?

–Debe celebrarse un matrimonio –respondió Tamsin–, y si mi matrimonio puede evitar un sufrimiento mayor, ¿cómo voy a negarme? No puedo y no debo ser tan insensible y egoísta.

Esperaba oír las protestas de Rheged y sir Algar. Esperaba que volvieran a explicarle lo malvado que era Blane y cómo convertiría su vida en un infierno. Pero no lo hicieron.

En cambio, sir Algar le tomó la mano y la retuvo entre las suyas.

–Por mucho que desee que las cosas sean de otra manera, no puedo, en conciencia, negar lo que habéis dicho o negaros la posibilidad de hacer lo que claramente deseáis hacer, a pesar del precio que tendréis que pagar por ello. Admiré y respeté a vuestra madre y me alegré cuando escapó de la prisión en la que la encerraron su padre y su hermano. Pero os admiro incluso más a vos, por estar dispuesta a entrar por vuestro propio pie a la prisión que vuestro tío ha creado –miró a Rheged, que permanecía muy tieso ante ellos–. Debéis llevarla al castillo, sir Rheged.

El caballero al que Tamsin amaba no dijo nada, no reveló ningún sufrimiento. Se limitó a asentir en silenciosa aquiescencia. Pero Tamsin sabía que no podía hacer otra cosa. Si ella podía ser fuerte, también debía serlo él y aceptar su destino.

–Llevará poco tiempo empaquetar vuestras cosas y preparar la carreta.

–No tengo nada que llevarme.

–Debéis guardar la ropa y el peine que os entregué –insistió sir Algar–. Son mis regalos.

Tamsin no tuvo corazón para negarse.

–Muchas gracias, mi señor.

Sir Algar se levantó.

–Hildie y yo nos ocuparemos de organizarlo todo –le dijo–. Mientras tanto, sir Rheged, quizá la dama pueda daros su opinión sobre la ubicación de vuestro nuevo castillo.

Tamsin no pudo resistirse al que parecía ser un último regalo: la posibilidad de pasar algún tiempo con Rheged a solas, por dolorosa que fuera su separación. Pero aun así...

–Estaría encantada, pero no puedo montar –le dijo, arrepintiéndose por primera vez en su vida de no saber hacerlo.

–Podéis verla desde la muralla –respondió sir Algar–. ¿Rheged?

–Estaría encantado de escuchar la opinión de la dama –respondió con expresión impenetrable mientras le tendía el brazo para acompañarla hasta la puerta del salón.

Tamsin posó la mano en su brazo y permitió que la condujera al patio.

¡Si pudiera quedarse allí!, pensaba. ¡Si Mavis, Rheged, sir Algar y tantos otros no corrieran ningún riesgo! ¡Si fuera una mujer libre!

Llegaron al pie de las escaleras de piedra que subían a la muralla y, una vez allí, Tamsin vaciló.

–Si la pierna todavía os molesta a la hora de subir la escalera... –comenzó a decir Rheged.

–No, no es eso. Es que tengo miedo a las alturas –admitió–. Siempre tengo miedo de caerme, aunque haya una barandilla.

Rheged sonrió entonces. No fue una sonrisa burlona o de desprecio, sino la sonrisa consoladora de alguien que la conocía y la comprendía.

—Yo iré por la parte de fuera —la tranquilizó, moviéndose de manera que ella quedara en el interior de la escalera, más cerca de la sólida muralla.

A Tamsin le resultó entonces más fácil comenzar a subir.

—La mera idea de aventurarme en el agua en un barco me aterroriza —le confesó Rheged mientras subían.

—Pero fuisteis a Francia.

—Me pagaron para que fuera a luchar allí, de modo que, o cruzaba en barco, o me moría de hambre.

—Si no hubierais ido a Francia, es posible que no hubierais llegado a ser nombrado caballero. Sir Algar me contó cómo ganasteis el título. Creo que yo me habría muerto de miedo.

—Todo resulta más fácil cuando no se tiene nada que perder.

—Excepto la vida.

—Cuando una persona es pobre, eso no parece un gran riesgo.

En cuanto estuvieron en la parte superior de la muralla, Tamsin se refugió a la sombra de una torre, sintiendo la áspera pared tras ella.

—Es allí —dijo Rheged, señalando hacia el oeste, el lugar en el que el terreno descendía hasta convertirse en un precipicio—. Habrá que cortar parte del bosque, pero una fortaleza situada en ese lugar, tendría una vista completa del valle y del camino.

—En un día claro como hoy —respondió Tamsin, intentando concentrarse en el punto que señalaba y no en el hombre que tenía a su lado y al que podría no volver a ver nunca más–. Y como parte de la cresta ha caído, tendréis que estudiar las cuevas y fisuras que podrían causar problemas en los cimientos.

–Todavía no he contratado a un albañil para que se ocupe de ese tipo de cosas.

–¿Y qué me decís del zorro al que disteis caza? Si los zorros y los lobos tienen madrigueras por esa zona, eso significa que la roca es propensa a quebrarse.

–Al zorro le cazamos a kilómetros de allí.

–Es posible que os llevara lejos de su guarida –pensó en algo que era vital en una fortaleza–. ¿Y el agua? Las zonas más altas siempre son más secas. Si el castillo fuera sitiado y escaseara el agua, los habitantes no podrían aguantar mucho. Supongo que podríais cavar un pozo, pero eso llevará tiempo y supondrá un gasto extra de dinero –se interrumpió y añadió–: Tendréis que encontrar una esposa extraordinariamente rica.

–Si decido casarme.

–Deberíais casaros. Deberíais encontrar una esposa que os amara y que se ocupara de vos. Deberíais tener hijos, Rheged. Hijos fuertes como vos, e hijas...

–Que tuvieran vuestro aspecto –terminó por ella. La hizo volverse y dijo con voz baja y fiera, al tiempo que la miraba con los ojos encendidos–. Querría que mis hijos se parecieran a vos. Que fueran como vos, tan fuertes, inteligentes y honorables como lo sois vos. Igualmente cariñosos y atentos, dispuestos a sacrificarse por aquellos a los que aman. O bien os convertís vos en la madre de mis hijos, o no tendré ninguno.

Tamsin no era capaz de hacer otra cosa que mirarle fijamente, palpando la verdad de sus palabras y siendo testigo del deseo y el anhelo que ardían en su mirada. Un deseo y un anhelo iguales a los que albergaba en su corazón.

Rheged la agarró por los hombros y la miró.

—Solo hay una mujer a la que quiero por esposa y está comprometida con otro hombre. Solo hay una mujer a la que quiero en mi vida y en mi lecho y ella ha prometido casarse con otro.

—¡Y estoy obligada a mantener mi promesa! —lloró Tamsin.

Las lágrimas comenzaron a rodar por su rostro mientras luchaba por ser fuerte y recordar a las personas que sufrirían las consecuencias si cedía a la debilidad y tomaba aquello que más deseaba en el mundo.

—Lo sé —dijo Rheged, relajando la presión de las manos sobre sus hombros—. No serías la Tamsin que amo —continuó, olvidando ya las formalidades—, si fueras de otra manera. Un beso, Tamsin —le suplicó, estrechándola contra él—. Solo te pido un beso para recordarlo cuando estemos solos en los años que tenemos por delante. Uno, un solo beso.

¿Cómo podía negárselo? ¿Cómo podía negárselo a sí misma?

No podía y, al final, cedió, porque también ella quería algo que recordar cuando estuviera sola, cuando otro hombre la convirtiera en su esposa. Cuando otro hombre la llevara a su lecho.

Aquel beso fue todo aquello y mucho más. Tamsin abrazó con fuerza a aquel guerrero poderoso y apasionado que tanto la amaba. Quería que la hiciera suya, deseaba que pudiera hacerlo. Todo su cuerpo la urgía a fundirse con él bajo la sombra de la torre, allí donde no pudieran ser vistos. La urgía a permitirle reclamarla como suya, de la misma forma que ella le reclamaría en cuerpo y alma, aunque no contaran con el permiso de la ley.

—¡Hombres a caballo! —gritó un guardia desde las puertas—. Vienen armados y enfundados en mallas y portan el estandarte de DeLac.

Capítulo 14

Rheged corrió hasta el borde de la muralla y miró hacia el camino que conducía a la fortaleza. Tamsin permaneció pegada a la torre, pero podía ver la carretera suficientemente bien como para darse cuenta de que el guardia no mentía. Era el estandarte de su tío. El hombre que conducía la partida con un caballero en armadura a su lado tenía que ser él.

–¿Por qué habrá venido mi tío? ¿Y por qué ahora? –preguntó angustiada.

–Sin duda, pronto lo averiguaremos –contestó Rheged.

La agarró de la mano y la condujo escaleras abajo. Una vez más, bajó él por la parte exterior para protegerla de sus miedos, aunque el miedo a las alturas había desaparecido para ser sustituido por un terror mayor. Cuando llegaron al patio, encontraron las puertas cerradas y a Gareth esperándolos con algunos de sus hombres.

–Deja que entren DeLac y sus hombres –le instruyó Rheged–, pero antes quiero reunir a todos los soldados en el patio, con armas y armaduras.

Mientras Gareth comenzaba a gritar las órdenes e iban apareciendo los hombres, Rheged se volvió hacia Tamsin.

—No tardarán en llegar. Sube a la habitación. Allí estarás a salvo.

Pero Tamsin negó con la cabeza.

—No, es mi tío. Me quedaré aquí y oiré lo que tenga que decir.

—Yo también —declaró sir Algar mientras bajaba a toda velocidad las escaleras de la torre con expresión grave—. Soy tan responsable como vos de todo esto, Rheged.

—Mi señor...

—No discutáis conmigo —le ordenó sir Algar, y Rheged no dijo nada más.

Mientras esperaban, Tamsin apretaba nerviosa las manos. Rheged permanecía con los brazos cruzados y los pies plantados en el suelo, quieto como una estatua y sir Algar desplazaba el peso sobre los dos pies mientras desviaba su penetrante mirada desde las puertas a los hombres que protegían la muralla, y desde estos, hacia la soldadesca reunida en el patio.

Pareció pasar una eternidad antes de que Gareth, situado en aquel momento sobre la muralla más cercana a las puertas, respondiera al saludo de los recién llegados. Después de contestar, ordenó a los hombres que abrieran las puertas y Simon DeLac, ataviado con una capa gruesa y negra sobre una armadura que solo se ponía para exhibirla, entró cabalgando en el patio de Cwm Bron. A su lado iba un caballero desconocido, seguido por una fuerza de veinte hombres, uno de los cuales llevaba el estandarte de los DeLac.

Gracias a Dios, no eran hombres suficientes como para librar una batalla, por lo menos aquel día.

Tamsin pudo observar de cerca a su tío. A pesar del volumen de la capa con cuello de armiño, era evidente que había adelgazado. Estaba más pálido y tenía ojeras, como si llevara días sin dormir.

El caballero enfundado en la armadura que montaba a su lado llevaba una sobrevesta con un blasón en el que aparecían un oso con una serpiente. La armadura de aquel hombre, aunque cara y lujosa, estaba hecha para luchar. El caballero en cuestión detuvo a su montura, alzó la visera del casco y mostró unos ojos castaños bajo unas pobladas cejas y una nariz aguileña. Por lo demás, tenía un rostro carnoso, de labios gruesos y barbilla lampiña inclinada hacia delante con un gesto de orgullo y arrogancia. La miró con expresión burlona y cargada de desprecio.

Rheged posó la mano en la empuñadura de su espada mientras sir Algar musitaba un juramento.

–¿Qué significa esto? –preguntó Tamsin en voz baja–. ¿Quién es el caballero que acompaña a mi tío?

–Quienquiera que sea –contestó sir Algar–, lleva el escudo de la familia de sir Blane.

–Es sir Broderick de Dunborough –respondió Rheged sombrío–. El hijo y heredero de sir Blane.

Tamsin se sintió enferma. Evidentemente, Rheged se había equivocado y Blane no había retrasado su llegada al castillo DeLac.

Pero entonces...

–¿Dónde está sir Blane?

Nadie contestó mientras su tío desmontaba lentamente y caminaba hacia ella, ignorando completamente a Rheged y a sir Algar.

—¡Ah, Thomasina, querida! –dijo, sonriendo como si de verdad se alegrara de verla y estuviera haciendo una visita amistosa a Cwm Bron–. Estás bastante bien, por lo que veo –señaló al caballero que continuaba sobre su montura–.Thomasina, este es sir Broderick de Dunborough, el hijo mayor de sir Blane.

—Mi señora –la saludó Broderick inclinando la cabeza, e, igualmente, ignorando a sir Rheged y a sir Algar.

—Recibid mis saludos, sir Broderick –contestó ella, mirando recelosa a Rheged antes de dar un paso adelante.

El amo de Cwm Bron no se había movido, ni su pétrea expresión había cambiado.

—Me gustaría presentaros a sir Rheged y a su señor, sir Algar.

—Mi padre hablaba muy bien de vos, sir Algar –dijo Broderick antes de dirigirse a Rheged con evidente disgusto–. En cuanto al galés, ya nos conocemos.

Tamsin intentó disimular su sorpresa. Rheged había dicho que aquella familia era un nido de víboras y que había conocido a Broderick, pero no sabía exactamente en qué circunstancias. Evidentemente, debería haberlo preguntado.

—Ni vos ni lord DeLac sois bienvenidos en esta casa, Broderick –gruñó Rheged.

—Tampoco tengo yo ningún deseo de estar a menos de veinte kilómetros de vos –replicó él mientras desmontaba–. Pero habéis robado algo que me pertenece y he venido a recuperarlo.

Broderick desvió entonces su atención a Tamsin.

—Se firmó un acuerdo de boda y tengo intención de

hacéroslo cumplir a vos y a vuestro tío –curvó los labios en lo que pareció una mueca más que una sonrisa–. Aunque tendrá que haber algunos cambios debido a la muerte de mi padre.

–¿La muerte de vuestro padre? –repitió Tamsin, mirando de hito en hito a aquel hombre de ojos fríos y labios gruesos como los de un sapo.

–Si Blane ha muerto, ya no hay compromiso –aclaró sir Algar, acercándose a él y hablando con confiado alivio–. El acuerdo es nulo.

Los diminutos ojos de Broderick parecieron brillar de satisfacción mientras esbozaba la sonrisa más horrible que Tamsin había visto en su vida.

–DeLac y yo hemos llegado a un nuevo acuerdo. Ha aceptado que se convierta en mi esposa.

Tamsin abrió la boca horrorizada.

–No, eso no ocurrirá –replicó Rheged con firmeza–. Salid inmediatamente de Cwm Bron y llevaos a DeLac con vos.

Su voz era tan dura y tan fría y su actitud tan autoritaria que a Tamsin la sorprendió que Broderick no diera media vuelta y se marchara al instante.

En cambio, Broderick miró a Rheged como si fuera un insecto al que le gustaría aplastar.

–¿Quién os creéis que sois, galés, para ignorar la ley? –le espetó, tuteándole con desprecio–. Se ha firmado un acuerdo y habrá que cumplirlo –avanzó tres pasos–. Y pretendo denunciaros y ejecutaros por haber secuestrado y violado a una dama.

Tamsin dio un paso adelante.

–Sea lo que sea lo que mi tío ha dicho y firmado, no pienso casarme con vos, mi señor. Y tampoco he sido violada.

—¿Y pensáis que alguien os creerá? —replicó Broderick en tono burlón—. Soy el heredero de mi padre y cuento con el favor del rey. De modo que os casaréis conmigo y yo haré que este galés sea juzgado y condenado. ¿Qué decís vos, mi señor? —preguntó, dirigiéndose bruscamente a sir Algar—. ¿Estáis dispuesto a arriesgar vuestras tierras y vuestros títulos por un vasallo de tamaño y arrogante egoísmo y falta de respeto hacia la ley? Porque os aseguro que si interferís, el rey sabrá que habéis impedido la devolución de esta dama a su tío.

—No permitiré que obliguéis a Tamsin a hacer nada en contra de su voluntad —respondió sir Algar—. Si presentáis cargos contra sir Rheged, yo hablaré a su favor. En cuanto al rey, quizá descubráis que no es tan amigo de DeLac como os ha hecho creer, y a lo mejor tampoco vuestro. John piensa en primer lugar en él y yo también tengo amigos influyentes en la corte.

—¿Seríais capaz de poner toda vuestra heredad en riesgo por este galés y por mi sobrina? —se burló DeLac, recuperando por un momento toda su vitalidad y su vanidad—. Veo que después de todo este tiempo habéis ganado en valor.

Se volvió entonces hacia Tamsin. Esta pudo distinguir el olor a vino de su aliento a más de tres metros de distancia.

—Dime, querida, ¿sir Algar te ha contado que abandonó a tu madre, una mujer a la que decía amar, por miedo a perder una mínima porción de sus tierras? Solo hizo falta que mi padre insinuara lo que podía llegar a hacer para que Algar abandonara DeLac y no volviera a pisar el salón ni una sola vez. ¿No te has preguntado, ahora que al parecer os habéis hecho tan amigos, por qué no vino nunca a verte cuando vivías en mi casa? Ha tenido años para hacerlo.

Tamsin miró a aquel hombre que había sido tan amable con ella y reconoció la culpabilidad y la desolación en su rostro. Pero incluso en el caso de que su tío estuviera diciendo la verdad, sir Algar había sido para ella un padre más afectuoso de lo que lo había sido nunca Simon DeLac.

—No es necesario involucrar a sir Algar en esta disputa, mis señores. Estoy dispuesta a regresar al castillo DeLac y a casarme con sir Broderick.

—No lo permitiré —declaró Rheged.

Tamsin se volvió hacia él y le miró con triste determinación.

—Por favor, no intentes detenerme, Rheged. Jamás podría ser feliz sabiendo...

—¿Qué clase de conversación es esa? —la interrumpió Broderick—. A lo mejor la dama prefiere quedarse aquí para siempre, vivir en esta pocilga y convertirse en la meretriz del galés.

Con un juramento, Rheged desenvainó la espada y caminó hasta Broderick, hasta que estuvieron nariz contra nariz.

—Salid de Cwm Bron inmediatamente y llevaos a DeLac con vos. No volveré a advertíroslo.

Tamsin se precipitó a intervenir.

—Rheged, iré con ellos. Debo ir con ellos.

—No mientras me quede un mínimo aliento.

En cuanto sir Algar le vio desenvainar la espada, corrió a interponerse entre ellos.

—Hay otra manera de hacer las cosas, caballeros —dijo con evidente desesperación, pero también decidido—. Seguramente, todo este asunto podrá resolverse en un torneo, mediante un combate. Lord DeLac y yo seremos los jueces.

—Acepto —Rheged se mostró inmediatamente de acuerdo.

Broderick cuadró los hombros.

—Yo también estoy dispuesto, pero con una condición: tendrá que ser un combate a muerte.

—Muy bien —respondió Rheged con rapidez, antes de que Tamsin o sir Algar pudieran protestar.

—Y si intentáis engañarme, galés, como hicisteis la otra vez, seréis considerado culpable y encontraréis la muerte al instante.

Tamsin no sabía de qué estaba hablando Broderick. Sin embargo, estaba segura de algo:

—Rheged no necesita engañar a nadie para ganar.

—¡Qué defensa tan apasionada! —se burló Broderick con otra mueca—. Espero que me defendáis con la misma pasión cuando estemos casados.

—Ese día nunca llegará —respondió Rheged con firmeza—, porque vais a morir. Y como dice la dama, no necesito hacer trampa, puesto que cuento con mi propia pericia para ganar. Sin embargo, acepto los términos, siempre y cuando puedan aplicarse también a vos, y con la condición de que juréis ante Dios que si gano, tanto Tamsin como Mavis quedarán libres de cualquier obligación hacia vuestra familia.

—Y el resto de vuestra familia también nos dejará en paz —añadió Tamsin—. ¿Estáis de acuerdo, sir Broderick?

Los ojos de Broderick relampaguearon.

—Sí.

Sir Algar se volvió entonces hacia lord DeLac.

—¿Simon?

—Sí, por Dios, quiero que esto acabe de una vez por todas.

—Yo también —respondió Rheged—. Estoy dispuesto a luchar aquí y ahora.

—Por supuesto —se burló Broderick—. Aquí tenéis vuestro caballo y a todos vuestros hombres. Yo no.

—¿Mañana entonces? —propuso sir Algar.

—Sí, mañana —se mostró de acuerdo Broderick—. En el castillo DeLac. Y la dama se quedará con nosotros.

—Se celebrará aquí —replicó Rheged—. Y la dama se queda. A no ser que consideréis que luchar en mi terreno me proporciona alguna ventaja. Si es así, iré al castillo DeLac mañana por la mañana.

—No necesito ninguna clase de ventaja —replicó Broderick—. Combatiremos aquí, así la ventaja estará de vuestra parte.

—¡Ya basta! —gritó Tamsin, harta de aquella discusión.

Estaba harta de peleas. Harta de que los hombres discutieran su destino sin contar con ella.

—Rheged luchó en el castillo DeLac, así que podría decirse que conoce el terreno. Pero sea donde sea el torneo, no deseo volver al castillo, al menos hasta que me vea obligada a hacerlo.

—Y como somos hombres caballerosos, deberíamos permitir que la dama cumpliera sus deseos —terció sir Algar—. En cuanto al combate...

—¡Oh, por el amor de Dios! Será aquí y no hay nada más que decir —declaró DeLac, mientras se dirigía tambaleante hacia su caballo—. ¿Qué más da que sea aquí o allí, o dónde se celebre el combate?

—Estoy dispuesto a pelear aquí —declaró Broderick magnánimo.

—Excelente —dijo sir Algar—. El combate que decidirá el destino de las damas se celebrará mañana a las nueve en la pradera que hay junto al río. ¿Estamos todos de acuerdo?

—Sí —contestó Broderick con otra de sus repugnantes sonrisas.

—¡Sí! —respondió DeLac con impaciencia.

—Sí —dijo Rheged asintiendo enérgicamente—. Disfrutad de esta noche, mi señor, porque quizá sea vuestra última noche en la tierra.

Broderick frunció el ceño mientras su rostro se cubría de rubor.

—Mañana moriréis, galés, y esa mujer será mía. Y ahora vamos, lord DeLac.

Broderick agarró a DeLac del brazo y lo empujó hacia su montura. DeLac consiguió montar solo, pero una vez en la silla, estuvo a punto de caerse.

Mientras tanto, Broderick regresó a su caballo y miró a Tamsin con otra de sus repugnantes sonrisas.

—No tenéis nada que temer, mi señora. Cuando nos casemos, os perdonaré todas vuestras… faltas de criterio. Al fin y al cabo, no me gustaría que mi mujer me odiara.

—Ya es demasiado tarde para eso —replicó Tamsin sombría.

Con una maldición, Broderick azuzó salvajemente a su caballo y cruzó junto a DeLac las puertas de la fortaleza.

Cuando se fueron, Tamsin dejó escapar un suspiro de alivio y se volvió hacia sir Algar.

—Si nos perdonáis, señor, me gustaría hablar con Rheged a solas.

No esperó su respuesta, ni esperó tampoco a que Rheged estuviera de acuerdo para comenzar a caminar hacia la torre.

Por supuesto, tendría muchas preguntas que hacer, y muchas explicaciones que pedir, pensó Rheged mientras la seguía al salón.

Pero en vez de hacer ninguna pregunta en el salón, Tamsin continuó subiendo hasta la habitación de arriba. Una vez allí, se volvió hacia Rheged con las manos entrelazadas y con una expresión de ansiosa preocupación en su adorable rostro.

–No me habías dicho que te habías enfrentado a Broderick en otra ocasión –comenzó a decir sin preámbulo alguno.

–No lo consideré necesario, puesto que pensabas volver al castillo DeLac. Pero ya te dije que su familia era un nido de víboras.

–Pero no me explicaste por qué lo sabías –le miró con un recelo que Rheged lamentó ver en su rostro–. ¿Por qué dice que le engañasteis la última vez que luchaste contra él?

–Porque se niega a creer que le gané honestamente, aunque apenas era capaz de mantenerme en pie. La mañana previa a la melé, estaba mareado y débil como no lo había estado jamás en mi vida. Estoy convencido de que me habían debilitado a propósito, con alguna clase de veneno. No un veneno tan fuerte como para matarme, pero lo suficiente como para asegurarse de que no podría luchar en condiciones. No tengo la menor duda de que Broderick quería estar seguro de que su lista de triunfos no era mancillada por una pérdida, sobre todo ante un hombre como yo, sin sangre noble. Desgraciadamente, no tenía ninguna prueba de su perfidia, de modo que no pude hacer una acusación formal.

—¿Y no pudo ocurrir que enfermaras?

—Yo nunca enfermo.

—Podrías haber renunciado a la pelea al darte cuenta de que no estabas en condiciones de luchar.

—Pero necesitaba el dinero del premio si no quería que Jevan y yo termináramos muertos de hambre.

—¿Hay algo más que no me hayas contado?

—Jamás habría imaginado que Broderick te querría para él, pero puedes estar tranquila, Tamsin, porque te aseguro que mañana le venceré.

—Desearía no haber tenido que llegar a esta situación —se lamentó Tamsin—. Debería haber regresado antes al castillo.

—No, no deberías, y no podías tampoco. Habrías perdido la pierna y, quizá, incluso la vida.

—Pero ahora puedes perder la vida por mi culpa.

—No, puedo perderla por lo que hice. Fui yo el que te sacó del castillo DeLac, pero, pase lo que pase, no me arrepentiré de haberlo hecho. Si te hubieras quedado allí...

—Ahora estaría casada con Broderick y no tendría ninguna esperanza de llegar a ser una mujer libre —le miró desesperada—. Y ahora tengo esa esperanza, ¿pero a qué precio?

—No tengas miedo, Tamsin, le venceré —le prometió Rheged, tomando sus manos entre las suyas—. Y ocurra lo que ocurra, no debes culparte. Broderick habría encontrado cualquier otro motivo para enfrentarse a mí. Estaba decidido a salvar su orgullo herido y a vengarse por lo ocurrido. Tampoco sir Algar habría estado a salvo de sus estratagemas, puesto que soy su vasallo, sobre todo ahora que sir Blane ha muerto.

–Ojalá fueran las cosas distintas.

–Sería capaz de enfrentarme a un centenar de hombres para mantenerte a salvo y feliz –contestó.

Por primera vez, su rostro reflejaba sus verdaderos sentimientos de una forma tan visible y vívida que Tamsin contuvo la respiración.

La amaba. La amaba como ella siempre había soñado que la amaran. La amaba como ella le amaba a él.

–Quiero estar contigo cada día y cada noche de mi vida –susurró Rheged, confirmando con sus palabras lo que decían sus ojos–. Quiero estar en tu corazón tal y como tú estás en el mío. Quiero tenerte en mi cama, en mis brazos, quiero que formes siempre parte de mi vida. Te quiero, Tamsin. Te necesito como jamás habría pensado que podría necesitar o querer a otra persona. Quiero estar siempre contigo. Quiero que seas mi esposa.

Cambió su expresión y, de pronto, sir Rheged de Cwm Bron, campeón de torneos, soldado y caballero, la miró como si ella tuviera el poder de conservarle la vida, como si ella poseyera las llaves del reino que podrían compartir en el futuro.

–Si no me quieres como marido, dímelo.

Antes de que Tamsin pudiera contestar, retrocedió sacudiendo la cabeza.

–No deberíais casarte conmigo. Te mereces algo más que un campesino que llegó a ser caballero, poseedor de un castillo en ruinas y sin dinero para repararlo. Deberías ser una dama grande y respetada, deberías poder casarte con un hombre capaz de apreciar el inmenso premio de tenerte a su lado. Cuando venza a Broderick, deberías dejar Cwm Bron y buscar un partido mejor.

Tamsin posó el dedo sobre sus labios llenos y sacudió la cabeza. Porque la triste, pero firme decisión que percibía en su voz, le decía todo lo que necesitaba saber, todo lo que siempre había sabido, sobre la profundidad de los sentimientos que albergaba hacia ella. Y le amaba. Le amaba como siempre le amaría.

–No hay un hombre mejor que tú. Ni más valiente ni más noble. Nadie me ha amado nunca como tú, nadie me ha considerado un premio de incalculable valor. Si pudiera quedarme aquí contigo, si pudiera ser tu esposa, sería la mujer más feliz de Inglaterra.

Pero la duda clavó sus terribles garras en ella.

–Si al menos poseyera una buena dote...

–Tienes la sabiduría, el espíritu, la bondad y la belleza. Tienes todo lo que un hombre puede desear y mucho más. Como dote, eres más que valiosa.

–Y tú también eres más que suficiente. Lo único que quiero es ser tu esposa. No he deseado otra cosa desde la primera noche, pero temía incluso soñar que pudiera llegar a ser posible. Te amo, Rheged, ya seas caballero o campesino, rey o sirviente. Te amo. Pero Broderick...

–Morirá y serás libres –sonrió entonces, maravillado y feliz–. Jamás he tenido mejor causa por la que luchar. Cuando ganes y seas libre...

–Seré feliz al poder casarme contigo.

A la velocidad de una flecha que acabara de ser liberada de un arco, Rheged la estrechó en sus brazos y la besó con toda la pasión, el anhelo y el deseo que una mujer podía desear.

Reafirmada en su amor, Tamsin se rindió al deseo que crecía dentro de ella.

Hasta que Rheged interrumpió el beso y retrocedió.

—Debería marcharme, tengo que irme inmediatamente.

Pero Tamsin permanecía quieta y en silencio. Sentía el palpitar del corazón en los oídos y el calor expectante de su propio cuerpo.

—Tengo que irme, Tamsin —insistió Rheged, con la voz ronca por el deseo—. Dime que me vaya. Ordena que me marche.

Pero Tamsin continuaba sin decir nada.

De hecho, se acercó a la puerta y la bloqueó con su propio cuerpo.

Capítulo 15

–Rheged –suspiró, tendiéndole los brazos–. Rheged, mi amor.

Todas las razones por las que debería marcharse de allí abandonaron la mente de Rheged. En aquel momento no existía nada, salvo ella, que estaba allí, junto a él, y la abrazó y la besó con toda la pasión y el deseo que Tamsin le inspiraba.

Excitado, deslizó los dedos por el corpiño hasta que encontró el nudo que lo sujetaba a la altura del cuello. Con movimientos rápidos, ansiosos, lo desató y hundió la mano en su interior. Los senos de Tamsin eran perfectos, su boca y su lengua sorprendentes y su cuerpo parecía hecho para encajar contra el suyo. Era perfecta.

¡Y qué cálida era su piel! Tan suave como la más fina tela. Y el pelo, largo, espeso y suave. Abandonó sus labios para besarle el escote y deslizar la boca por la firme carne de sus senos hasta que encontró el pezón y lo succionó suavemente.

Tamsin jadeó, se arqueó y se aferró con fuerza contra él.

–Llévame a tu cama –le suplicó sin el menor asomo de vergüenza–. ¡Por favor, Rheged!

Rheged tendría que haber sido inmortal para resistirse a una invitación tan insistente como aquella, y no lo era.

La levantó en brazos y la llevó a la cama. Se colocó sobre ella y capturó sus labios en un beso duro y demandante que hablaba de deseos que debían encontrarse. De deseos que no se iba a negar. Tamsin tendría lo que estaba pidiendo, no podía negárselo, porque ambos eran uno solo en pasión, en necesidad, en deseo. En amor.

Tamsin se movió para desatarle los cordones de las calzas y él contuvo la respiración hasta que al final lo consiguió, y se sintió libre. Con el corazón retumbándole en el pecho como el martillo de un herrero sobre un yunque, alargó la mano hacia la falda y se la subió hasta las caderas, rozándole al hacerlo con los nudillos las medias y después la piel desnuda de los muslos.

Una excitación primaria y primitiva parecía estar al mando del encuentro. Los pensamientos cesaron y fueron sustituidos por el intenso deseo de poseerla. Manos y dedos acariciaban, rozaban, palpaban, exploraban y descubrían mientras las lenguas se enredaban en una danza sinuosa y sensual.

Acarició el rincón en el que los muslos se encontraban. Si hubiera tenido para entonces alguna duda sobre la disposición de Tamsin, la forma en la que arqueó la espalda la habría borrado.

Se colocó sobre ella y empujó suavemente. Tamsin estaba tensa, muy tensa. Con un deseo renovado y un anhelo creciente, retrocedió y volvió a presionar. Jadeando, Tamsin se aferró a sus hombros y se incorporó como si estuviera ofreciéndole sus senos desnudos. Rheged los lamió y succionó aquellos pezones duros como piedras mientras los gemidos y jadeos de Tamsin iban excitándole cada vez más.

La tensión crecía, se arremolinaba en su interior, hasta que Tamsin, agarrada a sus hombros, volvió a incorporarse y gritó como una criatura salvaje mientras todo su cuerpo temblaba. Rheged respondió con un grave gemido mientras alcanzaba el clímax y se dejaba arrastrar por ola tras ola de feliz liberación.

Jadeando saciado, tumbó de nuevo a Tamsin y apoyó la cabeza en su hombro. Jamás se había sentido tan deseado, tan necesitado por una mujer. Ninguna mujer había mostrado tanto entusiasmo por estar junto a él.

Rheged había admirado a Tamsin en secreto, se había preguntado muchas veces lo que sería hacer el amor con ella y en ese momento estaba tan cerca de alcanzar el cielo como podía estarlo un ser humano.

Suspirando, Tamsin alargó el brazo para colocarle un mechón de pelo tras la oreja. Vio entonces por primera vez la cicatriz que la melena ocultaba.

—¿Cómo te la hiciste?

—Creo que esa cicatriz me la hice en Francia. Sí, fue poco después de llegar. El almohadillado del casco se me había caído y me corté al quitármelo cuando la batalla terminó. Si no hubiera estado tan sediento, habría tenido más paciencia en el momento de quitármelo.

—¿Fue esa la batalla en la que subiste la muralla?

—No, fue una batalla menor que tuvo lugar varios años antes.

—Quiero que me cuentes todas tus batallas. Quiero saberlo todo de ti.

Rheged sonrió.

—Eso nos llevará algún tiempo.

—Toda una vida —se mostró de acuerdo Tamsin—. ¡Oh, Rheged! Reza para que podamos pasar toda la vida juntos.

Decidido a hacerla olvidar lo que les esperaba al día siguiente, Rheged hundió la mano en su pelo, maravillándose de su aterciopelada espesura.

—¿Cuándo te cortaste el pelo por última vez?

—Mavis intentó cortármelo cuando tenía trece años. Intentando nivelarlo, fue cortando y cortando hasta que llegó prácticamente al cuero cabelludo. En aquel momento, hasta un espantapájaros tenía mejor pelo que yo. ¿Y qué me dices de ti, Lobo de Gales, con esa melena salvaje? —preguntó, alzó la mirada y se enredó un mechón de pelo en el dedo—. ¿Cuándo fue la última vez que te cortaste el pelo?

—Cuando sir Algar me entregó Cwm Bron. Pensé que debería tener el aspecto de un caballero con tierras. Pero, al final, lo que parecía era una oveja esquilada y me juré que jamás en mi vida volvería a cortarme el pelo como un normando.

—Seguro que el hecho de que lo lleves como un vikingo asusta a tus oponentes.

—A lo mejor —respondió él con una expresión traviesa que le indicó a Tamsin que sabía que tenía razón.

—¡Y dices que yo soy lista!

—Y lo eres. Eres la mujer más lista y más inteligente que he conocido en mi vida, además de la más bella —musitó antes de volver a besarla.

En aquella ocasión, fue él el primero en retroceder.
—Supongo que debería volver al salón.
Tamsin no podía negarlo.
—Sí, o sir Algar va a pensar que estoy regañándote otra vez.
Rheged se sentó en la cama y la miró con el ceño fruncido.
—Quizá sea preferible que piense que estás enfadada a que sepa la verdad.
Tamsin se sentó también en la cama, le pasó el brazo por el hombro y le dio un beso en la mejilla.
—Los sirvientes ya piensan que somos amantes y probablemente lo pensaron desde el día que llegué. Estoy segura de que Elvina estaba tan azorada el otro día porque creyó que había interrumpido algo... bueno, algo como lo que acabamos de hacer.
Rheged no pareció en absoluto sorprendido.
—¿Lo sabías? —le preguntó Tamsin.
—No exactamente, pero debería habérmelo imaginado —se sonrojó como un niño descubierto en medio de una travesura—. Por lo visto, Gareth les habló a los hombres de la costumbre galesa de raptar a la novia. Probablemente no les hizo falta mucha imaginación para creer que ya éramos amantes. Le dije que no era así —se apresuró a asegurarle—. Intenté dejar claro que ni siquiera me gustabas para que nadie supiera realmente lo que sentía. Que Dios me ayude, pero estaba intentando negar mis sentimientos incluso ante mí mismo —sacudió la cabeza con pesar—. Cuando se entere de lo que ha pasado, Gareth dirá que tenía razón y que, en realidad, desde el primer momento pensé en casarme contigo. A lo mejor mi corazón fue más sabio que mi cabeza.

Tamsin se levantó y tomó el peine de marfil de la mesilla de noche.

–El día que regresaste de Cwm Bron –confesó mientras comenzaba a peinar sus enredados rizos–, esperaba que intentarás salvarme de mi prometido, a pesar de lo que te había dicho, pero, para mi desolación, me enteré de que lo que te había hecho volver había sido el premio falso. Por eso estaba tan enfadada.

–¿No estabas enfadada porque te rapté? –preguntó Gareth mientras comenzaba a atarse los cordones de las calzas.

–No, estaba furiosa, y creo que justamente, mi amor. Me refiero al momento en el que estabas de pie en el patio, gritándole a mi tío.

–Creo que entonces ya te amaba. De hecho, creo que me enamoré de ti la primera vez que te vi repartiendo entre los pobres los restos del banquete a las puertas del castillo. Me pareciste tan amable y generosa que supe inmediatamente que eras distinta a todas las mujeres a las que había conocido.

Tamsin se sonrojó mientras se pasaba el peine y se ataba el corpiño.

–No sabía que me habías visto.

–Eso hace todavía más impresionante tu bondad.

Tamsin le miró y extendió los brazos.

–¿Qué aspecto tengo?

–Estás preciosa –contestó, alargando los brazos hacia ella.

–Gracias –respondió, y retrocedió un paso–, pero estoy hablando en serio. ¿Parezco una mujer que acaba de disfrutar de un revolcón entre las sábanas? –sonrió–. ¡Jamás pensé que preguntaría algo así!

—Y yo tampoco podía imaginar que me enamoraría de una mujer maravillosa, que, por increíble que parezca, también me quiere a mí.

Tamsin le abrazó con fuerza.

—Ven conmigo esta noche, Rheged —le susurró al sentir de nuevo la amenaza del miedo en su corazón.

Un miedo que se hizo mayor cuando volvieron al salón y vio los rostros preocupados y nerviosos de los soldados y los sirvientes, un claro recuerdo de que no solo sufrirían Mavis, sir Algar y ella en el caso de que Rheged perdiera al día siguiente.

Rheged le sostuvo la mano con fuerza y ella encontró de nuevo la esperanza, aunque atemperada por el hecho de ser consciente de hasta qué punto dependían todos ellos de la fuerza y la habilidad de Rheged.

Pero faltaba alguien en el salón. Tamsin le hizo un gesto a Hildie para que se acercara.

—¿Dónde está sir Algar? —le preguntó.

La sirvienta no la miró a los ojos. Con la cabeza gacha, retorcía el delantal entre las manos.

—Se ha ido, mi señora, ha vuelto a su castillo.

Gareth se separó del resto de los soldados.

—Ha dicho que volvería a tiempo para el torneo de mañana.

A pesar de la explicación, no hacía falta ser adivino para comprender que también Algar estaba desolado. No era la primera vez que sir Algar había huido y no se había atrevido a enfrentarse a los DeLac.

—Volverá —dijo Rheged con firmeza, apretándole la mano con fuerza—. Ahora, comamos y bebamos para celebrar mi buena fortuna, porque esta dama ha consentido en ser mi esposa.

Hubo un momento de perplejo silencio, hasta que

Gareth soltó un grito de alegría y el salón entero explotó con el bullicio de los soldados que gritaban y pateaban el suelo dando muestras de alegría, a los que se sumaron también los sirvientes. Después comenzó la petición de vino y cerveza para sir Rheged y para la dama seguida por más gritos de alegría de los soldados y algunos comentarios obscenos.

–A lo mejor he cometido un error al anunciar nuestras intenciones –pensó Rheged mientras conducía a Tamsin a la mesa–. Como no le ponga freno a esto, esta noche estarán todos borrachos y mañana sufrirán las consecuencias.

Se levantó y alzó las manos, pidiendo silencio.

–Hombres de la guarnición de Cwm Bron, y los mejores hombres de la tierra, aunque me complace que os alegréis por mí, este no es momento para fiestas y celebraciones. Eso llegará mañana, después de que haya derrotado a sir Broderick.

–¡Y lo haréis! –gritó un hombre.

–¡De un solo golpe! –le animó otro.

–¡Sir Broderick es hombre muerto! –añadió un tercero.

Rheged volvió a alzar las manos.

–Creedme, tengo sobrados motivos para hacerlo lo mejor que pueda –dijo, mirando a Tamsin–. Así que esta noche, cenad y descansad, mañana tendremos algo mejor que celebrar cuando haya batido a mi enemigo. Habrá vino y cerveza más que suficiente para todos y Foster preparará un banquete digno de una boda.

–¡Sí, mi señor, sí! –gritó Gareth mientras los hombres gritaban con renovado entusiasmo y los criados aplaudían.

Tamsin ocultó su miedo tras una sonrisa de felicidad.

–¡Mi señora! –gritó Charlie mientras entraba corriendo en el salón, donde Mavis estaba supervisando los manteles de las mesas para la cena–. ¡Ya vuelven! ¡Sir Broderick y vuestro padre vienen hacia aquí!

–¿Y Tamsin? –preguntó con impaciencia cuando Charlie se detuvo–. ¿La has visto?

Charlie se sonrojó y contestó sin mirarla a los ojos.

–No, mi señora. Solo he visto a los hombres.

¡Dios Santo! ¡No podían haber dejado a Tamsin tras ellos!

A no ser que estuviera muerta.

Con el corazón en la garganta, Mavis cruzaba el patio corriendo en el momento en el que su padre, Broderick y los hombres que montaban tras ellos pasaban bajo el rastrillo. Tanto hombres como caballos parecían exhaustos. Seguramente habían montado a toda velocidad para llegar hasta allí antes de que cayera la noche.

Ansiosa, recorrió el grupo con la mirada buscando a su prima.

Charlie tenía razón, Tamsin no había vuelto con ellos.

«¡Santa Madre, no permitas que haya muerto!», rezó Mavis mientras corría hacia su padre, que parecía medio muerto mientras tiraba de las riendas del caballo para que se detuviera. Se aferró al borde de su bota y preguntó.

–¿Dónde está Tamsin? ¡Dime que no ha muerto!

Su padre se la sacudió de encima como si fuera una mosca.

—¡Apártate! ¡Claro que no está muerta!

—¿Entonces dónde está? ¿Está tan gravemente herida que no puede volver a casa?

—Al parecer, la dama ha decidido permanecer allí donde está hasta que mate a Rheged —contestó Broderick.

Mavis se volvió hacia el caballero consternada y con una repugnancia que no fue capaz de disimular.

—¿Ha decidido quedarse allí?

—Sí, así lo ha decidido la muy... —lord DeLac miró a Broderick a los ojos y se recordó que, por increíble que fuera, aquel hombre continuaba queriendo casarse con la mujerzuela de su sobrina—. Al parecer, yo tenía razón durante todo este tiempo sobre su relación con el galés.

Mavis no se lo podía creer. Por lo menos, no del todo, aunque recordó entonces que cada vez que Tamsin hablaba de aquel galés, aparecía un brillo especial en sus ojos.

—¡Vamos, zoquete, ayúdame a bajar! —ordenó su padre a uno de los mozos, que corrió a ayudar a desmontar al noble.

Broderick pese a su corpulenta envergadura, descendió con habilidad de la silla.

—Debo confesar, mi señora, que me resulta difícil creer que no estabais al corriente de lo que ocurría entre vuestra prima y ese galés.

—Sea lo que sea lo que hay entre ellos, estoy convencida de que Thomasina se ha comportado como una mujer virtuosa —replicó Mavis.

Tamsin jamás renunciaría voluntariamente a su virtud. No haría algo así por cualquier hombre, a no ser que estuviera casada. Mavis estaba completamente segura.

—Pues bien, al parecer ahora hay algo entre ellos —replicó su padre—. Y debemos alabar a sir Broderick por su generosa intención de mantener el compromiso a pesar de la vergonzosa conducta de tu prima.

Tamsin jamás se había comportado de manera vergonzosa. En cuanto a la «generosa intención» de Broderick, si alguna vez había habido un hombre que careciera de cualquier cosa que pudiera parecerse remotamente a la generosidad, ese era Broderick de Dunborough.

—Hasta el punto de que está dispuesto a luchar a muerte por Thomasina —continuó diciendo su padre.

Mavis le miró horrorizada.

—¿Van a luchar a muerte por ella?

—¿Estáis celosa, mi señora? —preguntó Broderick mirándola con expresión burlona.

Mavis se volvió hacia él como una avispa furiosa.

—Sencillamente, me sorprende que seáis tan estúpido como para condenaros vosotros mismos a la muerte.

—Será sir Rheged el que muera, mi señora, de modo que os sugiero que cuidéis la forma en la que os dirigís a mí. Al fin y al cabo, vamos a ser familia.

—Si ganáis —replicó Mavis.

—¡Ya basta! —gritó su padre mientras un mozo le ayudaba a bajar del caballo y caminaba tambaleante hacia el salón—. Quiero pan, y miel. Y vino. Vino especiado.

Mavis se le quedó mirando fijamente, pero Broderick le bloqueó el camino y acercó su rostro al suyo de tal manera que podía oler su sucio aliento.

—Si valoráis la vida de vuestra prima, mi señora, deberíais recordar que cuando sea mi esposa, su vida me pertenecerá.

Odiándole desde lo más profundo de su alma, Mavis se enfrentó abiertamente a él.

—Y vos haríais bien en recordar, mi señor, que a sir Rheged de Cwm Bron no le llaman el Lobo de Gales porque no sepa luchar.

—Si vuestro padre fuera un hombre inteligente, os casaría con algún escocés y os alejaría para siempre de aquí.

—Y si vos fuerais suficientemente inteligente, mi señor, os apartarais de mi camino.

Broderick vaciló un instante, pero se apartó para dejarla pasar.

La observó alejarse por el pasillo, y su expresión no era precisamente de admiración.

Mavis no se reunió con su padre y los sirvientes en el salón. Corrió a la habitación que compartía con Tamsin y buscó debajo de la cama el hatillo que había preparado. Apretándolo contra su pecho, se sentó en la cama.

Si Rheged ganaba al día siguiente, Tamsin estaría a salvo. Ella tendría que ocupar el lugar de Tamsin como esposa del repugnante Broderick, pero seguramente, el matrimonio tardaría un día en celebrarse. Si sir Rheged perdía y Tamsin regresaba, también tendrían tiempo para fugarse.

«¡Por favor, Dios mío!», rezó con el rostro enterrado en el hatillo, «¡danos la oportunidad de huir!».

Después de que hubieran retirado las mesas tras la cena, Tamsin se inclinó hacia Rheged.

—Creo que me retiraré.

Rheged mantuvo la mirada al frente mientras contestaba con voz queda:

—¿Pero me estarás esperando?

—Sí —Tamsin le acarició disimuladamente el muslo—, claro que te estaré esperando. Llevaré encima solamente la combinación.

Rheged la miró entonces. Su expresión era una mezcla de sorpresa y alegría que provocó la sonrisa de Tamsin.

—¡Eh! ¡Cuidado! ¿Qué está pasando debajo de la mesa? Todavía no os habéis casado. No habéis pronunciado los votos —exclamó Gareth con alegría.

—¿Acaso un hombre no puede hablar con su futura esposa?

—Hablar sí, pero no era a eso a lo que me refería.

—Ten cuidado, Gareth, y recuerda que estás hablando con tu señor —le regañó Rheged, fingiendo tan mal su enfado que Gareth le guiñó el ojo antes de contestar con descaro—: ¡Sí, por supuesto, sir Rheged!

—A lo mejor ni siquiera deberíamos intentar ser discretos —musitó Rheged de modo que solo ella pudiera oírle.

—A lo mejor no —se mostró de acuerdo Tamsin—. Pero de todas formas, deja que suba yo primero.

Rheged arqueó las cejas, pero no protestó. No había olvidado la promesa de esperarle vestida únicamente con la combinación.

Capítulo 16

Poco después, Rheged descubrió que Tamsin era una mujer fiel a su palabra. No solo se había desnudado, quedándose únicamente en combinación, sino que se había soltado la trenza y su pelo caía en cascada alrededor de su cuerpo como una luminosa capa.

Mientras Rheged fijaba en ella su mirada, Tamsin sintió cómo la atravesaba una deliciosa oleada de anticipación.

—Vamos a la cama, mi señor —susurró.

—Encantado, mi señora, encantado —contestó Rheged.

Y curvó los labios en una sonrisa tan seductoramente atractiva que Tamsin no habría sido capaz de decir una sola palabra aunque hubiera querido.

Pero no quería. Lo único que quería era hacer el amor con él.

Reclinándose en la cama y sintiéndose como una mujer a punto de ser amada por un rey, un rey magnífico y poderoso al que podría amar durante toda su vida, observó a Rheged mientras este se quitaba la túnica y la camisa. Sus prendas eran siempre sencillas, sin adornos, y estaba maravilloso con cualquiera de ellas, pero estaba incluso mejor medio desnudo. Tamsin deslizó la mirada por su vientre musculoso, por su ancho pecho y por las cicatrices que marcaban su torso, recuerdos de las batallas militares que había librado y a las que había sobrevivido.

Pero había participado en otras batallas, batallas como las que también ella había librado.

Le amaba y siempre le amaría, pasara lo que pasara al día siguiente.

—¿Te gusta lo que ves, Tamsin? —preguntó Rheged con voz ronca.

—Mucho —contestó.

No dejó de mirarla mientras tiraba de las botas y después se desprendía de las calzas. La última prenda se la quitó a tal velocidad que Tamsin apenas pudo ver un retazo de su cuerpo antes de que la abrazara y la besara con fervor.

A pesar de la pasión que alimentaba su deseo, a pesar de la anhelante anticipación de Tamsin y de la velocidad a la que habían hecho el amor la vez anterior, en aquella ocasión, Rheged se tomó su tiempo, como si creyera que tenían horas, días, noches y años para amarse. Ella también decidió creerlo. Fingiría que disponían del resto de sus vidas para estar juntos. Que aquel solo era el principio y no el alfa y el omega para ambos.

Apoyándose sobre un codo, Rheged la besó con ternura mientras con la mano libre recorría las curvas de su cuerpo, explorándola con lenta deliberación. Ella respondió de la misma manera, dejando que sus propias manos le estudiaran y encontraran los rincones que le hacían suspirar y jadear mientras ella suspiraba y jadeaba, enseñando y permitiendo que Rheged le enseñara.

Podía sentir el deseo que ardía dentro de él, un deseo idéntico al suyo, dispuesto a estallar en ardiente excitación.

Aunque todavía no. Antes hubo más besos y caricias, más roces delicados. Se tocaban como si fueran marineros que llegaran a una nueva y adorable orilla que tenían años para recorrer.

Hasta que aquellos descubrimientos fueron alimentando un deseo y un anhelo que debían ser saciados antes del amanecer. Más que preparada a esas alturas, Tamsin le tomó la mano para guiarla hacia ella y, con una suave embestida, Rheged se hundió en ella. Estaban juntos una vez más, completa y plenamente unidos.

Eran una sola pasión, un solo amor. Se fundieron como hombre y mujer, como esposo y esposa, para ser una sola alma en todo lo que la vida tenía que ofrecerles, en lo bueno y en lo malo, en la alegría y en la tristeza, para celebrar juntos la vida o consolarse el uno al otro cuando fuera necesario hacerlo.

Y entonces el deseo y la pasión les dominaron, precipitándolos en sus movimientos y llevándoles hasta el límite, hasta que gritaron juntos al alcanzar el éxtasis.

Al cabo de un largo rato, cuando las oleadas de placer cesaron y arrojaron a Tamsin de nuevo a la orilla, Tamsin le hizo apoyar a Rheged la cabeza en su pecho y le acarició el pelo. Aquello era la felicidad. La plena satisfacción. Una alegría que pocas mujeres tendrían la oportunidad de conocer. Podía considerarse una mujer afortunada, aunque solo fuera durante una noche.

Rheged descubrió a Tamsin observándole con atención y sonrió. Tamsin pudo ver entonces al niño que debía haber sido en el pasado, y también una imagen de los hijos que podrían llegar a tener.

–¿No tienes sueño, Tamsin? –preguntó Rheged con una seductora sonrisa mientras la acariciaba–. Tendré que pensar en alguna manera de cansarte.

Pero él ya estaba disimulando un bostezo.

–Creo que los dos hemos hecho suficiente ejercicio por hoy –dijo Tamsin–. Ahora hay que descansar. No quiero que mañana estés cansado.

–Podría ganar a Broderick aunque llevara una semana sin dormir –le aseguró él.

Pero a pesar de su aseveración, Rheged tenía que admitir, aunque solo fuera para sí, que estaba cansado y que un Broderick furioso, amargado y decidido era la peor clase de oponente.

También le picaba la garganta, pero eso, pensó sonriendo para sí, podía ser por el gemido triunfal que había soltado cuando había alcanzado el éxtasis en los brazos de Tamsin.

–Sí, quizá sea mejor que duerma –se mostró de acuerdo, aunque a regañadientes.

Cuando Tamsin suspiró y se acurrucó contra él, Rheged sintió una nueva oleada de cariño y ternura. Era maravilloso pensar que podían ser amigos, amantes y confidentes.

Tamsin alzó la cabeza y le miró con expresión repentinamente seria.

–No quiero casarme con nadie, salvo contigo. Pase lo que pase mañana, jamás me casaré con otro hombre.

Rheged le besó la frente, amándola más allá de toda medida.

–Suceda lo que suceda mañana, eres la única mujer que he amado nunca y que nunca amaré –la besó suavemente en los labios–. Alégrate, Tamsin. Derroté a Broderick cuando apenas tenía probabilidades de hacerlo y estando extremadamente débil y volveré a vencerle. Conocer a tu oponente y saber los trucos que puede emplear es como tener otro escudo –volvió a sentir un inmenso cansancio–. Ahora cierra los ojos e intenta dormir, Tamsin, y yo también lo haré.

Aunque Tamsin dudaba de que pudiera dormirse pronto, en el caso de que llegara a conciliar el sueño, hizo lo que le pedía y no tardó en darse cuenta de que Rheged estaba dormido. Era evidente que él no temía a Broderick y si él era capaz de dormir con tanta facilidad, a lo mejor también ella podía descansar.

Aun así, pasó mucho tiempo hasta que fue capaz de cerrar los ojos y caer rendida en un profundo sueño, para soñar con Rheged, con su larga melena y el pecho desnudo, armado únicamente con un arco y metiéndose en una emboscada.

–¿Crees entonces que podría haber una batalla entre los hombres de DeLac y nosotros? –le preguntó Rob a Gareth en un susurro.

Estaban los dos sentados en uno de los bancos del salón de Cwm Bron. Era media noche y los hombres que no estaban de guardia dormían en los jergones junto a los sabuesos. Hombres y sabuesos roncaban y gruñían cuando se movían en sueños. Pero nadie se despertaba.

Gareth se quedó mirando fijamente los restos del fuego del hogar.

—Podría ser, en el caso de que gane Rheged. Es posible que DeLac no esté dispuesto a luchar por su sobrina, pero basta mirar a Broderick para saber que no se tomará bien la derrota y tiene suficientes hombres en Dunborough para causarnos problemas, en el caso de que quiera hacerlo.

—Si es tan estúpido como para intentarlo, nuestros hombres serán capaces de derrotarlo —respondió Rob con rotundidad.

Apoyó después los codos en las rodillas, suspiró y sacudió la cabeza.

—Pero jamás habría pensado que Rheged perdería la cabeza por una mujer, ni que estaría dispuesto a arriesgarlo todo por ella.

—Yo tampoco lo habría dicho nunca. Pero tienes que admitir que se trata de una mujer muy especial.

—Tan especial que espero no encontrarme nunca una mujer como ella. A mí dame una mujer que sepa cuál es su lugar y no se mueva de allí.

—Eso podría estar bien para ti, Rob —respondió Gareth con una sonrisa—, pero jamás para Rheged. Él necesita alguien que sea tan fuerte como él, y creo que eso es lo que ha encontrado en Tamsin. Pero yo también prefiero una mujer más tranquila.

—A ti te gusta cualquier mujer que tenga entre dieciocho y cuarenta años —replicó Rob—. Pero, sinceramente, Gareth, ¿crees que Rheged renunciaría a Cwm Bron y a su título, incluso a su propia vida, por esa mujer?

—Sí, lo creo.

—En ese caso, no tengo nada más que decir. Todavía estaría arrastrando piedras para ese estúpido albañil si Rheged no me hubiera ofrecido venir a su castillo. ¿Qué haremos si Broderick pierde y viene con más hombres? ¿O si quiere pelea?

La sonrisa de Gareth fue tan seria como podía serlo una de Rheged.

—En ese caso, la tendrá.

Tamsin se despertó sobresaltada y permaneció muy quieta en la cama. Solo había sido un sueño y estaba en la cama con Rheged, sana y salva. El gallo cantó más allá de la muralla y la tenue luz del amanecer se filtraba entre las rendijas de los postigos.

Aquel era un nuevo día, ¡y no era un día cualquiera! Sería un día lleno de esperanzas y temores, de triunfo si Rheged ganaba y de horrible desesperación si...

Pero Rheged debía ganar, ¡y ganaría!

—Rheged, despierta —le dijo, empujándole con delicadeza—. Ha salido el sol y deberíamos levantarnos.

La única respuesta de Rheged fue un murmullo antes de alargar la mano y estrecharla contra su pecho.

—¡Rheged! —repitió Tamsin con más firmeza y apartándose de su abrazo—. ¡Despierta!

Rheged se movió y comenzó a sentarse, pero volvió a tumbarse de nuevo, respirando con dificultad. Tamsin vio inmediatamente que estaba muy pálido y tenía el rostro empapado en sudor. Aunque tenía los ojos abiertos, la mirada era vidriosa.

—¡Rheged! —gritó—. ¿Qué te pasa? ¿Estás enfermo? —posó la mano en su frente—. ¡Estás ardiendo!

Ignorando el ligero dolor de la pierna, corrió hasta el lavamanos y empapó un trapo en agua fría. Lo escurrió rápidamente y corrió de nuevo hacia la cama para ponérselo en la frente.

–¿Te duele algo? ¿El estómago? ¿La cabeza?

–La garganta y la cabeza –respondió Rheged con voz ronca, y empezó a temblar.

Tamsin le envolvió en las sábanas lo mejor que pudo y se vistió rápidamente. Corrió escaleras abajo. Sirvientes y soldados se movían ya por el salón. Vio al mozo de cuadras sentado en una de las mesas, llevándose un trozo de pan a la boca.

–¡Dan, ve a buscar a Gilbert!

El mozo se irguió en la mesa y se la quedó mirando fijamente.

–¡No es por mí! ¡Es por Rheged! Está enfermo.

El mozo le lanzó el trozo de pan a uno de los sabuesos siempre presentes en el salón, se levantó de un salto y salió corriendo, sobresaltando a Hildie, que llegaba en aquel momento desde la cocina.

–¡Hildie, trae agua fría y trozos pequeños de tela! ¡Rápido!

No esperó a ver si obedecían su orden, sino que volvió rápidamente a la habitación. Rheged se había quitado las sábanas y permanecía sentado en la cama, con los pies sobre el suelo helado.

–¡Qué haces! –gritó Tamsin. El miedo parecía avivar su mal genio–. ¡Tienes que tumbarte!

Rheged intentó levantarse y estuvo a punto de caerse.

–¡Tengo que... matar a Broderick! –tenía la voz tan ronca que apenas era reconocible.

Tamsin corrió hacia él para ayudarle a sentarse.

–Ni siquiera puedes ponerte de pie, ¿cómo crees que vas a poder luchar? Vuelve a la cama.

Rheged tragó saliva, o, por lo menos, lo intentó.

–Necesito agua. Estoy sediento.

—Vuelve a la cama y te traeré agua —le prometió.

Por un momento, pensó que Rheged iba a rechazar su ayuda y a insistir en levantarse otra vez.

—Agua —repitió y Tamsin corrió a buscar la única agua de la que disponían, el agua clara del aguamanil para lavarse.

Rheged se llevó el agua a los labios y consiguió que una pequeña cantidad alcanzara el interior de su boca, pero el resto cayó por su pecho y estuvo a punto de tirar la jarra. Tamsin pudo agarrarla antes de que golpeara el suelo.

—Por favor, Rheged, túmbate —le suplicó, sorprendida por lo débil que estaba—. Gilbert no tardará.

Rheged se humedeció los labios y después, haciendo un gran esfuerzo, pronunció una única palabra:

—Veneno.

¿Veneno? ¿Pensaba que alguien le había envenenado? Broderick, sin duda.

—¿Cómo? ¿Cuándo? —susurró Tamsin mientras crecía su terror—. Hemos estado juntos...

Llamaron a la puerta y corrió a abrirla. Hildie permanecía al otro lado con los trapos en una mano y una jarra de agua en la otra. Se quedó mirando con la boca abierta a Rheged, que permanecía tumbado en la cama.

—¡Trae más agua! —ordenó Tamsin mientras agarraba los trapos y el agua—. ¡Y una copa! ¡Vamos! ¡Rápido!

Hildie obedeció al instante. Tamsin corrió a colocar a Rheged otro trapo frío en la frente. De momento, podía continuar desnudo bajo las sábanas.

Vio que empezaba a temblar y los dientes le castañeteaban. Metió las mantas por los laterales del colchón y sintiéndose completamente indefensa, le colocó otro trapo empapado en agua fría en la frente.

Rheged intentó levantarse otra vez.

–Tengo que... levantarme –musitó. Cada una de las palabras que pronunciaba parecía desgarrarle la garganta–. Tengo que... luchar.

–Hoy no vas a luchar –replicó Tamsin con firmeza–. Túmbate y descansa. Tu oponente todavía no ha llegado. El combate no empezará hasta que no esté aquí, así que túmbate y descansa.

–Mi armadura...

–Ahora no te preocupes de eso.

–Jevan...

–¡Rheged, tienes que descansar!

Las protestas de Rheged parecieron acabar con la poca energía que le quedaba. Al final, se tumbó en la cama, jadeando con fuerza.

Y justo en ese momento, gracias a Dios, llegó el médico.

–Tiene fiebre y le duele la garganta –le explicó Tamsin a Gilbert mientras este sacaba las medicinas y examinaba rápidamente a Rheged–. También le duele el pecho. Apenas puede hablar y está muy débil. Cree que pueden haberle envenenado.

–¿Envenenado? ¿Con qué?

–¡No lo sé! Pero la enfermedad ha aparecido muy repentinamente.

Gilbert la miró intensamente.

–¿Ayer comisteis lo mismo que él?

–Sí, creo que sí.

–¿Y bebisteis vino también?

–No lo sé, ahora no soy capaz de recordarlo. ¿No podéis darle algo que alivie su sufrimiento y le ponga bien?

—Haré lo que pueda, mi señora, sea lo que sea lo que le haya enfermado.

—Yo... nunca... me pongo enfermo –replicó Rheged con voz ronca.

—Si vos lo decís –respondió Gilbert.

Le hizo abrir la boca y examinó su interior mientras Tamsin observaba nerviosa.

—¿Tiene problemas al tragar, señora?

—Sí, creo que sí.

Gilbert se levantó y la miró.

—No creo que le hayan envenenado. A mí me parece que lo que tiene es una infección de garganta. Una infección muy seria, pero no le han envenenado.

—¿Y qué se puede hacer?

Gilbert abrió el botiquín en el que llevaba las medicinas y sacó un frasco de barro sellado con cera.

—¿Hay agua? ¡Ah, sí, ya la veo! Le prepararé una poción de corteza de sauce que debería bajarle la fiebre, reducir el dolor y ayudarle a sentirse mejor.

Echó unos polvos blancos en una copa y añadió un poco de agua.

—¿Estás seguro de que no le han envenenado?

—No, a no ser que alguien haya creado un veneno que afecte únicamente a la garganta.

—¿Cuánto tiempo tardará en hacer efecto la poción?

—No mucho, espero. Si es capaz, también debería hacer gárgaras con sal. Pero, sobre todo, lo que tiene que hacer es descansar.

—¡No! –gruñó Rheged, demostrando así que estaba despierto y suficientemente bien como para entender lo que estaban diciendo–. ¡Hoy tengo que luchar!

—Imposible, mi señor —declaró Gilbert decidido—. No estáis en condiciones de luchar, a no ser que queráis perder.

—¡No estoy dispuesto a perder!

—En ese caso, debéis descansar mientras podáis —respondió Gilbert en tono más apaciguador.

Pero la mirada que le dirigió a Tamsin dejaba claro que no estaba en condiciones de enfrentarse a nadie

Si lo hacía, seguramente, perdería.

—Hoy no se levantará de la cama —dijo Tamsin con firmeza—. El combate se postergará.

Seguramente, un hombre tan orgulloso y vanidoso como Broderick no querría tener que proclamar que había derrotado a un hombre enfermo, por muy desesperado que estuviera por ganar.

Apareció entonces una ansiosa Hildie en el vestíbulo del salón.

—Mi señora —anunció en un suspiro—, sir Algar está aquí.

Aunque nada podría calmar del todo su miedo hasta que hubiera concluido el combate, Tamsin agradeció el anuncio de Hildie.

—Gracias, Hildie —le dijo antes de dirigirse a Gilbert—. Iré a decirle a sir Algar lo que ha pasado y después, volveré.

Dejó la habitación y corrió escaleras abajo. Encontró a sir Algar esperándola en el salón con expresión preocupada y compasiva al mismo tiempo.

—He oído decir que Rheged está enfermo.

—Sí, está muy enfermo. Tiene una infección de garganta y no está en condiciones de luchar. Hoy no podrá celebrarse el combate.

—¡Por supuesto que no! —exclamó sir Algar, frunciendo sus blancas cejas–. Y no deberíais permanecer junto a él mientras esté enfermo. Seréis bienvenida en mi castillo si queréis alojaros allí hasta que se encuentre mejor.

–Gracias por vuestro ofrecimiento, mi señor, pero no puedo aceptar. Mi lugar está aquí, junto a Rheged –sonrió a pesar de su preocupación–. Me ha pedido que sea su esposa. Y nada me haría más feliz, mi señor, excepto verle bien.

–¡Os vais a casar con Rheged!

–Sí, mi señor. En cuanto esté mejor y se anule el acuerdo entre Broderick y mi tío.

–Creo que no hay nada que pueda complacerme más –respondió sir Algar–. Y estoy convencido de que Rheged ganará, se celebre cuando se celebre el combate.

–Con la ayuda de Dios –contestó Tamsin–. Y ahora debéis perdonarme. Necesito volver con Rheged.

Pero sir Algar la retuvo un instante.

–Antes debería explicaros por qué me fui de aquí ayer.

–En otro momento, mi señor –respondió Tamsin.

Su preocupación por Rheged era superior a cualquier otra de sus preocupaciones.

La puerta del salón se abrió en ese momento y entró Gareth. Al ver a Tamsin con sir Algar, se detuvo en seco.

–¿Qué es eso que he oído sobre que Rheged está enfermo?

–Le duele la cabeza, apenas puede hablar y tiene la garganta dolorida –respondió Tamsin.

Gareth la miró, desolado.

–¡No me lo puedo creer! ¡Desde que le conozco,

jamás le he visto enfermo! Ni siquiera cuando ha tenido que mojarse o pasar frío.

—Hemos ido a buscar a Gilbert —le explicó Tamsin, mientras se dirigía hacia las escaleras.

—Ha sido un veneno. Ese canalla lo ha intentado otras veces. ¡Vive Dios que lo mataré! —declaró Gareth, mostrando su furia en cada una de sus palabras.

—¡No! —gritó sir Algar.

Lo dijo con tanto fervor que Tamsin se detuvo y se volvió

—No —repitió sir Algar con más calma, aunque con idéntica determinación—. Este es un asunto entre Rheged y Broderick.

Tamsin sabía que tenía razón, y así lo dijo.

—En caso contrario, mi tío se sentiría con derecho a atacar Cwm Bron —le aclaró a Gareth.

—¡Podemos derrotar a cualquiera que se enfrente a nosotros!

—¿Y a qué precio? —preguntó Tamsin—. ¿Cuántos hombres morirían? Y si el rey se viera involucrado en esto, Rheged podría perderlo todo, incluso en el caso de que ganara en la batalla o pudiera resistir el ataque a Cwm Bron.

—La dama tiene razón, Gareth —dijo sir Algar—. Hablaremos con lord DeLac y con sir Broderick y postergaremos el combate hasta que Rheged se encuentre bien.

—¿Y si muere?

—Si muere, la dama necesitará otro campeón.

—¡Rheged no va a morir! —exclamó Tamsin, negándose a admitir aquella posibilidad ni siquiera ante sí misma—. Mi tío estará de acuerdo en retrasar el combate hasta que se haya recuperado –terminó diciendo, y subió las escaleras.

En cuanto estuvo fuera de su vista, Gareth miró a sir Algar con los ojos llenos de furia y determinación.

–Si Rheged muere, mataré a ese normando.

–Si Rheged muere, yo te ayudaré a hacerlo.

Capítulo 17

Cuando Tamsin llegó al dormitorio, encontró a Gilbert y a Hildie intentando sujetar a un belicoso Rheged. En el suelo, junto a la cama, estaba la copa de metal abollada con el contenido desparramado.

–¡Tengo que... luchar! –repetía Rheged, dando patadas y puñetazos.

Tamsin corrió a su lado, le tomó el rostro con firmeza y dijo, intentando ocultar su propia desesperación.

–Hoy no, Rheged. Hoy no puedes luchar. Túmbate y descansa, así estarás mejor para enfrentarte al combate mañana.

Rheged se quedó muy quieto durante un instante y miró salvajemente a su alrededor antes de fijar en ella la mirada.

–Debo luchar por ti –dijo con voz ronca.

–Mañana combatirás –repitió ella, aunque no sabía si estaría suficientemente bien como para enfrentarse a Broderick al día siguiente.

Rheged cerró los ojos y comenzó a respirar más lentamente. Suspirando, Tamsin le soltó y retrocedió. Gilbert y Hildie también dejaron de sujetarle.

—¡Por todos los santos! Es un hombre realmente fuerte —comentó Gilbert, pasándose las manos temblorosas por la cara—. He intentado darle un remedio para dormir, pero...

—Lo sé —dijo Tamsin mientras Hildie recogía la copa.

Cuando la sirvienta fue a buscar un trapo para limpiar el suelo, se abrió la puerta y entró Gareth corriendo. Al ver a Rheged pálido y febril en la cama, se detuvo en seco, pero se recuperó rápidamente y miró a Tamsin.

—Han llegado, mi señora.

No hacía falta que dijera quién.

—Dejo a Rheged en vuestras manos, Gilbert. Y en las tuyas, Hildie —dijo Tamsin mientras seguían a Gareth fuera de la habitación.

Musitando algo que no se sabía muy bien si era una oración o una sarta de juramentos en galés, el amigo de Rheged comenzó a bajar las escaleras.

—Nunca le había visto enfermo, mi señora, esa es la verdad —añadió mientras cruzaban rápidamente el salón vacío.

—Sir Broderick estará de acuerdo en retrasar el combate —dijo Tamsin con firmeza, repitiéndose a sí misma que así tenía que ser y, por lo tanto, así sería.

Gareth posó las manos en el cerrojo de la puerta y se detuvo para mirarla con expresión sombría.

—Si tenemos que luchar, estamos preparados. Todos los hombres de Cwm Bron están dispuestos a dar la vida por Rheged.

A Tamsin se le llenaron los ojos de lágrimas, pero hizo un esfuerzo para reprimirlas. No quería que Broderick y su tío la vieran llorar.

—Confío en que no tengamos que llegar a ese extremo, Gareth.

Después, empujó la puerta y salió al patio donde permaneció junto a sir Algar. Gareth se unió a los hombres que rodeaban el patio. Tamsin se descubrió deseando que fueran muchos más, porque la verdad era que no tenía mucha fe ni en el honor de Broderick ni en el de su tío.

—¿Cómo está Rheged? —preguntó sir Algar en voz baja mientras las fuerzas anunciaban su llegada y comenzaban a abrirse las gruesas puertas del castillo.

—Descansando —respondió Tamsin, esperando que continuara haciéndolo.

No aminoró su preocupación el hecho de ver entrar a la partida a caballo en el patio de Cwm Bron, como si fuera un ejército conquistador con sir Broderick a la cabeza, su tío a su lado y cincuenta hombres tras ellos.

Como convenía a hombre tan vanidoso, Broderick llevaba una pluma roja en el casco y vestía la más fina sobrevesta que Tamsin había visto en su vida, hecha de terciopelo rojo y con el blasón bordado en marrón y oro. La malla y los guantes resplandecían bajo la luz otoñal. Su caballo era enorme, negro y más alto incluso que Jevan, el caballo de Rheged. Cabrioleaba y echaba la cabeza hacia atrás como si él mismo estuviera buscando pelea.

Su tío, sin embargo, parecía un bufón imitando a un señor. Llevaba la capa arrugada, el pelo despeinado y los arreos del caballo salpicados de barro y desgarrados en los bordes. Aunque el caballo no se movía, lord DeLac se balanceaba en la silla, lo que sugería que ya llevaba unas cuantas copas encima.

—Un buen día para combatir, ¿no es cierto? —dijo Broderick con aparente jovialidad.

Alzó el visor del casco y escrutó el cielo sin nubes antes de desmontar para acercarse a Tamsin. El tío de esta última también bajó de su montura, aunque a duras penas consiguió no caerse. Los soldados de Broderick desmontaron y permanecieron en filas, más disciplinados que cualquier otro soldado que Tamsin hubiera visto jamás.

—¿Dónde está vuestro campeón, mi señora? —preguntó Broderick, fijando su mirada burlona en Tamsin—. ¿Ha salido huyendo antes de la batalla?

—Sir Rheged está enfermo y no puede combatir hoy —respondió, manteniendo la voz calma—. Hay que retrasar el combate.

—¿Qué quiere decir eso? ¿Sir Rheged dice que está enfermo? —se burló Broderick—. Qué lástima, sobre todo teniendo en cuenta que esta estrategia no le será de ninguna utilidad. Si no puede luchar, tendrá que renunciar al combate, y eso equivale a perder. Será declarado culpable y tendrá que pagar la pena.

Tamsin miró al hombre que tenía frente a ella con frío desdén.

—¿De verdad tenéis tan poco honor que estaríais dispuesto a forzar una pelea injusta?

—Debo recordaros que fue él el que la empezó al secuestrar a la prometida de mi padre —replicó Broderick.

—Sir Broderick, la dama tiene razón —declaró sir Algar—. Este combate debe postergarse hasta que sir Rheged esté bien.

—Por supuesto, vos habláis a favor de vuestro protegido —dijo Broderick, burlón—. Estoy seguro de que lord DeLac estará de acuerdo conmigo. ¡DeLac!

Lord DeLac caminó tambaleante hacia él. Tenía los ojos hinchados e inyectados en sangre y la boca medio abierta.

–¿Retrasarlo? ¡No! Rheged debe luchar o ser declarado culpable.

–Hoy mismo –añadió rápidamente Broderick.

–Por supuesto que hoy –respondió lord DeLac de mal humor–. Esto tiene que acabar de una vez por todas. Estoy cansado de montar y hace un frío terrible.

–Este es un asunto de vida o muerte, tío –protestó Tamsin.

El rostro de lord DeLac enrojeció.

–Deberías estar agradecida de que te haya permitido llegar hasta aquí. Por ley, perteneces a Broderick, tal y como yo ya había decidido. Y como tutor tuyo que soy, tengo derecho a decidirlo en tu nombre.

Tamsin cuadró los hombros.

–De acuerdo a la ley...

–¡Al diablo con la ley y con todas las triquiñuelas de los abogados! ¡Harás lo que yo te diga! Por una vez en tu vida, serás tan obediente como debe serlo una mujer. Te mantendrás en tu lugar y dejarás de intentar dirigirlo todo y a todos.

Tamsin le miró como si acabara de abofetearla.

–Si me he hecho cargo de la casa, tío, ha sido porque estaba intentando que te sintieras cómodo para ganarme al menos un mínimo de tu afecto. ¿Crees que disfrutaba teniendo que dar órdenes y asegurándome de que las obedecieran? ¿Qué me gustaba contar hasta el último penique para que después se me acusara de gastar demasiado? ¿O que disfrutaba empleando todo mi tiempo en asegurarme que se hicieran todas las tareas mientras tú te dedicabas a beber, a comer golosinas y a divertirte con tus amigos mientras yo trabajaba como una sirvienta? Pero, a pesar de todos mis esfuerzos, me entregas alegremente a un hombre que seguramente me hará muy desgraciada y que matará a uno de los mejores hombres de Inglaterra cuando este está demasiado débil para defenderse. Eres un canalla, tío, y me avergüenzo de ser tu sobrina.

Mientras su tío la miraba temblando de furia, Broderick sacudió la cabeza y chasqueó la lengua.

–¡Mi señora! No son necesarias tan duras recriminaciones. Por supuesto, vuestro tío no es un hombre generoso, pero tampoco os está condenando al infierno. Al fin y al cabo, soy un hombre rico y estaréis mucho mejor en Dunborough criando a mis hijos de lo que estaríais viviendo en esta ruina con un hombre que apenas tiene dinero para pagar a su guarnición. Es más, para demostraros hasta donde llegan mi amabilidad y mi generosidad, estoy dispuesto a olvidarme de ir a juicio, siempre y cuando honréis vuestra promesa de matrimonio y os caséis conmigo.

–¡Antes preferiría morir! –exclamó Tamsin.

Gareth y los hombres de Cwm Bron dieron un paso adelante, llevándose la mano a la espada. Los hombres de Broderick se aceraron a su señor, rodeando también la empuñadura de sus armas. Miraban todos a Broderick como si estuvieran esperando la orden para atacar.

El normando alzó la mano, indicándoles que permanecieran donde estaban.

–Una amenaza inútil –dijo con calma, aunque Tamsin veía la furia en sus ojos–. Siempre puedo casarme con vuestra prima e informar al rey de la ruptura de vuestro compromiso y del papel que ha jugado sir

Rheged en ella. Estoy seguro de que John intercederá a mi favor y sir Rheged tendrá que pagar un precio muy alto por lo que ha hecho.

—¡Sería capaz de batir a este ser despreciable hasta en mi lecho de muerte! —gritó Rheged con voz ronca.

Tamsin giró y vio al hombre al que amaba al pie de la escalera de la torre del homenaje. Gilbert y Hildie le seguían nerviosos. El rostro pálido de Rheged brillaba por el sudor de la fiebre y se aferraba con tanta fuerza a la barandilla que tenía los nudillos tan blancos como su rostro. En la otra mano, sostenía el sable.

A pesar de que era obvio que estaba enfermo, había una firme resolución en su expresión que explicaba por qué no habían sido capaces de mantenerlo en la cama.

—Estás demasiado enfermo para luchar, Rheged —le advirtió Tamsin, mientras comenzaba a caminar hacia él.

—No para luchar con un hombre como él —respondió con voz ronca.

Se alejó de las escaleras y comenzó a caminar a un paso deliberadamente lento, pero empuñando la espada y con los ojos fijos en Broderick.

—Va a perder de todas formas, mi señora —dijo Broderick con desprecio—, de modo que, si no quiere luchar hoy, no pondré ninguna objeción.

—¡Yo sí! —gritó Tamsin, aferrándose al brazo de Rheged para evitar que siguiera avanzando.

Gareth y sus hombres dieron otro paso adelante. Los hombres de Broderick se miraban de reojo, pero no se movieron.

—Yo también quiero mostrar mi protesta —declaró sir Algar, que permanecía frente a ellos—. No sería justo y lo sabéis, Broderick. Y tampoco sería inteligente. Es posible que tengáis amigos influyentes en la corte, pero yo también. No creo que ni vos ni lord De-Lac queráis averiguar quién cuenta con mayor favor por parte del rey.

–Seguro que no seréis vos.

Aunque el tono de Broderick continuaba siendo envalentonado y burlón, Tamsin vio una sombra de duda en su mirada que le decía que no estaba tan seguro de que fuera a recibir el apoyo del rey como decía.

–En ese caso, dejemos el asunto en manos del rey –propuso.

–No –gruñó Rheged–. Esto tiene que terminar hoy. ¡Y yo seré el ganador!

–¡Pero no estás bien! –insistió Tamsin, abrazándole y mirándole a aquellos ojos febriles–. ¡Hoy no puedes luchar!

–¿No es conmovedor? –se mofó Broderick–. Es encantador ver cómo se abrazan los dos amantes.

Con el cuerpo entero hirviéndole de viva indignación, Tamsin se volvió hacia él.

–La clase de amor que compartimos es algo que jamás comprenderéis, sir Broderick. Aunque matéis a Rheged, jamás seré vuestra esposa. Preferiría morir en un convento, o luchar yo misma hasta la muerte.

–¿Vos? Estaríais dispuesta a desafiarme.

–Sí, si me viera obligada a ello.

–Imposible –dijo sir Algar–. Broderick es un hombre de honor y…

–¡No es un hombre de honor! –le interrumpió Tamsin–. Es un farsante, un arrogante y un abusón. Es como un niño pequeño en el cuerpo de un hombre.

—¿Cómo os atrevéis a hablarme así? —le reprochó Broderick.

—Me atrevo porque sois un cobarde —replicó Tamsin—. Me atrevo porque me asqueáis y porque sois una desgracia. Me atrevo porque no os merecéis ser caballero y, menos aún, el marido de ninguna mujer.

Con las mejillas temblándole de rabia, Broderick desenfundó la espada.

—¡Estáis loca y el mundo debe deshacerse de los dos!

—¡Basta! —ordenó sir Algar, alzando la mano mientras se interponía entre ellos—. Esto no es…

La espada de Broderick descendió a toda velocidad. La sangre brotó de una herida enorme a través de la capa y sir Algar cayó fulminado al suelo con un gemido. Llorando desolada, Tamsin se arrodilló al lado del noble caído e intentó en vano cortar la hemorragia del hombro con sus propias manos. Tras ella, oyó el movimiento de los hombres, el tintineo de las mallas y el resonar de las espadas al salir de sus fundas.

Y llegó hasta ella la voz de Rheged.

—¡Apartaos! —ordenó—. ¡Voy a matar a ese perro!

Intentando todavía contener la hemorragia, Tamsin comenzó a levantarse. Rheged no podía luchar. No debía luchar. Pero un pálido y sudoroso Rheged, inclinado de tal manera que la punta de su espada rozaba el suelo, estaba rodeando a Broderick como un lobo a su presa.

Gareth y sus hombres se movían en círculo a su alrededor, bloqueando a los dos caballeros encarados.

Alguien apartó la mano de Tamsin del hombro empapado en sangre de sir Algar.

Era Gilbert, que se había arrodillado al otro lado del caballero herido.

—Yo le atenderé, mi señora —dijo suavemente.

Tamsin se enderezó en el momento en el que Broderick se abalanzaba sobre Rheged con la espada. Pero incluso enfermo, Rheged era demasiado rápido para su oponente. Esquivó la espada y se abalanzó contra él, intentando golpearle las piernas allá donde no las protegía la malla.

No consiguió llegar a la espinilla y cuando Broderick giró, Rheged le siguió con la espada caída, como si le pesara demasiado.

¡Tamsin tenía que detener aquella locura!

Antes de que hubiera podido intervenir, Rheged alzó la espada y la dejó caer, errando de nuevo el golpe. Intentó levantar la espada, pero esta quedó atrapada entre dos adoquines. Cuando estaba intentando liberarla, Broderick le dio un puñetazo en la barbilla.

—¡Qué vergüenza! —gritó Tamsin mientras corría a ayudar a su amante.

Casi al momento, Gareth estaba a su lado y el resto de los hombres de Cwm Bron se inclinaban hacia ellos, musitando con disgusto y enfado.

Rheged les hizo un gesto para que se apartaran.

—¡No! —gritó con voz ronca—. Esta batalla tengo que ganarla yo.

Gareth y sus hombres permanecieron donde estaban, aunque la expresión de todos ellos evidenciaba que habrían preferido desobedecer.

—Esta batalla la vais a perder —gruñó Broderick, como el animal que era.

Tamsin le ignoró y no apartó en ningún momento la mirada de Rheged.

—Esta batalla también es mía, Rheged, y no voy a permitir que mueras.

—¡Apartaos! —le ordenó Broderick antes de empujarla.

Pateó a Rheged en el hombro, tirándole de nuevo al suelo. Después, alzó la espada, dispuesto a clavarla en el cuello de su oponente.

Con un grito de furia, Tamsin se arrojó contra Broderick, placándole y tirándole al suelo de manera que él quedó tumbado de espaldas y ella encima de él. La espada salió disparada de las manos de Broderick y cayó repiqueteando al suelo. Broderick intentó apartar a Tamsin con una mano mientras buscaba con la otra la daga que tenía escondida en el cinturón. Tamsin le agarró entonces la muñeca con la que sostenía la daga, se la apretó y se la retorció con todas sus fuerzas, intentando tirar el arma o, al menos, obligarle a bajarla. Con una mueca, Broderick intentó empujarla. Él era más fuerte, pero Tamsin estaba desesperada y con la fuerza de la desesperación y una llamada a las alturas pidiendo ayuda, volvió a empujarle la mano con todas sus fuerzas.

La cota de malla se había levantado y la daga se hundió en la ingle de Broderick.

Con un chillido, Broderick se deshizo de Tamsin, se levantó tambaleante y tiró de la daga que tenía clavada en el muslo.

—¡Zorra! ¡Maldita zorra apestosa! —gritó mientras la sangre manaba de la herida y descendía hasta el suelo.

Broderick cayó de rodillas. Tamsin, jadeando, se levantó trabajosamente. Los hombres de Broderick rompieron la barrera que habían formado los guardias de Cwm Bron y rodearon al líder caído. Mientras tanto, Gareth y algunos de sus soldados corrieron a ayudar a Rheged y a Tamsin a levantarse.

En medio de aquella conmoción, lord DeLac consiguió montar a su caballo y se volvió hacia las puertas del castillo.

–¡El ganador es Rheged! –proclamó Tamsin–. No podrás presentar ningún cargo contra él. Y Mavis y yo estamos libres de todos los acuerdos que hayas podido firmar.

–Muy bien, tú y ese galés podréis ser todo lo condenadamente libres que queráis –gritó su tío mientras el caballo relinchaba y se encabritaba bajo él–, ¡pero Mavis continúa siendo mi hija, y eso no lo vas a cambiar! –gritó.

Clavó los talones en el lomo del animal y salió a galope.

Tamsin corrió hacia el agotado Rheged, que estaba recibiendo la ayuda de Gareth y Rob. Algunos de los hombres de Broderick habían levantado al noble y lo cargaban sobre sus hombros para llevarlo hasta el caballo.

–Broderick ha perdido –le aseguró Tamsin a su amado, pensando que Rheged estaba demasiado cansado y enfermo como para comprender lo que había ocurrido.

Pero Rheged demostró que estaba equivocada.

–Llevadme con Algar –pidió.

Ocupando el lugar de Rob, Tamsin colocó el hombro bajo el brazo de Rheged para ayudarle y, con Gareth al otro lado, caminaron hacia el noble. Por el rabillo del ojo, Tamsin vio que los hombres de Broderick le dejaban sobre el caballo y se apartaban, como si temieran que su mala suerte fuera contagiosa.

Broderick estaba pálido, con los ojos cerrados y la boca abierta. No se movía su pecho y, teniendo en cuenta la sangre que manaba de la herida, era evidente que había muerto. Le había matado. Había matado a un hombre. Un hombre cruel y malvado, pero un hombre en cualquier caso.

Desvió la mirada. Ya se enfrentaría más adelante al sentimiento de culpabilidad. De momento, toda su atención estaba pendiente de Rheged y de sir Algar, que continuaba tumbado y gravemente herido allí donde había caído. El botiquín del médico estaba abierto cerca de él y Gilbert le había cubierto la herida con una venda. Aun así, la sangre continuaba manando y se extendía bajo el pecho y la cabeza del noble.

Tamsin se arrodilló a su lado, tomó su mano y se la llevó a los labios. Pudo sentir el pulso en la muñeca, débil y muy lento.

Algar abrió los ojos y volvió la cabeza hacia ella.

–Yo amé... –comenzó a decir jadeante–, a vuestra madre.

–Lo sé –susurró Tamsin.

Sir Algar negó con la cabeza y tragó saliva.

–Pero fui un cobarde. No tuve valor para luchar por ella.

–Eso ahora no importa –le aseguró Tamsin.

–Pero eso no es todo... Ella... llevaba un hijo mío en su vientre cuando huyó. Vos...

Tamsin se le quedó mirando con absoluta estupefacción. Aunque sus padres no se lo hubieran dicho nunca, seguramente lo habría notado, lo habría sentido.

Sir Algar asintió y esbozó una mueca de dolor.

–Eres mi hija, mi heredera. Ella también quería al hombre al que creías tu padre. Pero no tanto como a mí. Mi capellán y... mi abogado... lo saben. Ellos lo atestiguarán. Volví a mi casa para... dejar por escrito mis... últimas voluntades. Para que fueras capaz de verlo... y creerlo.

Se volvió entonces hacia Rheged.

–Te la mereces. Eres... el hijo que nunca he tenido... Contáis los dos con mi bendición y muero satisfecho.

Tanto si era su padre como si no, Tamsin sabía que tenía algo que ofrecerle a un hombre moribundo, algo que solo ella podía darle.

–Te quiero, padre –susurró, inclinándose para darle un beso en la mejilla.

Algar consiguió esbozar una trémula sonrisa mientras cerraba los ojos. Después, suspiró y murió.

–¡Oh, Rheged! –musitó Tamsin, volviéndose hacia él.

Y lo encontró inconsciente en los brazos de Gareth.

A pesar del frío de la mañana, Mavis caminaba nerviosa por la muralla del castillo DeLac, buscando cualquier señal que anunciara la llegada de su padre y su escolta. Fuera lo que fuera lo que había pasado el día anterior, tanto si Broderick había triunfado como si la victoria había sido de Rheged, los hombres del castillo DeLac tenían que haber pasado la noche en una posada, en una taberna o en cualquier otro alojamiento situado en el camino que conducía hasta allí, así que Mavis había pasado toda la noche sin dormir y había salido a esperarlos con las primeras luces del amanecer.

Se envolvió con fuerza en la capa y recordó el día que había estado allí mismo con Tamsin, a pesar del miedo que tenía su prima a las alturas. Recordaba el momento en el que habían estado contemplando la llegada de los caballeros y los escuderos, y la curiosidad de Tamsin por Rheged. Recordaba también lo que había dicho cuando ella había sugerido que debería cortarse el pelo. Mavis había pensado muchas veces en aquella conversación durante los últimos días, y cada vez se sentía más inclinada a creer que seguramente Tamsin admiraba a aquel caballero galés. Quizá incluso fuera posible que quisiera...

Vio a un caballero en el horizonte y se inclinó por una almena, intentando distinguir quién era. Parecía el caballo de su padre. Sí, era él. Reconoció la capa. Pero iba solo, salvo por los dos soldados que montaban tras él. Tamsin no iba con ellos, ni tampoco sir Broderick y sus hombres.

¿Significaría eso que Broderick había perdido? ¿O que había ganado?

Mientras gritaba para que abrieran las puertas, Mavis iba bajando las escaleras con el corazón palpitante.

No era ella la única que estaba ansiosa por averiguar lo que había pasado. Se veían los rostros de los sirvientes en algunas ventanas y había más soldados en el patio de los habituales a aquella hora del día.

Alcanzó las puertas justo en el momento en el que su padre las cruzaba y lord DeLac estuvo a punto de derrumbarla.

—¡Padre! —gritó mientras este detenía a su montura–. ¿Qué ha pasado? ¿Dónde está Tamsin? ¿Y Broderick?

–¡Vino! ¡Quiero vino! –gritó lord DeLac mientras desmontaba con el pelo revuelto y la ropa en no mucho mejor estado.

–¡Padre, por favor! ¿Qué...?

Su padre la fulminó con la mirada; sus mejillas carnosas le temblaban de rabia.

–Broderick ha muerto. La condenada furcia de tu prima le ha matado. Sí, así es, hija mía –gruñó con el aliento apestando a vino–. Broderick ha muerto de la mano de tu prima. Estaba a punto de acabar con el galés cuando ella le ha atacado.

¿Tamsin había atacado a Broderick y le había matado? Parecía increíble, pero, aun así, si estaba verdaderamente desesperada...

–Decían que Rheged estaba demasiado enfermo para luchar. ¡Y dicen que yo soy un tramposo!

–Pero Rheged es un guerrero con mucho talento. No tendría ninguna necesidad de hacer trampa. Sin duda alguna...

Su padre le dio un bofetón que la envió contra los adoquines del patio. Por el rabillo del ojo, Mavis vio que Denly y algunos de los sirvientes comenzaban a acercarse, como si pretendieran intervenir. Mavis les hizo un gesto para que retrocedieran. Con la mejilla ardiéndole y las manos y las mejillas doloridas, comenzó a levantarse.

Su padre tiró de ella para que terminara de incorporarse y la miró como si la odiara.

–Apuesto a que crees que aquí se ha acabado todo, ¿eh? No más alianzas en el norte. Pues bien, te equivocas. ¡Ninguna mujer ha desbaratado nunca mis planes! Ni tú, ni Tamsin lo haréis. Broderick tiene hermanos y vive Dios que uno de ellos se convertirá en tu esposo. El resto de los hombres de Broderick está ya de vuelta a Dunborough para contar lo que ha pasado. No tengo la menor duda de que pronto estará aquí alguno de sus hermanos, y el que te quiera, contigo se quedará.

La empujó y se encaminó hacia el salón.

–¡Tráeme vino! –gritó, y sus palabras resonaron en todo el patio.

Mavis le observó marcharse y se prometió que saldría de allí antes de que ninguno de los hombres de Dunborough llegara al castillo DeLac.

Capítulo 18

En la mente de Rheged se sucedían desordenadamente las imágenes sobre lo ocurrido. Tamsin con las manos ensangrentadas. Broderick amenazándola. DeLac montado como un borrachín en la silla. Tamsin a su lado, musitando palabras de amor. Calor, después frío, y después un calor infernal. Tamsin ayudándole a beber. Broderick en el suelo. Tamsin con una daga cubierta de sangre. El dolor al tragar. Tamsin urgiéndole a beber. Algar... Broderick... DeLac... Tamsin...

Los demás entraban y salían, pero Tamsin siempre estaba allí, como un ángel luminoso y visible, preocupado y gentil. Tamsin. Su amada, su adorada Tamsin.

Abrió los ojos y la vio a su lado, con una sonrisa en el rostro y los ojos desbordando amor.

–Ha vuelto en sí –dijo alguien tras ella, alguien que estaba oculto en las sombras de la habitación.

Tamsin posó la mano en su mejilla con una caricia ligera y tierna como una pluma.

–¿Cómo te encuentras, Rheged?

Rheged intentó tragar saliva y descubrió que, aunque le costaba, ya no le dolía, y cuando hablaba, no se sentía como si las palabras le estuvieran desgarrando la garganta.

—Mejor.

Apareció entonces Gilbert, le dirigió a Rheged una sonrisa y le escrutó con la mirada. Sostenía una copa de metal en sus manos delgadas y largas.

—Ya basta de conversación, sir Rheged —ordenó con una voz tan delicada como sus maneras, pero con firme determinación—. Bebeos esto.

Rheged se incorporó en la cama y se llevó la taza a los labios. La medicina tenía un sabor tan repugnante que estuvo a punto de escupirla. Solo se la tragó por la preocupación con la que le miraba Tamsin.

—Muy bien, mi señor —dijo Gilbert—. Ahora, si abrís la boca, os examinaré la garganta.

Rheged obedeció. El médico sacó un palito del botiquín, se lo colocó en la lengua y le examinó la boca.

—¡Excelente! —exclamó mientras se enderezaba—. La recuperación ha sido sorprendente. Nunca había visto a un hombre tan enfermo recuperarse tan rápidamente.

—Yo no estaba enfermo —Rheged intentó sentarse, pero le resultó más difícil de lo que esperaba—. El problema fue que me envenenaron.

—No, Rheged, nadie te envenenó —respondió Tamsin.

Miró a Gilbert, que se inclinó de nuevo hacia él.

—Señor, estabais enfermo, teníais una infección de garganta muy seria. Los síntomas eran inconfundibles.

Lo decía con tal seguridad que Rheged no pudo menos que creerle. Y aun así...

—Pero yo no...

—Sí, tú sí —le interrumpió Tamsin con una sonrisa—. Al fin y al cabo, eres mortal, y no es ninguna vergüenza enfermar. Ahora, come un poco de sopa y de pan. Tienes que recuperar las fuerzas.

Hildie apareció entonces a los pies de la cama con una espesa sopa de carne, guisantes, lentejas y pan recién hecho. El olor era delicioso y Rheged descubrió que su apetito había regresado con ganas. Mientras tanto, Gilbert fue guardando sus remedios.

—Ahora os dejo —dijo suavemente—. Y recordad, mi señora, que todavía necesita descansar.

—Lo recordaré —respondió.

Hildie abandonó la habitación junto al médico y Tamsin se sentó en la cama para observar a Rheged comer. Al cabo de unos cuantos bocados, tras haber aplacado en parte su apetito, Rheged preguntó:

—¿Cuánto tiempo he dormido?

—Han pasado dos días desde que te enfrentaste a Broderick.

—¡Dos días!

—Después de la batalla, te desmayaste. Gracias a Dios, Gareth estaba detrás de ti y pudo agarrarte cuando te estabas cayendo. Te trajo hasta aquí junto a algunos de tus hombres. La fiebre no comenzó a bajarte hasta la mañana siguiente. A partir de entonces, empezaste a descansar mejor.

—Tú, sin embargo, no has podido descansar nada.

—He dormido un poco esta mañana.

Rheged partió la hogaza en dos, tomó uno de los pedazos y le dio un bocado al otro.

—Deberías descansar, Tamsin —le dirigió una sonrisa—. A mi lado, creo.

—Ya has oído a Gilbert, necesitas descansar. Yo dormiré después, si puedo –terminó con un suspiro.

Su mirada le indicó a Rheged que estaba preocupada por algo más que por su enfermedad.

—¿Qué ocurre? ¿Tu tío ha...?

—No ha vuelto por aquí y no creo que vuelva nunca más. Supongo que ya está suficientemente harto de los dos –bajó la mirada hacia sus manos–. No sé si te acuerdas, pero sir Algar...

—Ha muerto –terminó Rheged con expresión solemne. Lo recordaba todo demasiado bien–. Y también está muerto el canalla sanguinario que le mató, gracias a ti.

—Aun así, preferiría no haberle matado.

Rheged le tomó la mano con delicadeza.

—Nunca es fácil saber que un hombre ha muerto por tus propias manos. Pero si no le hubieras matado, piensa en el daño que podría habernos hecho. Con tu acto, has hecho justicia con todas aquellas mujeres a las que Broderick maltrató en el pasado.

Tamsin asintió, las palabras de Rheged le proporcionaban cierto consuelo, pero aun así...

—Dijiste que sus hermanos eran como víboras. A lo mejor vienen hasta aquí buscando venganza, al igual que hizo Broderick.

Rheged jugueteó con la cuchara de la sopa mientras pensaba en ello.

—Es posible –dejó la cuchara–. Pero tengo la esperanza de que no debamos temer que se sientan muy afectados por la muerte de Broderick. Era bastante claro que le odiaban, y con motivo.

—Rezo para que tengas razón.

—Si intentan causar problemas, todavía queda de

por medio el asunto del asesinato de sir Algar, porque eso es lo que fue, un asesinato.

Tamsin se levantó y se acercó a la ventana antes de mirarle de nuevo.

–Sir Algar me dijo que soy su hija, pero mi madre jamás insinuó que yo pudiera ser hija de otro hombre. Obviamente, yo era muy niña cuando mi... cuando su marido murió, pero aún así... ¿Crees que sir Algar podría tener razón? ¿O a lo mejor estaba intentando enmendar el error de haber abandonado a mi madre?

–¿Nunca supiste nada de la relación de sir Algar con tu madre?

Tamsin negó con la cabeza.

–No. Cuando le conocí, era evidente que la quería, pero no sabía que había querido casarse con ella, ni que la había abandonado.

–No era el hombre que yo pensaba que era –musitó Rheged con pesar.

–Pero creo que pagó un precio enorme por su cobardía. Jamás volvió a casarse y, al margen de lo que hiciera en su juventud, fue un buen amigo nuestro –posó la mano en la de Rheged–. Pero hay algo más. Cuando volvió el día del torneo, trajo su testamento. En él me nombra hija y heredera de sus propiedades.

–Si eres su heredera, eres una mujer rica –dijo Rheged.

Se alegró por ella, hasta que fue repentinamente consciente de las consecuencias que tendría el gesto de sir Algar. Siendo Tamsin rica, los hombres acudirían en manadas a casarse con ella. Propietarios de grandes propiedades. Hombres atractivos y poderosos. Hombres con mucho más que él para ofrecer.

–Eso me convierte en vuestro vasallo, mi señora.

Tamsin le miró sorprendida por el cambio de tratamiento y de tono.

–¿En mi vasallo? ¿Es que no vas a ser mi marido?

–Aceptaste mi oferta de matrimonio cuando eras pobre y no tenías familia. Ahora eres una mujer rica, puedes conseguir a cualquier hombre que elijas.

La sonrisa de Tamsin iluminó la habitación y le hizo sentirse a Rheged absolutamente feliz.

–En ese caso, elijo a sir Rheged de Cwm Bron, que es un hombre rico en bondad, en honor y en todo aquello que realmente importa. De hecho, soy yo la más pobre en ese sentido.

–Eras rica desde el primer día que te conocí –replicó él–. Rica en espíritu, en inteligencia y en compasión.

–Y también en deseo.

Rheged dejó la bandeja en la mesa que había al lado de la cama y alargó los brazos hacia Tamsin.

–Y rica en amor.

Tamsin retrocedió y negó con la cabeza, aunque con evidente desgana.

–Se supone que debes descansar, Rheged.

–Entonces, ven a la cama y descansa conmigo, porque mañana debemos casarnos.

–¿Mañana?

–¿Tienes algún motivo para esperar un día más?

–Has estado muy enfermo.

–Estoy mejorando muy rápidamente –respondió Rheged en un murmullo.

Y, ciertamente, su actitud evidenciaba que estaba mucho mejor.

–Es muy tentador, mi amor, sobre todo después de haber encontrado esto en tu cinturón.

Con los ojos resplandecientes de amor, buscó en el

puño de la manga del vestido y sacó el mechón de pelo que le había dejado en la caja del estante.

–Jamás había tenido un talismán, pero pensé que necesitaba uno para enfrentarme a Broderick, ¿y cuál mejor que este?

–No sabía que lo habías encontrado.

Rheged sonrió avergonzado, pero sin aparente arrepentimiento.

–No fui yo el que lo encontró. Hildie me lo dio y me dijo lo que era cuando estaba intentando obligarme a permanecer en la cama. Al parecer, pensó que si tenía algo que me recordara a ti, me sentiría menos inclinado a arriesgarme a morir. La pobre mujer no se daba cuenta de que para mí la vida no tenía ningún valor si tenía que vivirla sin ti.

–Yo tampoco quería vivir sin ti –respondió Tamsin, alzando la sábana y tumbándose a su lado en la cama.

–Todavía estás vestida –señaló Rheged con evidente desilusión mientras la abrazaba.

Tamsin se acurrucó contra él y apoyó la cabeza en su hombro.

–Necesitas descansar, Rheged, y eso es lo que vas a hacer –respondió con un bostezo, y le apartó con delicadeza la mano de su seno.

Él no estaba cansado, pero era evidente que Tamsin sí, de modo que le dio un beso en la cabeza y no dijo nada más.

Hildie bajó la mirada hacia la pareja que dormía en la cama y le dio un codazo a Elvina.

–¿Qué te dije? Son amantes desde hace días. Lo supe en cuanto vi cómo la miraba.

—Y cómo le miraba ella —dijo Elvina con un suspiro.

Llamaron a la puerta y las dos criadas se volvieron. Al ver a Gareth allí, Hildie corrió hacia él y le empujó para que abandonara inmediatamente la habitación.

—Están dormidos y necesitan descansar, así que fuera.

—¿Y qué hacíais vosotras ahí? —replicó Gareth con los brazos en jarras.

—¡Fuera! —gritó Hildie, cerrando la puerta después de que Elvina se uniera a ella y dándole a Gareth un nuevo empujón que le hizo retroceder un paso—. Y no vuelvas a molestarles otra vez.

—Necesito la contraseña para esta noche —protestó Gareth.

—¿Tan estúpido eres que no eres capaz de inventártela tú? —respondió Hildie, y le dio otro empujón.

—¡Ten cuidado, que vas a terminar rompiéndome el cuello!

—Pues vete de aquí de una vez por todas.

Gareth se pegó contra la pared en curva para permitir que Hildie y Elvina salieran. Cuando pasó a su lado, sonrió a aquella joven tan tímida y callada.

Sonrojándose de una forma deliciosa, Elvina bajó la cabeza y se alejó a toda velocidad.

Gareth la observó marcharse con el ceño fruncido.

—Si se casara conmigo, podríamos celebrar dos bodas con un solo banquete —musitó.

E inmediatamente después, como no podía ser menos tratándose de Gareth, sonrió.

Mavis tiró de la capucha de su capa de lana negra y

apretó el hatillo contra el pecho mientras bajaba sigilosa hacia el patio por las escaleras de los sirvientes. Hacia el este, el cielo comenzaba a clarear. Si hubiera sido mejor amazona, se habría arriesgado a huir del castillo DeLac durante la noche, pero tenía que elegir una montura rápida y no montaba suficientemente bien como para hacerlo sin luz. Ya había perdido una noche por culpa del tiempo; no podía arriesgarse a perder otra oportunidad.

Afortunadamente, nunca había sido muy madrugadora, ni siquiera después de que se hubieran llevado a Tamsin, de modo que tenía la esperanza de que no la encontraran hasta bien entrada la mañana. Para entonces, si se hacía con el mejor caballo de su padre, estaría muy lejos.

Tenía que estar lejos.

Esperó entre las sombras hasta que vio pasar al guardia, después, se apresuró a cruzar el espacio que separaba las habitaciones de la familia del almacén de lana. Tuvo que esperar un rato más mientras otro de los guardias pasaba por el adarve de la muralla antes de adentrarse en el callejón y deslizarse en el interior del establo.

Tardó varios segundos en acostumbrarse a la luz. El corazón y sus pensamientos iban a toda velocidad mientras esperaba, aferrándose con fuerza al hatillo.

Solo llevaba otra combinación, un par de zapatos, un pedernal, algunas joyas y unas cuantas monedas en el hatillo. Rezó a Dios para que le bastaran para mantenerse hasta que pudiera encontrar un convento o algún otro lugar de piedad. Algún lugar que estuviera suficientemente lejos como para que no pudieran encontrarla y quizá forzar a las hermanas a devolverla.

Había considerado la posibilidad de dirigirse a Cwm

Bron. Seguramente su prima la acogería y la protegería, pero Mavis no quería involucrar a su prima en su fuga. Preferría que Tamsin estuviera a salvo y quizá para siempre feliz con...

Un caballo se movió nervioso en el cubículo que tenía más cerca de ella. A lo mejor le había asustado. Alzó la mirada hacia la trampilla que conducía al desván en el que dormían los mozos de cuadra.

Nada. Solo silencio. Comenzó a respirar otra vez, hasta que el caballo relinchó, oyó crujir la paja y una voz profunda que decía:

—¡Quieto, Hephaestus!

¿Qué era eso? No reconoció la voz, así que no podía ser ninguno de los mozos o de los soldados. Y el acento era de Yorkshire. Pero fuera quien fuera, no debía verla, de modo que se alejó hasta el marco de la puerta. No se atrevió a abrirla y marcharse, lo último que quería era que la oyeran y frustraran su plan.

—¿Qué es lo que te pone nervioso? —continuó el hombre con voz grave y delicada—. Es un lugar extraño, ¿verdad? Y seguramente ha sido un viaje demasiado largo y demasiado rápido. Bueno, intentaré compensarte por el esfuerzo. Iré a la cocina para ver si tienen una manzana de sobra.

Mavis, que a esas alturas ya podía ver mejor, consiguió distinguir la silueta de un hombre cerca de la cabeza del caballo. Era un hombre alto, de hombros anchos y bastante joven, a juzgar por su voz, aunque no se trataba de un muchacho.

Le observó salir del establo y dirigirse hacia el abrevadero, donde se mojó la cara y el cuello. El joven se enderezó, se sacudió como un perro y se peinó con los dedos.

¡Por todos los santos! ¡Tenía el pelo casi tan largo como sir Rheged!

El desconocido se alisó la túnica, que parecía muy sencilla, después, regresó al establo para buscar el tahalí que se colocó alrededor de su estrecha cintura. Era un hombre de nariz recta, fuerte mandíbula y labios sorprendentemente llenos. Tenía los ojos enormes y tan oscuros como las cejas que los enmarcaban.

—Ahora iré a buscarte la manzana —le dijo al caballo—. Pero tienes que ser paciente. Soy un hombre importante, ¿sabes? Y no me gusta que me supliquen.

Pronunció la última frase con un tono irónico y burlón que avivó todavía más la curiosidad de Mavis.

El hombre continuó avanzando hacia la puerta que conducía al patio, pero antes de abrirla, giró la cabeza, relajó los hombros, tiró de la túnica hacia abajo y tomó aire. Mavis se sintió como si estuviera observando a un juglar en un banquete, preparándose para la actuación.

—¿Necesitáis algo, mi señora?

Con un grito ahogado, Mavis alzó la mirada y vio el rostro redondo y barbado del encargado de las cuadras observándola desde la trampilla del techo y se vio obligada a abandonar inmediatamente su plan de fuga.

—¡Ah, Allen, estás aquí! —contestó, intentando fingir que estaba allí precisamente para hablar con él.

—En ese caso, supongo que sabéis que sir Roland llegó ayer por la noche.

¿Sir Roland? No era un nombre que le resultara desconocido, pero en aquel momento no se le ocurría ningún Roland en específico.

—Supongo que os lo dijo Charlie —continuó Allen—. Espero no haberos molestado, mi señora. Sir Roland nos pidió que no os avisáramos, no quería causar ninguna molestia. Dijo que dormiría en el establo con su caballo. Un buen ejemplar, debo decir.

Mavis estuvo a punto de mostrar su acuerdo, aunque ella no se habría referido al animal.

—¿Vino desde muy lejos? —preguntó mientras Allen bajaba la escalera, haciendo crujir los peldaños.

—No creo que se detuviera más de dos veces durante todo el trayecto desde Dunborough.

A Mavis se le secó la garganta. Tragó saliva con fuerza e intentó mostrarse serena.

—¿Dunborough?

—Eso es lo que dijo. Apuesto a que tiene alguna relación con ese Broderick.

—Podría ser su hermano.

Allen frunció el ceño.

—Espero que no venga a causaros problemas a vos y a vuestro padre, mi señora.

—Yo también lo espero —se volvió para marcharse.

—¿Necesitáis llevar eso a alguna parte?

Mavis se detuvo, giró de nuevo y miró al mozo con expresión interrogante. El mozo señaló con la cabeza el hatillo que llevaba en las manos.

—No, solo son cosas para los pobres —mintió—. Me dirigía hacia la capilla del padre Bryan cuando me ha parecido oír ruido en el establo. Debe de haber sido sir Roland. Ahora será mejor que vaya a la capilla y me ocupe después de acomodar a nuestro invitado —le dirigió al mozo una sonrisa—. Todavía no sé cómo conseguía Tamsin hacer todo lo que hacía.

—Lo estáis haciendo muy bien —le aseguró Allen—.

Todo el mundo lo dice, especialmente cuando vuestro padre. Es decir, su señoría no...

—No, él no —se mostró de acuerdo Mavis antes de abandonar el establo.

Retrocedió cautelosa sobre sus pasos, haciendo todo lo posible para evitar ser vista por cualquiera de los sirvientes que comenzaban a levantarse.

Su fuga tendría que esperar un día más. Era una desgracia, pero no podía hacer nada, de modo que se retiró a su habitación con el hatillo.

Una vez allí, lo guardó debajo de la cama antes de cambiar el sencillo vestido de lana que había elegido para el viaje por uno más caro y más bonito, de un delicado color verde, como las hojas en primavera. Al fin y al cabo, habría parecido sospechoso que se presentara con aquel vestido marrón, y si bien el verde era excesivo para un día de diario, también era cierto que era el primero que había encontrado en el baúl.

Apenas había terminado de atarse los lazos del corpiño cuando llamaron a la puerta. La abrió y descubrió a Charlie al otro lado, balanceándose sobre los pies como si tuviera fuego bajo las plantas.

—Si no es molestia, mi señora, debéis ir a la sala de recepción. Ahora mismo.

—Pero seguramente mi padre...

—Está despierto y llamándoos a gritos. Está en pleno ataque de furia, mi señora.

A lo mejor sir Roland había insistido en hablar inmediatamente con él.

Aunque no había nadie cerca, Charlie bajó la voz hasta convertirla en un susurro.

—Denly está en el salón del trono y dice que podéis llamarle si necesitáis cualquier cosa.

Si su padre volvía a pegarle o intentaba hacerle algún daño, sabía que Denly la defendería. Agradecía inmensamente el ofrecimiento, pero, últimamente, su padre rara vez estaba suficientemente sobrio como para poder hacer daño a nadie. Aun así, dijo:

–Muchas gracias, Charlie, y dile a Denly que lo recordaré –se recogió las faldas y pasó corriendo delante de él.

Una vez en la puerta de la sala de recepción, se tomó unos instantes para calmarse y después entró.

De espaldas a la puerta, había un hombre de hombros anchos y pelo largo con los brazos cruzados sobre el pecho y mirando a su padre. Este último estaba sentado tras una enorme mesa de madera y tenía peor aspecto del habitual, con el rostro moteado, la nariz roja, los ojos vidriosos y la túnica sucia y arrugada. No se había molestado en cambiársela desde que había vuelto de Cwm Bron, y tampoco había parado de beber desde entonces.

Mavis no necesitó ver las facciones del hombre que estaba de pie para saber que se trataba de sir Roland de Dunborough. Le reconoció por la anchura de sus hombros, la longitud de sus piernas y el pelo que le llegaba hasta los hombros.

–Sir Roland –dijo su padre arrastrando las palabras y moviendo la mano–, mi hija, Mavis.

El joven se volvió y abrió sus ojos castaños de par en par.

–Sois más hermosa de lo que me habían dicho –la alabó con evidente sorpresa.

Pero, de pronto, su expresión se tornó tan grave como la de un obispo.

–Estoy encantado de conoceros, mi señora –continuó diciendo en tono muy formal y haciendo una reverencia.

–Y yo de conoceros a vos, mi señor –respondió ella con idéntica formalidad.

Su padre alargó la mano hacia la copa de vino que tenía en la mesa.

–Si la queréis, es vuestra, sir Roland. En los mismos términos y con la misma dote que vuestro padre aceptó por Tamsin.

Sir Roland continuó mirándola muy serio y apenas le dirigió a lord DeLac una mirada fugaz mientras contestaba:

–Me sentiré muy complacido si me acepta.

–Por supuesto que os aceptará –exclamó su padre–. O se casa con vos, o tendrá que encerrarse en un convento.

Cuando Mavis contestó, no lo hizo para dirigirse a su padre, sino a sir Roland de Dunborough.

Capítulo 19

Pasó algún tiempo antes de que Rheged y Tamsin abandonaran por fin el dormitorio para dirigirse al salón. Los sirvientes y los soldados los recibieron con gritos de alegría, aplausos y dando golpes con el pie, para sonrojo de Tamsin y, estaba segura, alegría de Rheged. Este alzó las manos pidiendo silencio y cuando el ruido cesó, dijo:

—Me alegro de veros a todos, y también mi señora, que mañana se convertirá en mi esposa.

Tras aquel anuncio, se renovaron los aplausos y los gritos de alegría, así como las peticiones de vino para brindar por sir Rheged y su esposa. Hildie, Elvina y otros sirvientes corrieron a llenar las copas, incluidas aquellas que estaban en la mesa que Rheged y Tamsin iban a ocupar.

Tamsin pensó en el otro hombre que debería estar allí y suspiró.

Rheged le apretó la mano con un gesto de cariño.

—Estoy seguro de que está muy contento —le dijo con voz queda, dirigiéndole una sonrisa.

—Sí, yo también lo estoy —respondió.

Los soldados y aquellos sirvientes que no estaban trabajando, ocuparon también su lugar en las mesas. Todos excepto Gareth, que permaneció de pie.

–Os deseamos mucha felicidad, ¡y también montones de hijos!

Tamsin, sonrojándose de nuevo, le apretó la mano a Rheged antes de que este se levantara y dijera muy serio:

–Haré todo lo que esté en mi mano para conseguirlo.

El salón se llenó de risas y de voces mientras comenzaban a servir el pan y el estofado. La comida fue larga y animada, pero, en todo momento, Tamsin era completamente consciente de Rheged, de su buena salud y de lo que eso podría significar cuando llegara el momento de retirarse.

Estaba a punto de sugerir que lo hicieran cuando Gareth se acercó a la mesa, obviamente, bajo los efectos del vino, y se inclinó hacia Rheged.

–Amigo mío, tengo algo que decirte.

Rheged arqueó una ceja con expresión interrogante.

–Yo he celebrado hoy mi matrimonio.

Aunque también ella se sobresaltó, Rheged estuvo a punto de caerse del taburete.

–¿Que tú qué? –preguntó como si Gareth acabara de anunciar que pensaba emprender su propia cruzada.

Gareth se volvió y llamó a Elvina. Roja como la grana, la joven se acercó.

–No tengas miedo, mi amor, no muerde –dijo Gareth entre risas–. Pensé que me gustaría seguir tu ejemplo, Rheged, Elvina estuvo de acuerdo en ser mi esposa, así que, pronunciamos los votos y ahora soy un hombre casado.

Rheged continuaba mirándole estupefacto.

—¡Me alegro mucho por los dos! —exclamó Tamsin.

Se levantó y corrió a abrazar a la tímida sirvienta y a Gareth. Después, se volvió hacia su marido:

—¡Mañana tendremos un motivo más para celebrar el banquete!

—Sí, sí, claro —contestó Rheged.

Parecía un hombre despertando de un largo sueño. Se levantó, dijo algo en galés y ni siquiera perdió el tiempo rodeando la mesa sino que, directamente, se inclinó hacia delante y le dio una palmada amistosa a su amigo en el hombro. Después, soltó una carcajada y dijo:

—Por una vez me has ganado, ¿eh, Gareth?

Los dos hombres rieron, se abrazaron, y pronto estuvieron bebiendo a la salud del otro mientras las mujeres que los amaban sonreían y les miraban con expresión indulgente.

Y, mientras tanto, Hildie se acercó un poco más a un distraído Rob.

Al día siguiente, Rheged y Tamsin, vestidos con sus más finas ropas, permanecían en la tarima recientemente construida del salón de Cwm Bron. Mientras permanecían de pie el uno frente al otro, el padre Godwin, que había llegado hasta allí desde un monasterio cercano a petición de los contrayentes, bendijo la unión y el anillo que Rheged deslizó en el dedo de Tamsin. Era una sencilla alianza de oro, pero para Tamsin, era más hermosa y tenía más valor que si hubiera sido de diamantes. Cuando se besaron, fue para sellar una unión que sabía duraría hasta su muerte.

Bajo la tarima habían colocado las mesas con manteles limpios. Las velas nuevas brillaban con fuerza, el fuego crepitaba en un hogar reluciente y ya habían colocado los cestos con el pan y la fruta. La mesa en la que iban a sentarse Tamsin y Rheged estaba decorada con ramas de hojas verdes. El olor de las hojas se sumaba a las deliciosas fragancias que emanaban de la cocina.

–Debería haberme imaginado que serías capaz de preparar un banquete de bodas en un momento –dijo Rheged cuando acabó la ceremonia y ocuparon su lugar para disfrutar del banquete.

–No he sido yo la que lo ha preparado –protestó–. No he tenido tiempo.

Señaló a Hildie con la cabeza. La sirvienta sonreía con expresión traviesa en la entrada de la cocina. Había otros sirvientes en el salón, y aunque todos parecían muy contentos, solo Hildie sonreía con orgullosa satisfacción.

–Creo que esto ha sido cosa de Hildie.

–Sea como sea, estoy muy agradecido –dijo Rheged, antes de que el sacerdote comenzara a bendecir la mesa.

Rheged se sentía casi completamente bien. Y se habría sentido mejor si la noche anterior hubiera podido abandonar la celebración del matrimonio de Gareth para irse a dormir, pero eso habría supuesto ignorar a Tamsin, o intentarlo al menos, cuando subieron al dormitorio. Intentar no tocarla ya le había resultado difícil en ocasiones anteriores, pero después de que se deslizara a su lado en la cama, había sido imposible. Aunque la verdad era que Tamsin ni siquiera había intentado convencerle de que no hicieran el amor, quizá porque estaba tan ansiosa y llena de deseo como él.

Gareth y Elvina estaban sentados cerca de ellos. Aparentemente al menos, Gareth no sufría los efectos de la noche anterior y Elvina parecía radiante de felicidad.

Rob soltó otro grito de alegría por los novios y las novias y, a partir de ese momento, comenzó de verdad el banquete. Los soldados brindaron tantas veces por su líder que Rheged apenas podía detenerse para comer. Tamsin rio sus bromas, y más todavía cuando vio a Rheged sonrojarse por algunas de ellas.

–Mañana les hablaré del respeto que le deben a su señor y a su esposa –musitó Rheged después de una broma particularmente obscena.

–No temas –respondió Tamsin, posando la mano en su muslo–. He tratado con comerciantes, sirvientes y soldados durante años. Aunque muchas veces se refrenaban cuando yo estaba cerca, no siempre lo conseguían. Y me atrevería a decir que podría contarte algunas historias que harían parecer propias de niños a las de tus soldados.

Rheged la miró con una mezcla de admiración y desconcierto.

–¿De verdad? –preguntó con los ojos brillantes de diversión y de algo más que encendió la sangre de Tamsin–. Pues deberías compartirlas conmigo más tarde –susurró, y se inclinó hacia ella–, cuando nos quedemos solos.

–Espero que sea pronto.

—Y yo también, amada mía, yo también. Pero supongo que no debemos alarmar al sacerdote.

—No, supongo que no —Tamsin señaló hacia el fondo del salón, donde Hildie reía sentada en el regazo de Rob—. Creo que no tardará en celebrarse otra boda.

—A lo mejor el matrimonio es contagioso. Jamás habría pensado que Gareth terminaría atándose a una sola mujer.

—¿Estás comparándome con una atadura? —preguntó Tamsin con falsa consternación.

—En el caso de que así fuera, estaría felizmente atado a ti y jamás querría volver a liberarme.

Estaban sonriéndose el uno al otro cuando uno de los guardas de la puerta entró en el salón y corrió hacia la tarima.

Tamsin se irguió y miró a Rheged preocupada.

—¿Se supone que ha ocurrido algo malo? A lo mejor mi tío...

—Estoy seguro de que no es nada —respondió Rheged—. De hecho, ahora mismo acabo de darme cuenta de que he olvidado dar a los guardias la contraseña para la noche —su sonrisa hizo desaparecer sus temores y sus siguientes palabras le hicieron sonreír—. Por alguna razón, tengo otras cosas en la cabeza. Creo que la contraseña de esta noche será «jubilosa felicidad».

—Me parece una contraseña excesivamente desenfadada —respondió Tamsin con aparente solemnidad.

—Quizá tengas razón —musitó él, fingiéndose también muy serio—. En ese caso, será... —vaciló durante largo rato—, me temo que no se me ocurre ninguna convenientemente seria.

Para entonces, el guardia había llegado ya a la tarima. Se inclinó sobre la mesa, de manera que solo Rheged y Tamsin pudieran oírle.

–Hay un hombre intentando entrar, mi señor, dice que se llama Roland Dunborough.

A Tamsin se le hizo un nudo en el estómago y la felicidad sucumbió ante un repentino temor.

–¿Cuántos hombres vienen con él? –preguntó Rheged, levantándose instintivamente y llevándose la mano a la cintura, al lugar en el que debería estar la empuñadura de su espada.

–Ninguno señor. Está solo, ¡pero es un hombre muy obstinado!

Rheged relajó ligeramente los hombros.

–Déjale entrar. Hablaré con él en el patio –miró a Gareth, que acababa de levantarse también, y le indicó con un gesto que se sentara–. Ha llegado otro invitado y debo recibirle personalmente –dijo en voz alta.

Después se dirigió en voz más queda a Tamsin, que también se había levantado.

–Si viene solo, no tienes por qué...

–Soy tu esposa, Rheged –replicó ella con delicadeza, pero con firmeza–. Todo lo que a ti te incumbe, me incumbe también a mí.

–No te quedarás aquí aunque te lo ordene, ¿verdad?

–A estas alturas, ya deberías saber la respuesta.

Con un sonido que fue una mezcla entre una risa y un bufido burlón, Rheged le tomó la mano y salió con ella del salón, pero no antes de que Tamsin tuviera oportunidad de verle deslizar un cuchillo en el cinturón. Sin embargo, se comportó como si no pasara nada cuando pasó por delante de Gareth.

—¿Qué ocurre? —preguntó Gareth frunciendo el ceño y señalando al guardia, que estaba tomándose una jarra de cerveza a toda velocidad.

—No les he dado la contraseña para esta noche y Tamsin quiere...

—Ver las estrellas —terminó ella por él.

—Así que sales a dar la contraseña y ver las estrellas —dijo Gareth con expresión escéptica—. Bueno, si tú lo dices...

—Yo lo digo —respondió Rheged muy serio y tomó a Tamsin de la mano.

—¿Cuál será la contraseña? —preguntó entonces Gareth—. ¿«Amor y matrimonio»? ¿«Los niños que vendrán»?

—«Más sabe el diablo por viejo que por diablo» —respondió Rheged.

La carcajada de diversión que soltó Gareth resonó en todo el salón.

Tamsin y Rheged se acercaron con recelo al hombre que les esperaba en el centro del patio con un magnífico semental negro. Hasta que les vio, el hombre estuvo mirando las murallas y la torre del castillo. Después, los esperó sin moverse, como si fuera una de las estatuas de la iglesia. Y tampoco se movía su caballo.

A medida que se acercaban, las facciones del hombre iban haciéndose más visibles. Si Tamsin había pensado que las facciones de Rheged eran duras y sombrías, era porque no había conocido a Roland de Dunborough. Tan alto como Rheged, de hombros anchos y cintura estrecha, con el pelo negro y los ojos de párpados caídos, daba la sensación de que no había sonreído jamás en su vida y de que jamás lo haría.

Lo cual era una pena, pensó Tamsin, porque por otra parte, era un hombre atractivo que no tenía nada que ver con su hermano mayor.

—Sed bienvenidos, sir Roland —dijo Rheged cuando llegaron hasta él—. Mi señora, este es sir Roland de Dunborough. Sir Roland, esta es lady Thomasina, mi esposa.

Pronunció las últimas palabras con fiereza, como si le estuviera desafiando a negarlas.

Pero Roland no lo hizo. Recorrió a Tamsin con una mirada tan falta de expresión o de emoción que Tamsin se estremeció.

—Mi señora, es un placer. Mi señor, volvemos a encontrarnos —dijo Roland con una voz profunda e igualmente falta de emoción—. Lord DeLac me ha informado de la muerte de mi hermano. Ha insinuado también que podía haber habido... alguna irregularidad durante el combate.

—Vuestro hermano intentó matar a mi esposa, pero ella consiguió detenerle con una daga que vuestro propio hermano había escondido en su tahalí —respondió Rheged bruscamente.

—Estaba a punto de matar a sir Rheged, que no estaba en condiciones de luchar ese día, como vuestro hermano sabía perfectamente, y yo intenté detenerle —añadió Tamsin.

Roland hizo un gesto de desdén y durante un instante terrible, Tamsin temió que fuera a acusarlos a ambos de asesinato, hasta que le oyó decir:

—No podía esperar nada mejor de ese canalla.

Evidentemente, Rheged tenía razón. No había ningún sentimiento entre los hijos de sir Blane.

—También atacó brutalmente a mi señor, sir Algar,

sin previa advertencia ni motivo alguno. La herida resultó mortal.

–Sí, lo sentí mucho al enterarme. En cuanto a la muerte de mi hermano... –se volvió hacia Tamsin y la miró con firmeza–, por ella, mi señora, debo daros las gracias.

¿Porque gracias a ello se había convertido en el señor de la heredad de su padre? ¿O porque no quería a su hermano?

Desde luego, no le habría costado nada creer que Roland de Dunborough no apreciaba, ni podría apreciar nunca, a nadie.

–Así que vos sois el siguiente en la lista, ¿o es Gerrard? –preguntó Rheged.

–Según el testamento de mi padre, yo llegué antes al mundo. ¿La tumba de mi hermano está señalada?

Tamsin y Rheged intercambiaron una mirada.

–Haremos que le graven una lápida.

–Ahorraos el gasto. Dejadle reposar sin marca alguna.

Dado que vengar la muerte de su hermano no era, evidentemente, el motivo por el que Roland había llegado a Cwm Bron y aunque Tamsin habría preferido despedirse para siempre de aquel hombre, la cortesía la obligaba a ser hospitalaria con cualquier noble que se acercara a su casa.

–¿Os importaría reuniros con nosotros en el salón?

Mientras estaba formulando la pregunta, se abrió la puerta de la cocina y apareció Foster tambaleante, cubierto de harina y empuñando una hogaza como si fuera un arma. Se detuvo, se les quedó mirando de hito en hito y regresó tambaleándose a la cocina.

Roland curvó ligeramente la comisura de los labios en algo que podría haber sido el principio de una sonrisa.

—Creo que no —recuperó casi al instante su expresión sombría—. Solo he venido para asegurarme de que el cadáver de mi hermano es tratado como se merece y a daros las gracias por haber liberado al mundo de su presencia. Fue un ser malvado desde el instante en el que aprendió a hablar. No lloraré la muerte de Broderick y nadie debería hacerlo.

Tamsin sintió que se quitaba un enorme peso de encima y vio que también Rheged estaba aliviado.

—Gracias, mi señor —le dijo—, por aliviar mi preocupación.

—Presumo que también ha habido alguna animosidad entre lord DeLac y vos por el hecho de que os prometieran a mi padre y después a mi hermano, mi señora —continuó diciendo Roland—. Ese también es... —volvió a alzar ligeramente la comisura de los labios—, un asunto sobre el que me gustaría tratar.

Tamsin sintió entonces un frío que no tenía nada que ver con la temperatura de la noche.

—¿En qué sentido? —preguntó Tamsin.

Roland arqueó una ceja y Tamsin tragó saliva y se obligó a hablar en un tono más cortés.

—Os suplico que me perdonéis la brusquedad de la pregunta —continuó Tamsin—, pero nos gustaría saber si el asunto se ha resuelto de forma satisfactoria para vos. Al fin y al cabo, todo esto nos ha causado muchos problemas.

—Lady Mavis y yo vamos a casarnos.

Mavis, la alegre y risueña Mavis, ¿iba a casarse con aquella efigie?

–¿Ha dado ella su consentimiento?

Roland la miró frunciendo el ceño con expresión ligeramente perpleja.

–Mi señor –continuó Tamsin–, espero que os aseguréis de que está dispuesta a casarse antes de dar por cerrado ese compromiso. Y en el caso de que ella no lo esté, os suplico que os comportéis de forma honorable y le permitáis negarse al matrimonio.

–No deseo forzar ningún matrimonio –respondió Roland para inmenso alivio de Tamsin–. Yo estaba presente cuando su padre le habló del compromiso y ella no puso ninguna objeción.

Tamsin imaginó a Mavis de pie en la sala de recepción de su padre y con un hombre como aquel Roland, de ojos fríos y oscuros, mirándola. Sin lugar a dudas, Mavis se habría sentido demasiado intimidada como para hablar libremente. Afortunadamente, todavía no se había celebrado el matrimonio, de modo que estaba a tiempo de oponerse.

–Pero si descubrierais que no quiere ser vuestra esposa –insistió Tamsin, a pesar de su poco amistoso semblante–, ¿la liberaríais del compromiso?

Roland se irguió, aunque Tamsin habría dicho que era imposible que estuviera más erguido.

–Mi señora, aunque aprecio vuestra preocupación por vuestra prima, creo que lo que pase entre ella y yo es asunto nuestro. Y ahora que ya he obtenido la información que buscaba, creo que debería marcharme –hizo una rápida reverencia–. Adiós, mi señor, mi señora. Espero que nos hagáis el honor de asistir a nuestra boda cuando se celebre.

–Por supuesto, mi señor –contestó Tamsin, pero añadió en silencio, «si es que se celebra».

Roland no esperó a que respondieran antes de montar el semental negro y cruzar las puertas del castillo.

Mientras oía los cascos del caballo desapareciendo en la distancia, Tamsin se volvió hacia Rheged y le miró desconcertada.

—¡Mavis comprometida con ese hombre! ¡Esto hay que impedirlo!

Pero para su más absoluto desconcierto, Rheged no parecía todo lo convencido que debería.

—No sé si nos corresponde a nosotros entrometernos en este asunto.

—Pero en mi compromiso sí interferiste —le recordó.

—Porque ya estaba completamente enamorado de ti.

Tamsin sonrió, pero solo un instante.

—Quiero a Mavis como a una hermana, ¡tenemos que ayudarla!

—Ya lo has oído. Tu prima ha dado su consentimiento.

—Seguramente se ha visto obligada a ello, como me ocurrió a mí. O a lo mejor estaba demasiado asustada como para negarse a casarse con esa...gárgola fulminándola con la mirada. Y Roland forma parte de esa familia de víboras.

—No debería haber incluido a Roland en esa descripción. De todos los hijos de Blane, es el único que nunca ha sido cruel. Es cierto que es un hombre firme y frío, pero no es un hombre mezquino y holgazán como Gerrard, y comparado con Broderick, es un santo. Y debería servirte de consuelo saber que por lo que, aunque ha tenido alguna que otra querida, tu prima no tiene por qué temer que vaya a tener un montón de amantes e hijos ilegítimos.

–¡Pero me cuesta pensar que Mavis vaya a casarse con ese hombre!

–Como iremos a la boda, seguramente podrás quedarte en algún momento a solas con tu prima para asegurarte de que de verdad quiere casarse con él y, en caso contrario, ofrecerle refugio en nuestra casa. Al fin y al cabo, ahora también es mi prima, y –añadió con una sonrisa–, puesto que mi esposa ha llegado provista de una generosa dote, yo también debería tener alguna influencia en la corte.

–¡No había pensado en eso! –suspiró mientras Rheged la abrazaba y la retenía contra él–. Otra razón más para bendecir a Algar –alzó la mirada hacia él con una sonrisa–. Y a ti. De hecho, me siento tan bendecida por la vida que considero un exceso desear algo más, y aun así, lo quiero.

–¿Qué te gustaría tener, Tamsin? –le preguntó Rheged mientras la besaba suavemente en el cuello–. Dímelo y haré todo lo posible para ofrecértelo como regalo de boda.

–Sí, espero que estés dispuesto a hacerlo, porque lo que quiero es que tengamos un hijo.

Rheged rio suavemente.

–Si eso es lo que pides, estaré más que deseoso de satisfacerte –retrocedió un instante y a Tamsin le sorprendió verle tan repentinamente serio–. Pero presagio una dificultad, amor mío. Y es que cuando nuestro hijo nazca, estarás tan ocupada atendiéndole a él y dirigiendo la casa que apenas podré verte.

–¿Ese es todo el problema? –le regañó con una mirada rebosante de amor antes de darle otro beso–. Te prometo, mi amor, que siempre tendré tiempo para ti. Y siempre podremos estar solos en la cama.

Riendo suavemente y agarrados del brazo, contemplaron las estrellas antes de regresar al salón y a aquella celebración en la que se había unido todo Cwm Bron.

ÚLTIMOS TÍTULOS PUBLICADOS EN HQN

Promesas a medianoche de Sherryl Woods

Noches perversas de Gena Showalter

La caricia de un beso de Susan Mallery

Una sonata para ti de Erica Fiorucci

Después de la tormenta de Brenda Novak

Noche de amor furtivo de Nicola Cornick

Cálido amor de verano de Susan Andersen

El maestro y sus musas de Amanda McIntyre

No reclames al amor de Carla Crespo

Secretos prohibidos de Kasey Michaels

Noche de luciérnagas de Sherryl Woods

Viaje al pasado de Megan Hart

Placeres robados de Brenda Novak

El escándalo perfecto de Delilah Marvelle

Dos almas gemelas de Susan Mallery

Ángel sin alas de Gena Showalter

www.ingramcontent.com/pod-product-compliance
Lightning Source LLC
LaVergne TN
LVHW030339070526
838199LV00067B/6361